少年读
莎士比亚戏剧
故事集

[英] 查尔斯·兰姆 [英] 玛丽·兰姆 著
董乐乐 译

1

Tales from Shakespeare
for Children

航空工业出版社
北京

内容提要

本书的翻译版本为备受赞誉的兰姆姐弟版，收录了莎士比亚最著名的20部戏剧，囊括了莎士比亚在各创作时期的不同类型的作品，具有一定的代表性，基本反映出了莎士比亚戏剧的创作面貌。全书一共四册，每册五个故事，精选故事插图，同时精心设置"知道百科"和"莎翁经典原句""人物涂色"作为故事的补充板块，令阅读莎士比亚戏剧的体验变得更加有趣。

图书在版编目（CIP）数据

少年读莎士比亚戏剧故事集．1 /（英）查尔斯·兰姆，（英）玛丽·兰姆著；董乐乐译．-- 北京：航空工业出版社，2023.9

ISBN 978-7-5165-3446-5

Ⅰ．①少… Ⅱ．①查… ②玛… ③董… Ⅲ．①戏剧文学－故事－作品集－英国－中世纪 Ⅳ．①I561.33

中国国家版本馆CIP数据核字（2023）第142254号

少年读莎士比亚戏剧故事集 1
Shaonian Du Shashibiya Xiju Gushiji · Yi

航空工业出版社出版发行
（北京市朝阳区京顺路5号曙光大厦C座四层　100028）
发行部电话：010-85672688　010-85672689

唐山楠萍印务有限公司印刷　　全国各地新华书店经售
2023年9月第1版　　2023年9月第1次印刷
开本：710×1000　1/16　　字数：64千字
印张：5.5　　定价：140.00元（全4册）

前言

威廉·莎士比亚（William Shakespeare），英国文艺复兴时期剧作家、诗人，被誉为“人类文学奥林匹斯山上的宙斯”。由于他的作品实在太过伟大，虽引无数学者去探索，却无人敢自称“征服”了莎士比亚。

本套《少年读莎士比亚戏剧故事集》精选莎士比亚剧作中最著名的作品，在力求保留原作语言之美的基础上，以原作中蕴含的品质教育为经线，以晶莹如珠玉的词句为纬，突出了主要人物及其矛盾，略掉次要的情节，完整保留了莎剧的精华，情节跌宕起伏，使其更加适合儿童阅读，让孩子更加轻松地阅读莎士比亚剧作，以此来了解西方文化。书中简化人物关系，附有人物关系图，帮助孩子快速抓住人物主线和故事脉络，扫清阅读障碍。精选名家油画、水彩画，一秒进入戏剧的瑰丽幻境，实现艺术和文学的高度融合，带给孩子艺术和文学的双重体验。精选富有哲思的人物妙语，给孩子智慧的启迪和力量。“知道百科”带你深入探索戏剧背后的秘密，不一样的视角成就更有趣的互动。“一千个读者眼中有一千个哈姆雷特”，人物涂色板块让孩子们画出自己眼中的“哈姆雷特”，让剧中人物在自己手中活起来。

我们愿读者在此书中感受到从灵魂到语言上的全面熏陶，教给孩子们美好的、高贵的品质，在莎翁独创的富有诗意的梦境之中自在遨游。

少年读莎士比亚戏剧故事集

CONTENTS 目录

暴风雨

玛丽·兰姆

爱丽儿

缥缈的精灵

安东尼奥

普罗斯帕罗的弟弟，
篡位者

贡札罗

忠心耿耿的老大臣

米兰达

普罗斯帕罗的女儿

普罗斯帕罗

旧米兰公爵

卡列班

野性而丑怪的奴隶

斐迪南德

那不勒斯王子

海上有座岛，岛上只有两位住民，一位是名叫普罗斯帕罗的老先生，另一位是他的女儿，年轻美丽的米兰达。来到这座岛屿的时候，米兰达的年纪非常小，在她的记忆中，除了自己的父亲，她没有见过其他人。

他们住在一个石洞（也可以说是石房子）里；石洞被分成了几个部分，其中一间是普罗斯帕罗的书房，他把自己的书放在这里，主要是魔法书。当时但凡是有些学识的人，全都喜欢研究魔法，而且普罗斯帕罗发现，这门技巧对他来说大有用处。因为一个意外的机缘，普罗斯帕罗流落到这座被女巫西考拉克斯施过法的岛屿，在他上岛不久之前，女巫已经死了。许多善良的精灵因为拒绝执行西考拉克斯的邪恶命令，被囚禁在一棵棵巨大的树

知道百科

在这部剧中，米兰达是莎翁塑造出来的一个美丽、善良和纯真的理想象征。当得知父亲使用魔法使船只在暴风雨中快要被掀翻时，她恳求父亲，停止这场风浪。除了自己的父亲，她从小就没见过其他的男人，而忽然与一个美少年邂逅之后一见倾心。她的感情是天真纯洁的，是发自内心的。而斐迪南德同样也有着最为真善美的品质，他爱米兰达是发自肺腑的。他由衷地称赞米兰达是世界上最美丽的女人，他也最终经受住了公爵的考验。

干之中，普罗斯帕罗凭借自己的魔法，将他们放了出来。自那以后，这些温和的精灵便开始追随普罗斯帕罗。其中，爱丽儿是一众精灵的首领。

活泼的爱丽儿并不是一个生性淘气的小精灵，不过，爱丽儿特别喜欢戏弄一只名叫卡列班的丑陋怪物。爱丽儿之所以对这只怪物怀恨在心，皆因卡列班是他昔日的仇人西考拉克斯的儿子。卡列班是普罗斯帕罗在树林子里发现的，他长得奇形怪状，似人程度远不及猿猴。普罗斯帕罗把他带回自己居住的洞穴，教他学习说话。普罗斯帕罗本想善待卡列班，但是他从母亲西考拉克斯那里承袭的劣性，使他无法学会任何好的或有用的东西，因此只能拿他当奴隶使唤，让他捡柴、干最费力气的活儿。爱丽儿负责逼迫他做这些事。

卡列班偷懒或不认真干活的时候，爱丽儿就会悄悄地出现（除了普罗斯帕罗，谁也看不见他），掐他，有时还会把他推到泥地里。然后爱丽儿会装成猿猴的样子，冲他做鬼脸；接着会变成刺猬，挡住卡列班的路，在地上打滚儿。卡列班特别怕刺猬的尖刺扎他那双没穿鞋的脚。只要卡列班不认真干普罗斯帕罗吩咐他做的事，爱丽儿就会用这样的恶作剧捉弄他。

有这样强大的精灵听从他的指挥，普罗斯帕罗甚至能借助他们的力量控制风暴和海浪。精灵们按他的命令兴起了一场猛烈的风暴，一艘做工精美的大船在波涛中挣扎，大浪随时可能将其吞没。普罗斯帕罗指给女儿看，对她说，船上满是和他们一样的人类。“哦，我亲爱的父亲，”她说，“如果是你用魔法掀起了这可怕的风浪，对他们的苦难抱些怜悯吧。你瞧！那船要被撕成碎片了。这些可怜的人！他们全会丢了性命。如果我有力量，我会让大海沉入地下，不让这样好的船和这群宝贵的生命惨遭毁灭。”

“米兰达，我的女儿，不必这般惊诧，”普罗斯帕罗说，“谁也没受到伤害。

我已经下过命令，不许船上的人受到丁点儿伤害。我做的一切都是为了你，我亲爱的孩子。你不知道自己是什么人，也不知道自己从哪儿来，就连对我，你也知之甚少，只知道我是你的父亲，住在这么个破烂的洞穴里。你还记得到这个石洞之前的事吗？我想你不记得了，那时候你还不到三岁。”

“我当然记得，父亲。”米兰达回答说。

“你能想起什么？”普罗斯帕罗问，“其他房子，其他人？告诉我，你记得什么，我的孩子。”

米兰达说：“那种感觉，就像在回想一场梦。以前是不是有四五个女仆服侍我？”

普罗斯帕罗回答说：“是的，不止四五个。你怎么还记得这些？你还记得自己是怎么来到这儿的吗？”

“不记得了，父亲，”米兰达回答说，“我只记得这些。”

“米兰达，12 年前，”普罗斯帕罗继续说道，“我是米兰公爵，你是公主，是我唯一的孩子。我有个弟弟，叫安东尼奥，我完全信任他。我喜欢隐居，专心研究，通常会把国事交托给你的叔叔——我那虚伪的弟弟（他亲身证明，我此言非虚）打理。我抛开所有俗事，沉溺书海，一心只想增进我的智慧。我的兄弟安东尼奥就这样掌握了本属于我的权力，他开始认为自己才是真正的公爵。我给了他机会，使他受到我臣民的欢迎。谁知他本性恶劣，傲慢的野心因此觉醒，竟想夺取我的王国。没过多久，他在一个有权势的君主，我的敌人——那不勒斯国王的帮助

莎翁经典原句

Let us not burden our remembrance with a heaviness that's gone.

让我们不要把过去的不幸重压在我们的记忆上。

下达成所愿。”

米兰达问：“那时候他们为什么不杀了我们呢？”

“我的孩子，”她的父亲回答道，“他们不敢，我的人民十分爱戴我。安东尼奥把我们带到一艘船上，船在海上驶出一段距离之后，他逼我们上了一艘既没有轮索、船帆，也没有桅杆的小船，把我们抛下，想让我们葬身于此。但是我的朝臣中，有一位名叫贡札罗的大臣非常善良，他爱戴我，偷偷在小船上放了水、食物、衣服，以及一些在我眼中比王国还要珍贵的书籍。”

“哦，父亲，”米兰达说，“那时候我肯定是个大麻烦！”

“当然不是。我的宝贝。”普罗斯帕罗说，“你是一个小天使，是你让我活了下来。你天真的笑容给了我力量，让我能扛住我的不幸。直到我们登陆这个荒岛才把食物耗尽，从那时起，教导你成了我最大的快乐，米兰达，好在你也因为我的教导受益良多。”

“我无比感谢你，我亲爱的父亲，”米兰达说，“现在请你告诉我，为什么要在海上掀起风暴呢？”

“那我就告诉你吧，”她的父亲回答说，“我是想让那风暴把我的敌人，那不勒斯国王和我那残忍的弟弟，扔到这岛上来。”

普罗斯帕罗一边说着话，一边用魔杖轻轻地碰了一下他的女儿，她很快就睡着了。这时，精灵爱丽儿在他的主人面前现身，禀告了暴风雨的事，以及他如何处置了船上的人。虽然米兰达看不见精灵，但是普罗斯帕罗也不想让她听见自己和空气交谈（在她看来是这样）。

“很好，我勇敢的精灵，”普罗斯帕罗对爱丽儿说，“你的任务完成得怎么样？”

爱丽儿绘声绘色地描述了那场风暴，水手们的恐惧，以及国王的儿子斐迪南德是如何率先跳进海里的。他的父亲以为自己亲眼看着儿子被海浪吞没，尸骨无存了。“其实他没事，”爱丽儿说，“只是他以为自己的父王已经淹死了，正坐在岛上的某个地方抱着胳膊，默默哀悼呢。他连一根头发都没伤到，那身华贵的衣着虽然被海水浸湿了，看起来反倒更光鲜了。”“我的爱丽儿果然办事牢靠，”普罗斯帕罗说，“把他带到这儿来。我的女儿得见见这位王子。国王和我的兄弟呢，他们在哪儿？”

“我离开的时候，”爱丽儿回答说，“他们在找斐迪南德，他们以为自己眼睁睁看着他死了，对于找到他不抱什么希望。船上的人一个都没少，但是他们都以为只有自己活了下来，他们虽然看不见那艘船，其实船完好无损地停在港湾。”

“爱丽儿，”普罗斯帕罗说，“你已经圆满地完成了任务，但是还有些事要你去办。”

“还有别的事要做吗？”爱丽儿说，“我想提醒你，主人，你曾许诺还我自由。我请求您，不要忘了，我为您效过的力，我从没欺瞒过您，没犯过错，为您效劳时从来没有不满过，也没有抱怨过。”

“怎么！”普罗斯帕罗说，“你忘了我将你从什么样的刑罚中解救出来。你不记得那个又老，嫉妒心又强，弯腰驼背到胸膛几乎贴着双腿的邪恶女巫西考拉克斯了吗？她是在什么地方出生的？你说，告诉我。”

“先生，是阿尔及尔。”爱丽儿说。

“哦，是那里吗？”普罗斯帕罗说，“我有必要说一说你的来历，我看你是不记得了。这个邪恶的女巫西考拉克斯，她的可怕巫术让人闻之丧胆，她被驱逐出阿尔及尔，水手们把她扔在这里。你是个心灵纯净的精灵，不肯执行她邪恶的命令，于是她就把你禁锢在一棵树中，我在那里发现了正在哀嚎的你。别忘了，是我将你从那样的折磨中解救出来的。”

“原谅我，亲爱的主人，”爱丽儿因为自己显得有些忘恩负义，感到羞愧，“我会听从您的吩咐。”

“那就照我说的做吧，”普罗斯帕罗说，“我会给你自由。”接着他便把接下来要爱丽儿做的事告知给他，爱丽儿领命去了。他先来到之前丢下斐迪南德的地方，发现他还坐在草地上，还是那副悲伤忧郁的姿态。

“哦，我的少爷，”爱丽儿看见他之后说，“我很快就会让你离开这儿。我觉得应该带你去见米兰达小姐，让她一睹你英俊的风采。来，少爷，跟我走吧。”然后他开始歌唱：

“你的父亲沉睡于五英寻下的深海；
他的骨头化作珊瑚；
珍珠正是他的眼睛；
他一点没有消散，
只是在海中经历了变迁
成了富丽珍奇的东西。
海洋女神时时敲响她的丧钟：
嘘！我听见了——叮当的钟声。”

听到与他那失踪的父亲有关的新奇消息，王子从之前陷入的愚蠢状态中醒转过来。他惊愕地跟随着爱丽儿的声音，那声音一直带着他来到普罗斯帕罗和米兰达面前，父女俩正坐在一棵大树的树荫下。在这之前，米兰达除了她的父亲，从没见过别的人。

“米兰达，”普罗斯帕罗说，“告诉我，你在那里看到了什么。”

“哦，父亲，”米兰达异常惊讶地说道，“那肯定是个精灵。天呐！他怎么是这个样子！相信我，父亲，它是一个非常好看的东西。那不是个精灵吗？”

“不是，孩子，”她的父亲回答说，“他和我们一样，会吃东西，会睡觉，也有各种知觉。你看到的这个年轻人，就是那艘船上的。悲伤让他变了样，不然你会说他是美男子。他和同行的人失散了，正想着怎样寻找他们呢。”

米兰达原以为，所有男人都像父亲一样，面容严肃，有灰白的胡子，当这位年轻英俊的王子出现在她面前时，她的心情瞬间变得愉悦起来。斐迪南德在这蛮荒之地，看到一位如此可爱的姑娘，又想到刚才听到的奇怪声音，只觉得发生了奇迹，他认为自己身处一座被施了魔法的岛屿，米兰达就是这里的女神，于是便开始这样称呼她。

她羞怯地回答说自己不是什么女神，只是一个普通的少女。正当她打算向他讲述自己的身世时，普罗斯帕罗打断了她的话。发现他们互相爱慕，他非常高兴，因为他明显感觉到，两个人在第一眼看到彼此的时候，就（正如我们常说的那样）坠入爱河了。但是为了考验斐迪南德是否忠贞不二，他决定在他们的爱情道路上制造些障碍。于是，他走上前去，用严厉的语气指责王子是个奸细，想将这座岛从他的手上夺走。“跟我来，”他说，“我要把你的脖颈和双脚绑在一起。你只能喝海水，以海贝、枯树根和橡果壳为食。”

“不，”斐迪南德说，“我打算拒绝这样的款待，除非我见识到一个更强大的敌人。”随后便拔出了剑。普罗斯帕罗却拿出魔杖，把他固定在原地，让他无法动弹。

米兰达拽住她的父亲，说："您为什么这么冷酷？心怀慈悲吧，我来给他担保。他是我有生以来见到的第二个人，在我看来他是个真诚的人。"

"闭嘴！"她的父亲说，"再多说一个字，我就要斥责你了，孩子！你在为一个骗子辩护！你只见过他和卡列班，就以为世上没有比他更好的人了。告诉你吧，傻姑娘，他虽比卡列班强，但是大多数人都比他强得多。"他这样说，是想验证女儿的忠诚。米兰达回答说："我对爱情没有丝毫奢望。我一点儿也不期待遇到一个比他更好的人。"

斐迪南德被爱丽儿的歌声引诱到山洞，见到了米兰达和她父亲普罗斯帕罗。

创作者：威廉·荷加斯（ William Hogarth ）

“来吧，年轻人，”普罗斯帕罗对王子说，“你没有能力反抗我。”

“我确实没有。”斐迪南德回答说，他还不知道是魔法夺去了他反抗的力量，只是十分惊讶，发现自己变得如此奇怪，想不跟着普罗斯帕罗走却做不到，他不住地回头看向米兰达，一直到看不见她为止。他跟着普罗斯帕罗走进洞穴时说，“我的精神完全被控制住了，就像在梦里一样。但是，只要我在监牢里每天能看一眼那美丽的姑娘，这个男人的恐吓，以及我感受到的软弱无力，对我来说似乎都会变得无足轻重。”

普罗斯帕罗并没有长久地把斐迪南德关在监牢里，没过多长时间，普罗斯帕罗就把这囚徒带出来，命他去做苦工了。他还特意让自己的女儿知道他强迫斐迪南德做苦力的事，然后假装去自己的书房，偷偷看着他们。

普罗斯帕罗命斐迪南德把一些沉重的木头堆起来。国王的儿子不习惯干重活儿，米兰达很快发现她的爱人几乎要累死了。“哎呀！”她说，“不要这么卖力，我的父亲在看书，三个小时都不会出现。你歇歇吧。”

“哦，我亲爱的小姐，”斐迪南德说，“我不敢。我必须先干完活再休息。”

“如果你坐下休息，”米兰达说，“我就帮你搬一会儿木头。”但是斐迪南德无论如何也不肯答应。米兰达不但没帮上忙，还碍了事，因为他们在一起聊了很久，搬木头的速度比之前慢了许多。

普罗斯帕罗让斐迪南德搬木头只是为了考验这个年轻人的爱情，他并没有像女儿以为的那样在看书，而是在他们看不见的地方偷听他们在说些什么。

斐迪南德问她叫什么名字，她的父亲曾特意嘱咐她不许说，她却告诉了他。

这还是女儿第一次不听他的话，对此普罗斯帕罗只是笑了笑，是他用魔法让女儿这样快坠入爱河的，所以他并不会因为女儿为了爱情违背自己的命令生气。他听着斐迪南德滔滔不绝，心里非常高兴，言谈间这位王子表示自己对米兰达的爱胜过他见过的所有女人。

王子称赞她的美貌，说世间所有的女人都不及她，米兰达回应说："我想不起任何一个女人的脸，我也没见过除了你——我的好朋友，和我亲爱的父亲之外的其他男人。外面的人长什么样子，我不知道。但是，相信我，先生，这世上除了你，我不想让任何人做我的伴侣，我也想象不出另一个我会喜欢的样貌。但是，先生，我怕自己说的话太直率，忘了我父亲的规诫。"

听到这里，普罗斯帕罗点点头，露出了微笑，就像在说："完全如我所愿，我的女儿将成为那不勒斯的王后。"

斐迪南德的滔滔不绝还没有结束，紧接着他又对天真无邪的米兰达说，他是那不勒斯的王位继承人，并要她做他的王后。

"啊！先生，"她说，"我真是一个傻瓜，竟为这高兴的事落泪。我要用坦诚圣洁的心回答你。如果你肯娶我，我愿意做你的妻子。"

斐迪南德刚要表达感谢，普罗斯帕罗就现身打断了他的话。

"不必担心，"他说，"我无意间听到了你们的谈话，我完全同意。斐迪南德，倘若我对你太苛刻了，我会好好补偿你，把我的女儿嫁给你。你所有的烦恼都不是烦恼，是我在考验你的爱情，你勇敢地经受住了考验。那么，作为我的礼物，也是你堂堂正正求得的真爱，把我的女儿带走吧。不要笑我夸耀，所有的赞美都配不上她。"普罗斯帕罗接着对他们说，他还有事要办，希望他们坐下说说话，等他回来。对于这个要求，米兰达没有想要违背的意思。

普罗斯帕罗离开之后，召唤了他的精灵爱丽儿，精灵很快在他面前现身，很想说说他是怎么对付普罗斯帕罗的弟弟和那不勒斯国王的。爱丽儿说他离开的时候，那两个人都快被他搞出的那些怪事、怪声吓得失去理智了。当他们累得不想再走，饿得想吃东西的时候，他就让一桌美味佳肴突然出现在他们面前，然后就在他们准备大快朵颐的时候，他变成鹰身女妖（一个长着一对翅膀的贪婪妖怪）的样子现身，那桌佳肴随之消失。然后，令他们无比震惊的是，这个貌似鹰身女妖的东西冲他们开口说话了，提醒他们当初将普罗斯帕罗赶出他的公国，在海里抛下他和他的女儿让他们等死，是多么残忍。还说之所以用这些可怕的事折磨他们，就是出于这个缘故。

那不勒斯国王和那个虚伪的弟弟安东尼奥，都因为当初的不义之举懊悔不已。爱丽儿告诉他的主人，他相信他们的忏悔是真诚的，而他，虽然是个精灵，也忍不住可怜他们。

“那就把他们带过来吧，爱丽儿，” 普罗斯帕罗说，“如果你，一个精灵，都能感受到他们的痛苦，我和他们同样是人，难道会不同情他们？快去把他们带来，我的小爱丽儿。”

爱丽儿很快就带着国王、安东尼奥回来了，老贡札罗跟在他们后面。爱丽儿在空中奏响粗犷的音乐，这几个人心存好奇，便跟着精灵来到他的主人面前。当初普罗斯帕罗被他的弟弟抛弃在茫茫大海之中，想让他在一叶没有遮挡的孤舟上等死，老贡札罗就是好心给普罗斯帕罗准备书籍和一应所需的人。

心中的忧惧使他们有些恍惚，一时竟没有认出普罗斯帕罗来。他先对善良的老贡札罗表明身份，说老人是他的救命恩人。他的弟弟和国王这才认出，眼前的人是他们当年谋害的普罗斯帕罗。

安东尼奥眼含热泪，说着悔恨的话语，真诚忏悔，乞求他哥哥的原谅，国王诚恳地为当初帮助安东尼奥罢黜他哥哥的行为表达了悔意。普罗斯帕罗原谅了他们，当他们承诺要将爵位归还给他时，普罗斯帕罗对那不勒斯国王说：“我也为你准备了一件礼物。”说着，他打开门，国王看见自己的儿子斐迪南德在和米兰达下棋。

没有什么比出乎意料的父子相逢，更让人高兴的了，他们都以为对方在那场风暴中淹死了。

“哦，真是神奇！”米兰达说，“他们都是多么高尚的人啊！”

和王子初见米兰达时一样，这位年轻姑娘的美貌和不凡的风采，同样让那不勒斯国王震惊不已。“这位姑娘是谁？”国王说，“她似乎是将我们分开，又让我们团聚的女神。”

“不，父亲，”斐迪南德见父亲和自己当初第一次看到米兰达时一样，也将她误认做女神，回答父亲时，不禁露出了笑容，“她是凡人，但是不凡的神将她赐予我了。我没能征求您的同意，就选择了她，我的父亲，我当时不知道您还活着。她是这位著名的米兰公爵普罗斯帕罗的女儿，我久闻公爵的威名，可是直到现在才有幸相见。因为他，我收获了新的生命，他把这位亲爱的姑娘给了我，因此他就是我的第二个父亲。”

“那我也成了她的父亲，”国王说，“但是，哦，这听起来该有多奇怪呀，我得先向我的孩子请求宽恕。”

“已经够了，”普罗斯帕罗说，“既然他们已喜结连理，我们就把过去的纷争全忘了吧。”然后普罗斯帕罗拥抱了弟弟，再次表明他已经获得了自己的宽恕。他还说，是智慧的、主掌一切的神，准许他被驱逐出可怜的米兰公国的，只有这样国王的儿子才会在这座荒岛上遇到米兰达，并爱上她，他的女儿才能成为那不勒斯的王后。

普罗斯帕罗这些善意的言辞，意在安慰他的弟弟，安东尼奥因此心中充满羞愧和悔恨，他哭得说不话来。善良的老贡札罗看到这让人开心的和解，流下泪来，祈祷这对年轻人得到祝福。

普罗斯帕罗现在才告诉他们，他们的船就停在海港，很安全，水手们都在船上，明天早晨他和他女儿会和他们一起回家。“趁这段时间，”他说，“来品尝一下我这寒酸的洞穴能提供的吃食吧。我再给大家讲讲我在这座荒岛上的生活，当作晚间的消遣。”然后他叫卡列班去准备食物，把洞穴收拾妥当。众人见普罗斯帕罗唯一的仆人（普罗斯帕罗说的），竟是这样一个粗形怪状的丑陋怪兽，全都惊诧不已。

离开荒岛之前，普罗斯帕罗告诉爱丽儿不必再为他效劳了，这个活泼的小精灵高兴极了，虽然爱丽儿对主人十分忠心，却一直渴望获得自由，想像一只自由的鸟儿，在空中翱翔，在绿树下、甜美的果子间、芬芳的花丛中穿梭游荡。

“我最特别的爱丽儿，”普罗斯帕罗给小精灵自由时说，“我会想念你，可是你该去享受自由了。”

“谢谢你，我亲爱的主人，”爱丽儿说，“不过，在你和你忠实的精灵说再见之前，再让我帮你一次，用和缓的大风把你的船送回去吧。主人，我获得自由之后，会活得多么开心啊！”爱丽儿唱起了欢快的歌谣：

“我在蜜蜂吮蜜处吮蜜；

在莲香花瓣中休憩；

猫头鹰啼鸣时，我在这儿睡得香甜，
我乘着蝙蝠飞翔，
快活地追着夏。
快活啊，如今我要在那悬于枝头的花下快活。”

然后，普罗斯帕罗把他的魔法书和魔杖深埋地下，他决定不再使用魔法。他已战胜了敌人，与自己的弟弟和那不勒斯的国王和解，只待他重归故土，重掌公国，见证女儿和斐迪南德王子幸福的婚礼，他的幸福就完满了。国王说一回到那不勒斯，就立刻为他们举办一场盛大的婚礼。在精灵爱丽儿的护送下，经过一程愉快的航行，他们很快就抵达了彼岸。

一起涂色吧

仲夏夜之梦

玛丽·兰姆

忒休斯

雅典公爵

狄米特律斯

伊吉斯属意的女婿

海丽娜

赫米娅的闺蜜，
爱慕狄米特律斯

伊吉斯

雅典公民，赫米娅的父亲

赫米娅

伊吉斯的女儿，
拉山德的恋人

拉山德

赫米娅的恋人

提泰妮娅

仙后

奥布朗

仙王

迫克

奥布朗宠信的大臣，
狡猾的精灵

雅典城有一条法律，市民有权强迫女儿嫁给他们中意的人。如果女儿拒绝嫁给父亲为她选定的丈夫，根据这条法律，父亲可以要求判处她死刑。不过，一般来说，虽然父亲们确实有些顽固，但是并不希望自己的女儿死，因此这条法律几乎没有被执行过。话虽如此，父母却时常用这条恐怖的法律威胁这座城市的年轻姑娘们。

但是，确实发生过这样一件事。一个名叫伊吉斯的老人，曾到忒休斯（当时的雅典公爵）面前控诉，自己的女儿赫米娅因为爱上了雅典青年拉山德，不肯按照自己的安排嫁给雅典城内一个显贵家族的年轻人狄米特律斯。

伊吉斯请求忒休斯做出公平的判决，希望用这条残酷的法律制裁他的女儿。

知道百科

赫米娅是一个勇敢、独立的女性，性格直爽且倔强，并没有被父亲的威慑和古代的刑法所吓倒，她敢于对簿公堂，宣布了捍卫婚姻自主的决心，在她眼里，这才是最高的法律：“就让我这样自开自谢吧，殿下，我不愿意把我的爱情奉献给我心里并不敬服的人。”她毅然选择与爱人逃离雅典，对她来说，没有婚姻自主的国土好比“人间地狱”，丝毫不值得留恋。

赫米娅辩解说，她之所以不听从父亲的安排，是因为狄米特律斯之前曾向她的好朋友海丽娜公开示爱，而且海丽娜也疯狂地爱着狄米特律斯。但是赫米娅为自己违抗父命给出的这个正当理由，并没有打动固执的伊吉斯。

忒休斯虽然是个仁慈的伟大君主，却无权更改国家的律法。因此他只能给赫米娅四天时间去考虑：四天之后，如果她依然不肯嫁给狄米特律斯，就会被判处死刑。

赫米娅面见完公爵之后，找到她的爱人拉山德，把自己的困境告诉了他。她只有两个选择，要么放弃拉山德嫁给狄米特律斯，要么在四天后被处死。

拉山德听到这可怕的消息，顿时陷入巨大的悲痛。他想到，自己有一个姑妈，住在离雅典不远的地方，如果他们去那个地方，就不能用雅典的这条残酷法律制裁赫米娅了（这条法律只适用于雅典城内）。于是他对赫米娅提议，今晚从她父亲的房子偷偷溜走，和他一起到姑妈家去，两人可以在那里成婚。拉山德说："我会在城外几英里的树林等你。就是我们在晴朗的五月份，常和海丽娜一起散步的那片风景宜人的树林。"

赫米娅愉快地同意了这个请求。除了朋友海丽娜，她没把计划告诉任何人。海丽娜（年轻的姑娘为了爱情会做些蠢事）非常不够意思，她决定把这件事告诉狄米特律斯。除了可以跟着自己那位不忠诚的爱人到森林去，享受这一点小小的快乐，她并不期待通过泄露朋友的秘密获得什么好处。她非常清楚，狄米特律斯会去那儿把赫米娅追回来。

拉山德和赫米娅约定见面的树林，是一些名为"仙子"的小东西最喜欢出没的地方。

这些小仙子的王奥布朗、王后提泰妮娅，会和他们所有的小随从一起在这

赫米娅和拉山德为了反抗包办婚姻，相约私奔到森林中。

创作者：约翰·西蒙斯（John Simmons）

片树林中举办夜宴。

这一次，这群精灵的王和后发生了一场令人不快的争执。在这片宜人的树林中，只要他们在月光下的林荫小道相遇，必定会吵架。吵到所有的小仙子都悄悄钻进橡果壳里，害怕地藏起来。

这次不愉快的争执，是因为提泰妮娅不肯将一个偷来的小男孩交给奥布朗，小男孩的妈妈是提泰妮娅曾经的朋友。朋友死后，仙后将孩子从乳母身边偷走，在这片森林中养育他。

那对情侣约定在森林相会的当晚，提泰妮娅和几位侍女正在散步，恰巧遇到奥布朗，他的一众侍臣伴随左右。

“在月光下遇到你，真不吉利，骄傲的提泰妮娅。”仙王说。

仙后回答说：“什么，善妒的奥布朗，是你吗？仙子们，快走吧。我发过誓，绝不与他为伍。”

“留步，性急的仙子，”奥布朗说，“我不是你的丈夫吗？提泰妮娅为什么要避开她的奥布朗？把你偷来的小男孩交给我，让他做我的侍童吧。”

“你还是歇歇吧。”仙后回答说，“你拿整个仙国换，我都不会把这个男孩卖给你。”然后她便气冲冲地离开了。

“很好，走就走，”奥布朗说，“天亮之前我就会让你尝到苦头。”

于是，奥布朗派人叫来了他最宠信的枢密大臣迫克。

迫克（有时也被唤作好人罗宾）是一个奸诈狡猾的精灵。他常在附近的村子搞滑稽的恶作剧。有时会去牛奶厂撇去奶皮，有时他那轻盈无形的身体会跳进黄油搅拌器，他在搅拌器里舞动奇妙的身姿时，女工们无论如何也没法把奶油变成黄油，村里的小伙子们出手也是一样。只要迫克在酿酒的铜器里瞎胡闹，麦芽酒必定会变质。几个要好的邻居聚在一起，想舒舒服服喝几杯麦芽酒时，迫克就会变成一只烤螃蟹的样子，跳进酒碗。老妇端起酒碗准备喝酒时，他会对着她的嘴唇左摇右晃，让麦芽酒流到她干瘪的下巴上。再过一会儿，当这位老妇郑重其事地坐好，准备给邻居们讲一个悲伤的故事时，迫克会偷偷把她身下的三角凳拿走，害这可怜的老妇摔到地上。然后，这群聊闲天的老人们会在一旁看她笑话，赌咒发誓说，从没见过这么好笑的事。

“过来，迫克，”奥布朗对这个快乐的小夜游者说，“有一种花，姑娘们唤作‘爱懒花’，去给我找些来。只要把这种小紫花的汁液滴在昏睡之人的眼皮上，他们醒来之后，第一眼看到什么，就会爱上什么。我要趁我的提泰妮娅睡着的时候，把花汁滴在她的眼皮上。无论她醒来之后看到什么，都会爱上他，哪怕是狮子、熊，或者调皮的猴子、慌手忙脚的猿。我还会另一种魔法，可以帮她解除这种视觉魔法，但是在那之前，我要让她把那个男孩给我做侍童。”

迫克发自内心地喜欢恶作剧，主人想搞的这个把戏让他非常开心，于是就去找寻那种花了。奥布朗在等迫克回来的时候，正好看见狄米特律斯和海丽娜走进树林。他偷听到狄米特律斯怪海丽娜不该跟着他。他说了许多无情的话，海丽娜温柔劝诫，提醒他之前是爱她的，曾说过要忠诚于她。他要把她交给野兽（他亲口说的），她却竭力追着他跑。

莎翁经典原句

The lunatic, the lover and the poet are of imagination all compact.

疯子、情人和诗人，都是空想的产儿。

仙王对真诚的爱人总是很友好，他十分同情海丽娜。而且，或许在狄米特律斯爱着海丽娜的那段愉快时光，奥布朗曾见过这位姑娘呢，就像拉山德说的，他们过去常趁着月夜，在这片宜人的树林中散步。不管怎样，当迫克带着小紫花回来的时候，奥布朗对他最钟爱的属下说："拿一点儿花去。树林里有一位可爱的雅典姑娘，她爱上了一个傲慢的年轻人。如果你看见他在睡觉，就把这爱的花汁滴到他的眼睛上，但是要等那姑娘在他附近的时候滴，让他醒来后第一眼看到这个被他轻视的姑娘。你可以通过他穿的雅典服饰认出他来。"

迫克答应一定会巧妙地办成这件事。然后奥布朗趁提泰妮娅不注意，来到她的居所。提泰妮娅正在那里准备睡觉。她的仙居是一处堤岸，那里长满了野生的百里香、报春花和香甜的紫罗兰，上面有紫茎忍冬、麝香玫瑰和野蔷薇组成的华盖。提泰妮娅每天晚上都会在这儿睡一会儿，她的被子是一张绘了彩饰的蛇皮，虽然只有小小一块，却足够将一个仙子包裹其中。

他看到提泰妮娅正在给她手下的仙子们分派任务，指示她们在她睡觉的时候该做些什么。"你们当中的一部分，"仙后说，"去打理麝香玫瑰的枯枝。一部分去打蝙蝠，把它们的皮翅膀弄来给我的小精灵们做外衣。另一部分继续监视夜夜呱噪的猫头鹰，不要让它靠近我。但是，在此之前，先唱安眠曲，让我入睡。"于是，她们开始歌唱：

"花斑蛇，双舌尖，
扎手的刺猬，别出现；
蝾螈、蛇蜥别捣乱，
远离仙后的身畔；
夜莺鸟，声儿妙，
一起歌唱哄睡觉；

睡吧，睡吧，睡觉吧；

睡吧，睡吧，睡觉吧；

伤害、咒、魔都没有，

邪祟不近美仙后；

伴着催眠曲，安睡无忧。”

仙子们用这首动听的摇篮曲将她们的仙后哄睡之后，纷纷离开，去做仙后刚才分派的重要任务去了。这时，奥布朗轻手轻脚地来到提泰妮娅身旁，将爱的汁液滴在她的眼皮上，说：

“你醒来之后无论看见什么，

都会把它当作你的真爱。”

回到赫米娅这里，她不肯嫁给狄米特律斯，必定会被判处死刑。为了逃避死刑，赫米娅从她父亲的房子逃出来。她来到森林，看到拉山德正在那里等她，准备把她带到他姑妈家去。但是，还有一半多的路程才能穿过树林，赫米娅已经筋疲力尽了，拉山德非常心疼他心爱的姑娘，这位姑娘为了他甘冒生命危险，可见是多么爱他。于是，拉山德劝她在一块柔软的青苔上休息一会儿，天亮再上路，他也在不远处躺下，二人很快就睡着了。就在这时，正在找寻熟睡俊美青年的迫克看到了他们，这青年穿的似乎也是雅典样式的衣着，不远处还睡着一位可爱的姑娘，照这样看来，这二人必定是奥布朗吩咐他找的雅典姑娘和她傲慢的情人了。既然只有这两个人在这儿，迫克自然有足够的理由认为，青年醒来第一眼看到的是不远处的那位姑娘。于是，他没多耽搁，就把小紫花的汁液滴在了青年的眼睛上。没想到海丽娜走过来了，拉山德睁开眼没看到赫米娅，反而看到了她。说来也是奇怪，这爱的汁液魔力果然强大，拉山德对赫米娅的爱完全消失，瞬间爱上了海丽娜。

如果他醒来之后，第一眼看到的是赫米娅，迫克的疏失不会有什么后果，因为拉山德本就已经对那位忠实的姑娘爱得够深了。但是，仙子的爱情魔药让拉山德被迫忘记自己的真爱赫米娅，跑去追求另一位姑娘了，半夜三更把赫米娅一个人留在林子里睡觉，这个巧合真是够可悲的。

灾难就这样发生了。前面已经说过，狄米特律斯非常无礼地想要甩开海丽娜，海丽娜在后面穷追不舍。但这是一场不平等的竞赛，海丽娜追了一段时间就追不上了，因为在长跑方面，男性比女性有先天优势。没过多久，狄米特律斯就在海丽娜的视线中消失了，她伤心无助地四处徘徊，来到拉山德睡觉的地方。“啊！”她说，“躺在地上的是拉山德。他是死了，还是睡着了？”她轻轻地推了他一下，说：“亲爱的先生，要是你还活着，就醒醒吧。”这时，拉山德睁开了他的眼睛，爱情魔药开始发挥作用，他张嘴就开始说炙热的情话，大肆表达爱慕之情，说她的美貌之于赫米娅，就如同白鸽比乌鸦，为了她的温柔甜美，他情愿赴汤蹈火。这样的情话说了很多。海丽娜知道拉山德是她的朋友赫米娅的情人，而且他郑重其事地与她订下了婚约，因此她听到拉山德跟自己这样说话，十分生气。她以为（也难怪她会这样以为）拉山德在拿她取笑。“唉！”她说，“为什么

莎翁经典原句

The course of true love never did run smooth.

真爱无坦途。

我生来就要被所有人嘲笑，受所有人轻视？这还不够吗，这还不够吗，年轻人，狄米特律斯永远不会温柔地看我一眼，永远不会对我说一句好话。但是，你，先生，你非要用这种不尊重的态度假装追求我吗？拉山德，我以为你是一个真诚有礼的翩翩公子。”她怒气冲冲地说完这些话，跑开了。拉山德也追着她的脚步去了，把他的赫米娅忘得干干净净，此时的赫米娅还在睡梦中呢。

赫米娅醒来发现只有她自己，既伤心又害怕。她在树林里四处徘徊，不知道拉山德出了什么事，也不知道怎么去找他。与此同时，奥布朗看到狄米特律斯正在熟睡。他一直没找到赫米娅和拉山德，一无所获的搜寻把他搞得筋疲力尽。奥布朗向迫克问了几个问题，因此已经知道迫克错把爱情魔药滴到别人的眼睛上了。现在既然已经找到自己一开始要找的人了，奥布朗就将爱的汁液轻轻地抹到了狄米特律斯的眼皮上，狄米特律斯马上就醒了。他睁开眼看到海丽娜，于是和之前的拉山德一样，开始向她表达爱意。就在这时，拉山德出现了，赫米娅紧随其后（迫克一时倒霉犯了错，现在变成赫米娅追着情人跑了）。由于受到了同一种强力魔药的影响，拉山德和狄米特律斯同时开口，一起向海丽娜示爱。

海丽娜大为吃惊，以为狄米特律斯、拉山德和她曾经的好友赫米娅串通起来开她的玩笑。

赫米娅和海丽娜一样吃惊，她不知道为什么拉山德和狄米特律斯之前爱的是她，现在全都变成海丽娜的爱慕者了，在赫米娅看来，这可不是开玩笑。

两位姑娘之前一直是彼此最要好的朋友，此时却吵了起来。

“坏心的赫米娅，”海丽娜说，“是你让拉山德用虚伪的赞美故意气我。你的另一个情人，狄米特律斯，之前几乎要把我踩在脚下，现在居然管我叫女神、仙女、绝世美人、宝贝、天仙，难道不是你唆使的吗？如果不是你让他跟我开玩笑，他才不会跟我说这种话，他恨我。坏心的赫米娅，你竟然跟男人们合起伙来嘲弄你可怜的朋友。你把我们上学时结下的友谊都忘了吗？赫米娅，我们有多少次一起坐在垫子上，唱同一首歌，在同一个花样上绣同一朵花。我们像一对并蒂的樱桃，几乎形影不离！赫米娅，和男人们合起伙来嘲弄你可怜的朋友，既算不得朋友，也有失淑女风范。”

“你这番慷慨陈词真让我吃惊，”赫米娅说，“我没有嘲弄你，貌似是你在嘲弄我。”

“是，”海丽娜回嘴道，“继续摆出一副义正词严的样子吧，我转过身就在我背后冲我撇嘴，然后互相挤眉弄眼，谁也别停，一定要把这个可笑的玩笑开下去。你哪怕有一丝同情心，一点儿良心，或者稍微懂点儿礼貌，也不至于这样对我。”

海丽娜和赫米娅互相争吵的时候，狄米特律斯和拉山德远离二人，为了赢得海丽娜的爱，到林子里决斗去了。

莎翁经典原句

Love looks not with the eyes, but with mind.

爱用的不是眼睛，而是心。

她们发现两位男士已经离开，也就不再纠缠，再次拖着疲惫的身躯去树林里寻找她们的爱人。

仙王和迫克刚才一直在偷听她们吵架，她们一离开，仙王就对迫克说：“是你疏忽了，迫克。或者，难道你是故意的？”

“相信我，众灵的王，”迫克回答说，“那是个误会。您不是告诉我，可以通过他身上穿的雅典样式的衣着认出他吗？不过，发生这样的事，我一点儿也不觉得遗憾，我倒觉得她们吵来吵去还挺有趣的。”

“你听到了吧，”奥布朗说，“狄米特律斯和拉山德找地方决斗去了。我命你用浓雾笼罩黑夜，把这几个发生争执的有情人引到黑暗中，让他们谁也找不到谁。模仿他们的声音和其他人说话，用刻薄的嘲讽刺激他们，让他们以为自己听到的是情敌的声音，引他们跟你走。你就这样做，直到他们都累得走不动了。你要是看见他们睡着了，就把另一种花的汁液滴进拉山德的眼睛，他醒来之后就会忘记对海丽娜的爱，恢复旧时对赫米娅的热情。然后这两位美丽的姑娘就能高高兴兴地和她们爱的男人在一起了，他们会以为刚才发生的一切，不过是一场恼人的梦。快去吧，迫克，我要去看看我的提泰妮娅找到什么样的甜蜜爱情了。”

提泰妮娅还在睡觉，奥布朗看到在离她不远的地方有一个乡巴佬，这人先前在森林里迷了路，此时也正睡着。他说：“这家伙将会成为提泰妮娅的真爱。”他给乡巴佬安了个驴头，那驴头看起来很合适，就像从他的肩膀上长出来的。虽然奥布朗安放驴头的时候动作很轻，还是把那人弄醒了。他并不知道奥布朗对他做了什么，起身之后，径直朝仙后睡觉的花荫走去。

“啊！我看到的是哪位天使呀？”提泰妮娅惊呼道，她睁开眼睛的瞬间，小紫花的汁液就开始发挥作用。“你的智慧也和你的美貌一样吗？”

“唉，这位夫人，”蠢笨的乡巴佬说，“我要是聪明到能找出离开这片森林的路，我的脑袋瓜儿就够用了。”

“我不希望你离开这片森林，”被迷住了心窍的仙后说，“我是一个非凡的精灵。我爱你。跟我走吧，我会让仙子们服侍你。”

随后，她便唤来了四位仙子。四位仙子分别叫：豆花、蛛网、飞蛾和芥子。

仙后说：“你们来服侍这位可爱的绅士。他走路你们要跟随，不可离开他的左右。给他葡萄和杏子吃，把蜜蜂的蜜囊偷来给他。”

“过来，跟我一起就座。”她对乡巴佬说，“你那毛茸茸的脸颊多么亲切，让我摸摸吧，我美丽的驴子！让我亲亲你那对漂亮的大耳朵吧，讨我欢心的温柔人儿。”

“豆花在哪儿？”驴脑袋的乡巴佬说，他没怎么把仙后的求爱放在心上，却因为自己有了新的随从感到十分骄傲。

“在这儿，先生。”小豆花说。

“给我挠挠头，”乡巴佬说，“蛛网在哪儿？”

“在这儿，先生。”蛛网说。

“好蛛网先生，”蠢笨的乡巴佬说，“去把那株蓟花上的红蜂给我杀了。还有，好蛛网先生，把蜜囊给我。动作不要太浮躁，蛛网先生，小心不要把蜜囊弄破。你要是弄破了蜜囊，我会不高兴的。芥子先生在哪儿？”

“在这儿，先生，”芥子说，“您有什么吩咐？”

“没什么事，”乡巴佬说，“好芥子先生，你帮豆花先生给我挠挠头吧。芥子先生，我得去找个理发师了，我觉得脸上毛乎乎的。”

“亲爱的，”仙后说，“你想吃点儿什么？我有一个胆大的仙子，可以去搜寻松鼠的囤积，给你弄些新的坚果来。”

“我倒宁愿吃一把干豆子，”乡巴佬说，他顶着一个驴脑袋，也就有了驴的胃口，“但是，请你不要让你的人来打扰我，我想睡上一觉。”

“那就睡吧，”仙后说，“我要把你搂在我的怀里。啊，我多么爱你！多么喜欢你啊！”

仙王看到那个乡巴佬躺在他的仙后怀里呼呼大睡，走上前去，指责她竟然爱上了一头驴。

她确实无从抵赖，因为那乡巴佬正在她怀里睡着，她还在他的驴头上插满了鲜花。

奥布朗戏弄了她一会儿，又开始向她要那个偷来的男孩。被丈夫发现自己和新欢在一起，她心存愧疚，因此不敢拒绝他。

奥布朗终于得偿所愿，让那个男孩做了自己的侍童。全因他一时兴起，让他的提泰妮娅陷入如此窘境，因此他心生怜悯，便向她的眼睛里洒了几滴另一种花的汁液。仙后瞬间恢复了理智，心中对自己的糊涂之举充满疑惑，口里说着“此时多么讨厌看到这个怪物”。

奥布朗去除乡巴佬的驴头，把他自己的蠢笨脑袋重新装回去，让他继续留在原地睡他的觉。

现在，奥布朗和他的提泰妮娅已经重归于好，他把那两对情侣和他们半夜争吵的事讲给她听，她答应和仙王一起去看看他们的这场奇遇会迎来什么结局。

仙王和仙后找到两位漂亮的姑娘和她们的情人，四人此时都在草坪上睡着，彼此隔得不远。迫克为了弥补自己的失误，把他们带到同一个地方。要保证他们彼此不知，可是费了好大劲儿呢。他用仙王给的解药小心翼翼地解除了拉山德眼睛上的魔药。

赫米娅第一个醒过来，看到她跟丢的拉山德就在不远处睡着，一边望着他，一边琢磨他奇怪的反常表现。没过一会儿，拉山德睁开眼睛，看到他亲爱的赫米娅，他那被仙子的魔药蒙蔽的理智重新恢复，对赫米娅的爱也恢复如初。他俩谈起夜间的奇遇，疑惑这些事是真的发生过，还是两个人做了同样的迷梦。

这时，海丽娜和狄米特律斯也醒了。一场酣睡平息了海丽娜的不安和愤怒。狄米特律斯不停地向她诉说爱意，她听得很是高兴，而且让她又惊又喜的是，她看得出他的这些话是发自真心的。

现在，这两位夜游的姑娘不再是情敌了，她们再次成为彼此的挚友。她们原谅了对方之前说过的所有不友善的话语，心平气和地一起商量，眼下这种情况应该怎么办才好。他们很快达成共识，既然狄米特律斯已经不打算娶赫米娅了，他应该设法说服她的父亲去撤销对她残忍的死刑判决。出于这番好意，狄米特律斯准备返回雅典。就在这时，他们惊讶地看到了赫米娅的父亲伊吉斯的身影，他来到森林，是为了追回他那私逃的女儿。

当伊吉斯听说，狄米特律斯现在已经不想娶他的女儿了，也就不再反对她嫁给拉山德，允许他们在四天后举行婚礼，与赫米娅原本要被处决的日子是同一天。海丽娜也愉快地答应，在那一天嫁给她爱的，现在也忠诚于她的狄米特律斯。

隐身的仙王和仙后，亲眼见证了这次和解。他们看到，经过奥布朗的调停，这两对爱侣迎来了幸福结局。大家都非常高兴，这些好心的精灵决定，在仙国上下通过比赛和狂欢庆祝即将到来的婚礼。

现在，如果有人被仙子的故事和他们的恶作剧触怒，认为太不可思议，太离奇，他们只需要这样想：他们睡着了，做了个梦，所有奇遇只是梦里看到的幻影。我希望我的读者中没有这么不讲理的——会为一个美妙的、无伤大雅的仲夏夜之梦感到不快。

一起涂色吧

冬天的故事

玛丽·兰姆

波力克希尼斯
波西米亚国王

弗罗利泽
波西米亚王子

卡密罗
西西里大臣，后跟随波力克希尼斯去了波西米亚

里昂提斯
西西里国王

潘狄塔
西西里公主，被牧羊人收养长大

赫米温妮
西西里王后

宝丽娜
王后赫米温妮的好朋友，安提哥纳斯的妻子

迈密勒斯
西西里小王子

安提哥纳斯
西西里大臣，宝丽娜的丈夫

里昂提斯，是西西里的国王，他的王后是人美心善的赫米温妮，夫妻二人过去一直恩爱有加。有这样一位好妻子，沉浸在爱情中的里昂提斯感到既幸福又满足，只是有时会想见见自己的老朋友、旧同学，也想让自己的王后与他见个面。这位老朋友正是波西米亚国王，波力克希尼斯。里昂提斯和波力克希尼斯自幼一起长大，但是他们的父亲死后，二人便被召回，统治各自的王国去了。虽然他们经常互赠礼物，一直保持通信，还会互派宠信的大臣往来交流，但是二人却已多年未见了。

几番邀请之后，波力克希尼斯终于从波西米亚来到西西里王宫，拜访他的好朋友里昂提斯。

一开始，这次拜访给里昂提斯带来的全是快乐。他请王后一定要特别关照自己这位幼时的朋友。亲爱的朋友、旧时的伙伴在身旁，国王觉得自己已经幸福得别无所求了。他们一起谈论往日的时光，回忆上学时的故事，还有他们小时候的恶作剧，把这些事说给赫米温妮听，赫米温妮始终兴高采烈地参与他们的交谈。

波力克希尼斯住了很长一段时间，准备离开的时候，里昂提斯自然十分不舍，赫米温妮也和丈夫一起挽留波力克希尼斯，希望他多住些日子。

自这一刻起，苦恼就找上了这位好心的王后。波力克希尼斯婉拒了里昂提斯的挽留，却被赫米温妮温柔动听的话语打动，决定推迟动身的时间，再多住上几周。虽然里昂提斯早就知道他的朋友波力克希尼斯是个正直高尚的人，也知道他贤德的王后品行极好，却因为这件事，生出了难以控制的嫉妒心。赫米温妮对波力克希尼斯表现出的每一次关照，都会刺痛这位可悲的国王，加深他的嫉妒，哪怕王后那样做是为了迎合自己的丈夫，只是想讨他的欢心。里昂提斯突然从一个热情真挚的朋友、深情完美的丈夫，变成了粗暴野蛮的怪物。他派人叫来一位名叫卡密罗的王公大臣，把自己心中的猜疑告诉他，命他去毒杀波力克希尼斯。

卡密罗是个好人，他很清楚里昂提斯的嫉妒根本毫无事实依据，他没有给波力克希尼斯下毒，反而把自己君主的命令如实相告，并且同意和波力克希尼斯一起逃出西西里。波力克希尼斯在卡密罗的协助之下，安全回到了自己的王国——波西米亚。自那以后，卡密罗就住在王宫，成为波力克希尼斯的挚友和宠臣。

波力克希尼斯的逃走，进一步点燃了里昂提斯的妒火。他来到王后的居所，这个善良的女子正和她的小儿子迈密勒斯一起在屋里坐着，小王子正准备把自己最喜欢的一个故事讲给母亲听，逗她开心。就在这时，国王走进来带走孩子，把赫米温妮送进了监牢。

迈密勒斯虽然还是个小孩子，却懂得疼爱他的母亲。当得知母亲被人从他身边带走送进了监牢，他便把这件事记在心底，开始情绪低落，日渐憔悴，整日吃不下东西，睡不好觉，直至大家以为他会因为伤心丢了小命。

国王因为怀疑王后赫米温妮，强行带走小儿子，将王后关进监狱。

创作者：威廉·汉密尔顿（William Hamilton）

国王把王后关进监牢之后，派两位西西里大臣克利奥米尼斯和狄温去德尔福斯，到阿波罗神庙求神谕告知，他的王后是否曾不忠于他。

赫米温妮入狱后不久，生了一个女儿。看着可爱的婴孩，这可怜的女人倒也得到了很大安慰，她对自己刚出生的孩子说：“我可怜的小囚徒，我和你一样清白无辜。”

赫米温妮有一个好朋友，名叫宝丽娜，她品格高尚，是西西里大臣安提哥纳斯的妻子。当宝丽娜夫人听说王后生了孩子，便来到关押王后的监牢。她对服侍赫米温妮的侍女爱米利娅说：“爱米利娅，请你告诉我们的好王后，如果王后陛下愿意相信我，把她的小婴儿托付给我，我会带孩子去见国王，也就是她的父亲。或许他看到这个纯真无邪的婴儿，心肠会变得柔软起来。”

莎翁经典原句

The silence often of pure innocence.
Persuades when speaking fails.

无言的纯洁的天真，往往比说话更能打动人心。

“最值得敬佩的夫人，”爱米利娅回答说，“我会把你这个高尚的建议转达给王后。她正等着这天的到来呢，一直盼着能有个朋友愿意冒险带孩子去见国王。”

“还有，告诉她，”宝丽娜说，“我会大胆地向里昂提斯进言，替她辩护。”

“您对我们仁慈的王后真好，”爱米利娅说，“愿您永受祝福！”

爱米利娅去找赫米温妮，赫米温妮满心欢喜地把她的婴孩交托给宝丽娜，她一直担心没人敢冒险带孩子去见她的父亲。

宝丽娜带着新生的婴儿，强行面见国王，虽然她的丈夫害怕国王会发怒，曾竭力阻拦，她还是把婴儿放到了孩子父亲面前。宝丽娜在国王面前慷慨陈词，为赫米温妮辩护，她厉声指责国王残忍无情，恳求他怜惜无辜的妻子和孩子。

可惜宝丽娜激烈的抗议只起到了让里昂斯提斯更加生气的效果，他命宝丽娜的丈夫安提哥纳斯把她带离国王面前。

宝丽娜离开的时候，把小婴儿留在她父亲的脚边，心里想着，只剩这父女二人的时候，国王看了这孩子，定会对她的天真无助心生怜悯。

善良的宝丽娜想错了，她才离开没多久，这个残忍的父亲就命令宝丽娜的丈夫安提哥纳斯抱起孩子，带出去，把她扔在荒凉的海岸，任她自生自灭。

和善良的卡密罗不同，安提哥纳斯对里昂提斯言听计从。他立马带孩子上船出海，打算一找到荒无人烟的海岸，就把她抛下。

国王坚信赫米温妮有罪，甚至不愿等被他派去阿波罗神庙求神谕的克利奥米尼斯和狄温回来，在王后尚未从生产中恢复过来，还在为失去她的宝贝孩子痛苦悲伤之际，就下令把她带来，让她在王公贵族面前接受公审。全国上下所有大人、法官，所有贵族，全部出席，集体质询赫米温妮。正当悲惨的王后作为犯人站在她的臣民面前受审之时，克利奥米尼斯和狄温走进法庭，把密封的神谕递呈国王。里昂提斯下令开封，将神谕的内容大声读出来，内容如下：

"赫米温妮清白无辜，波力克希尼斯无可指责，卡密罗是忠臣，里昂提斯是多疑的暴君。若那失去的找不回来，国王将后继无人。"

国王不愿相信神谕的内容。他说那是王后的亲信们编造出来的谎言，他要求法官继续审判王后。就在里昂提斯说话的时候，一个人走进来，对国王说，迈密勒斯王子听到他的母亲要被判处死刑，承受不住悲痛和耻辱，突然去世了。

赫米温妮听到她视若珍宝、无比疼爱的孩子，竟因为她的不幸忧郁而亡，一下昏了过去。里昂提斯听到这个消息同样心如刀绞，开始对他可怜的王后心生同情，他命宝丽娜和她的侍女们把王后带下去，设法让她醒过来。宝丽娜没过多久又回来了，对国王说，赫米温妮已经死了。

里昂提斯听说王后死了，无比后悔当初那样残忍地对待她。他心里想着，定是自己的苛待伤了赫米温妮的心，此刻他终于相信王后是清白的了。如今他也相信神谕的内容是真实的，他认为上面那句“若那失去的找不回来”，指的就是他的小女儿，他注定会后继无人，因为他的小王子迈密勒斯已经死了。此时，他宁愿献出王国换回已经失去的女儿。里昂提斯深陷自责难以自拔，在伤心悔恨中度过了很多年。

安提哥纳斯带着小公主出海时乘坐的那条船被风浪裹挟着，来到了波西米亚的海岸，这里正是那位好国王波力克希尼斯的王国。安提哥纳斯在这里登陆，把小婴儿遗弃在这里。

安提哥纳斯并没有回到西西里把小公主被遗弃的位置告诉里昂提斯，他再也回不去了，因为他返回船上的时候，树林里窜出一只熊，把他撕成了碎片。这是对他遵从里昂提斯邪恶命令的公正处罚。

孩子身上穿戴着华丽的衣裳和珠宝，因为赫米温妮把她送到国王面前时，给她精心打扮了一番。另外，安提哥纳斯还在她的斗篷上别了一张字条，上面写了她的名字“潘狄塔”，还写了几句话，隐晦地提到了她高贵的出身和坎坷的命运。

一个牧羊人发现了这个可怜的弃婴。他是个心地善良的人，于是把小潘狄塔抱回家交给自己的妻子，牧羊人的妻子对孩子爱护有加。但是贫穷让牧羊人把捡到的财宝隐匿起来，为了不让人知道他的财富从何而来，他们搬离了原来的地方。他用潘狄塔的部分珠宝买了很多羊，摇身一变，成了一个富裕的牧羊人。

他把潘狄塔当作自己的孩子悉心养育，她对自己的身世一无所知，以为自己就是一个牧羊人的女儿。

小潘狄塔长成了一个漂亮的姑娘。虽然她接受的教育和其他牧羊人的女儿一样，但是她那未经打磨的心智却散发着天生的高贵气质，这是从她的王后母亲那里继承来的，看她的行为举止，没有人能看出她不是在她父亲的王宫中长大的。

波希米亚的国王波力克希尼斯有一个独生子，名叫弗罗利泽。这位年轻的王子在牧羊人家附近打猎时，看到了牧羊人的养女。潘狄塔的美丽、端庄和王后般的风范，让王子瞬间爱上了她。王子马上扮成平民，化名道里克尔斯，成了老牧羊人家的常客。弗罗利泽经常不在王宫，引起波力克希尼斯的担忧。于是他派人监视自己的儿子，发现原来王子爱上了牧羊人的女儿。

波力克希尼斯召卡密罗来，想让他陪自己去见潘狄塔的养父，也就是牧羊人。这位忠诚的卡密罗，就是当初从里昂提斯的盛怒之下救他一命的人。

波力克希尼斯和卡密罗都做了伪装，二人来到老牧羊人家时，他们正在庆祝剪羊毛的节日。在剪羊毛的节日，所有客人都会受到热烈欢迎，即便是像他们这样的陌生人也不例外，他们被邀请到家里，和大家一起欢度节日。

牧羊人的家里充满欢声笑语。桌子已经摆好，这场乡村盛宴的准备工作正在如火如荼地展开。有些姑娘和小伙子们在房子前面的草地上跳舞，还有些年轻人在门口的摊贩那儿买缎带、手套之类的玩意儿。

热闹还在继续，弗罗利泽和潘狄塔静静地坐在一个偏僻的角落，与和大家一起欢笑相比，他们似乎更喜欢两个人单独说说话。

国王的装扮让他的儿子根本不可能认出他来。因此他走到离他们很近的地方，听两人谈些什么。见潘狄塔和他的儿子交谈时，言行朴素却十分优雅得体，波力克希尼斯颇感惊讶。他对卡密罗说："她是我见过的出身低下的人中，最漂亮的一个。她的言行举止一点儿也没有下等人的样子，反而看起来像个上等人，她这么高贵，实在不像这个地方的人。"

卡密罗回答道："确实如此，虽然整日与炼乳和奶油打交道，她却像个真正的王后。"

"请问，我的好朋友，"国王问老牧羊人，"跟你女儿说话的那个俊秀青年是谁？"

"他们管他叫道里克尔斯，"牧羊人回答说，"他说他爱我的女儿。坦白说，没有一个亲吻能让人分辨出，谁更爱谁多一些。如果年轻的道里克尔斯能娶到她，她会给他带来做梦都想不到的东西。"他指的是潘狄塔剩余的珠宝。他当初用一部分买了些羊，剩下的全都小心翼翼地收藏起来留给她做嫁妆。

随后，波力克希尼斯跟他儿子攀谈起来。"怎么样，小伙子！"他说，"你看起来满腹心事，都没心思过节了。我年轻的时候常用礼物表达爱意，你却让那货郎就那么走了，也没给你的姑娘买个玩意儿。"

年轻的王子完全没想到跟他说话的是他的父亲，答话说："老先生，她看中的不是这些小东西。潘狄塔期待的礼物，就锁在我心里。"然后他转过身，对潘狄塔说，"哦，听我说，潘狄塔，当着这位老绅士的面，他似乎是个过来人，让他听听我对你的表白吧。"弗罗利泽要郑重地对潘狄塔许下婚姻的承诺，请这位陌生的老人从旁见证，他对波力克希尼斯说："请您做我们婚约的见证人。"

"还是让我见证你们的分手吧，年轻人。"国王说完，便卸下了伪装。波力克希尼斯责备他的儿子，竟鲁莽地和这个出身低下的姑娘定下婚约，他称潘狄塔为“羊倌家的丫头，牧羊杖”，还有其他不尊重人的称呼。他威胁潘狄塔，如果她再让他的儿子来看她，会让她和她的老父亲死得很惨。

国王怒气冲冲地走了，命卡密罗带上王子跟他一起走。

国王离开以后，波力克希尼斯的羞辱唤醒了潘狄塔高傲的天性，她说：“虽然我们完全不可能了，但是我并不害怕。我一而再地想要开口，想明明白白地告诉他，同一个太阳，会照耀他的宫殿，也会照耀我的小屋，不会区别对待。”接着她又伤心地说：“可是现在，我要从这场梦中醒来，我不会成为什么王后。离开我吧，先生。我要去给母羊挤奶，然后哭上一阵。”

潘狄塔活泼礼貌的行为举止，让心地善良的卡密罗难以忘怀。而且他也察觉到，年轻的王子爱她至深，不可能听从他父王的命令就这样放弃。卡密罗想了一个办法，既可以帮助这对情侣，同时还能实现他的一个心愿。

卡密罗早已得知，西西里国王里昂提斯已经真心悔过。虽然卡密罗现在是波力克希尼斯的好朋友，他还是忍不住想再见见自己的旧主和故乡。因此，他提出，让弗罗利泽和潘狄塔和他一起去西西里的王宫，在那里他们会得到里昂提斯的庇护，直到通过他从中调停，波力克希尼斯肯原谅他们，同意他们结婚。

他们高兴地同意了这个提议。卡密罗负责与他们逃跑相关的一切事务，并答应带老牧羊人一起走。

老牧羊人把潘狄塔剩下的珠宝，她婴儿时期的衣服，还有那张

莎翁经典原句

The selfsame sun that shines upon his court hides not his visage from our cottage, but looks on alike.

同一的太阳照着他的宫殿，也不曾避过了我们的草屋。日光是一视同仁的。

别在斗篷上的纸条，全都带在身上。

一路航行顺利，弗罗利泽和潘狄塔、卡密罗和老牧羊人，四人安全抵达西西里，来到里昂提斯的王宫。里昂提斯，一直在为他死去的赫米温妮和他那个丢掉的孩子伤心，他以极大的善意接纳了卡密罗，也热情欢迎弗罗利泽王子的到来。弗罗利泽介绍潘狄塔，说是他的公主，里昂提斯的注意力似乎全都被她吸引了。他觉得潘狄塔和他死去的王后赫米温妮长得太像了，因此悲伤再次决堤。他说，如果他当初没残忍地害死自己的女儿，那孩子现在也已经是一位可爱漂亮的姑娘了。

“不只如此，”他对弗罗利泽说，“我也与你父亲断了交往，失去了我们之间的友谊。我多想再见见他呀，哪怕用我的命去换也在所不惜。”

老牧羊人听说国王竟然这样在意潘狄塔，又听说国王丢过一个女儿，那孩子被丢弃的时候还是个婴儿，他对照了一下自己看见小潘狄塔的时间和她被遗弃时的情况，那些珠宝，还有其他象征她高贵出身的东西。所有这一切，只能让他得出一个结论，潘狄塔就是国王丢失的女儿。

老牧羊人把捡孩子的事对国王说了，还讲述了安提哥纳斯是怎么死的，他亲眼看到那头熊抓住了他。老牧羊人说这些话的时候，弗罗利泽和潘狄塔、卡密罗和忠诚的宝丽娜都在。他拿出那件华丽的斗篷，宝丽娜还记得，这正是赫米温妮用来包裹她孩子的那件。他又掏出了一件首饰，宝丽娜想起这是赫米温妮亲手挂在潘狄塔脖颈上的。他递上字条，宝丽娜认出那上面的字迹是她丈夫的。毫无疑问，潘狄塔就是里昂提斯的女儿。宝丽娜高尚的心灵却陷入挣扎，她为自己丈夫的死感到难过，又为神谕的应验感到喜悦，国王的继承人，他那丢失许久的女儿找到了！当里昂提斯听到潘狄塔是自己的女儿时，汹涌的悲伤再次将他淹没，赫米温妮已经不在了，她再也不能抱抱自己的孩子，他很长时间说不出话来，口中念着“哦，你的母亲，你的母亲！”

就在众人悲喜交加之际，宝丽娜打断众人，对里昂提斯说，她家有一座雕像，是杰出的意大利艺术家裘里奥·罗曼诺新近完成的作品，那雕像和王后一模一样，若是国王陛下乐意去他家看上一看，一定会觉得那雕像就是赫米温妮本人。于是众人一同前往，国王急于见到赫米温妮的雕像，潘狄塔也十分想看看她那没见过面的母亲长什么样。

宝丽娜拉开遮住这座漂亮雕像的幕布，国王见雕像和赫米温妮一模一样，所有的悲伤悔恨一股脑儿地涌上来，顿感无力，半天说不出话，也动弹不得。

“您的沉默让我感到欣慰，我的陛下，”宝丽娜说，“这更能彰显您的惊讶。这雕像是不是和您的王后很像？”

国王终于能开口了，他说：“哦，当初我向她求婚时，她就是这样站着，也是这样端庄圣洁。但是，宝丽娜，赫米温妮没有雕像这么老。”

宝丽娜回答说：“这更能看出雕刻家的高明了，他雕刻出了赫米温妮如果还活着，现在的样子。陛

知道百科

2016 年是莎士比亚逝世 400 周年，为了纪念莎士比亚，英国的霍加斯出版社邀请全球当代知名作家改编莎士比亚戏剧。作家珍妮特·温特森将《冬天的故事》改写为《时间之间》，讲述的是一个刚出生就被遗弃的孩子帕蒂塔的故事。而作家温特森本身也是一个“弃儿”。幸运的是，作家最终找到了她的生母，《时间之间》的帕蒂塔也原谅了遗弃她的父亲，正如文中的赫米温妮宽恕了国王一般。

下，还是让我把幕布拉下来盖上吧，恐怕您马上会以为它会动。”

国王说：“别拉上幕布。真希望我已经死了！看，卡密罗，你不觉得它在呼吸吗？她的眼睛好像在动呢。”

“我必须得拉下幕布了，陛下，”宝丽娜说，“您太激动了，您快要把这雕像当活人了。”

“啊，好心的宝丽娜，”里昂提斯说，“让我这样想上20年吧！我还是觉得她在呼吸。什么样的好凿子能凿出呼吸呢？谁也不要笑我，我要过去吻她。”

“天呐，我的陛下，您克制一下！”宝丽娜说，“她唇上的红色颜料还没干，油彩会沾到您的嘴上。我可以把幕布拉下来了吗？”

“不，20年都不要拉。”里昂提斯说。

潘狄塔一直跪在那里，用钦佩的目光默默地望着她那无与伦比的母亲的雕像，她开口道：“我也能一直留在这儿，望着我亲爱的母亲。”

“您是想控制自己的情绪，”宝丽娜对里昂提斯说，“让我把幕布拉下来，还是准备见识见识更让您吃惊的事。其实我可以让这雕像动起来。没错，我还能让她从底座上下来，拉住您的手。那您一定会以为我借助了什么邪恶力量的帮助，我要声明，我没有。”

“无论你能让她做什么，”这位倍感震惊的国王说，“我都愿意看。无论你能让她说些什么，我都愿意听。你能让她动，自然也能让她说话。”

宝丽娜命人奏响徐缓庄重的音乐，这是她提前准备好的。令在场的所有人全都大吃一惊的事发生了，雕像从底座上走下来，用胳膊搂住里昂提斯的脖子。然后雕像开口说话了，为她的丈夫和孩子——刚被找到的潘狄塔祈福。

雕像会搂着里昂提斯的脖子，祝福她的丈夫和孩子，没什么可奇怪的。之所以不该觉得奇怪，是因为雕像实际上就是赫米温妮本人，真正的、活生生的王后。

宝丽娜当初对国王说赫米温妮已经死了，撒这样的谎只是为了保住王后的命。在那之后，赫米温妮一直和宝丽娜住在一起，从来没打算让里昂提斯知道她还活着，直到她听说潘狄塔找到了。因为她虽然早就原谅了里昂提斯对她的伤害，但是无法原谅他对自己襁褓中的女儿竟然那样残忍。

他已故的王后就这样活过来了，丢掉的女儿也找到了，超量的幸福，让长期忧郁的里昂提斯几乎承受不住。

到处都能听到祝福和关切的话语。此时，这对幸福快乐的父母十分感谢弗罗利泽王子爱上他们表面看上去出身低下的女儿。他们也虔诚地祝福好心的老牧羊人，因为他救了他们的孩子。卡密罗和宝丽娜非常开心，他们亲眼看到自己的忠心付出，收获了这样好的结果。

就好像这神奇又意外的欢乐结局不该有什么缺憾似的，波力克希尼斯也在此刻来到王宫。

波力克希尼斯一发现他的儿子和卡密罗不见了，立刻想到该到这儿来找他们，因为他知道卡密罗早就想回到西西里。他飞速追赶，正好在里昂提斯一生最快乐的时刻来到王宫。

看大家如此欢乐，波力克希尼斯选择加入其中。他原谅了朋友里昂提斯对他的无端嫉妒，他们再一次像儿时那样诚心诚意地相互爱戴。也不用担心波力克希尼斯会反对他儿子和潘狄塔结婚了。潘狄塔现在不是“牧羊杖”，而是西西里王位的继承人。

饱受苦难的赫米温妮，我们终于看到她坚韧的美德有了回报。这个优秀的女人和她的里昂提斯，还有她的潘狄塔一起生活了很多年。这些年间，她是最幸福的母亲，也是最幸福的王后。

一起涂色吧

无事生非

玛丽·兰姆

里奥那托

梅辛那总督

贝特丽丝

总督里奥那托的侄女

希罗

总督里奥那托的女儿

欧苏拉

希罗的侍女

克劳狄奥

佛罗伦萨的少年贵族

培尼狄克

帕度亚的少年贵族

玛格莱特

希罗的侍女

唐·约翰

阿拉贡亲王的弟弟

唐·彼德罗

阿拉贡亲王

在梅辛那的王宫里住着两位姑娘，一位名叫希罗，另一位叫贝特丽丝。希罗是梅辛那总督里奥那托的女儿，贝特丽丝是总督的侄女。

贝特丽丝生性活泼，希罗更稳重些。贝特丽丝常用逗趣的话，逗弄她的堂妹希罗。无论什么事，都能让无忧无虑的贝特丽丝笑上一阵。

这两个姑娘的故事，是从这里开始的。几个年轻人途经梅辛那，来拜见里奥那托，他们都是军队里的高阶士兵，刚打完一场仗回来，因表现英勇为众人所知。这些人中有阿拉贡亲王唐·彼德罗，还有他的朋友克劳狄奥——一个佛罗伦萨的领主，和他们同来的还有

知道百科

《无事生非》在中国被改编为黄梅戏版本，在首届中国莎士比亚戏剧节(1986年4月23日)上表演。演出获得了巨大成功，时任国际莎士比亚研究会主席的布洛克班克给中国剧协主席、莎学会会长曹禺写信称赞此场演出：“我认为你们的演出喜庆欢乐，雍容华贵，诙谐有趣又富于人性的启迪。”英国文化大臣理查德·卢斯夫妇以及英国首相撒切尔夫人也对本次戏剧节盛赞有加。以中国方式演绎的莎士比亚戏剧，为莎士比亚戏剧传奇更添丰富色彩。

放荡不羁，又诙谐机智的培尼狄克——一个帕度亚的领主。

这些外客都曾到访过梅辛那，热情好客的总督把自己的这些故交老友介绍给了自己的女儿和侄女。

培尼狄克一进门，就开始和里奥那托，还有亲王，热烈地交谈起来。无论什么谈话，贝特丽丝都要参与。她打断培尼狄克说："我很好奇呀，培尼狄克阁下，你要一直说下去吗？根本没人在听啊。"

培尼狄克跟贝特丽丝一样，也是个嘴闲不住的人，可是这样过于随便的问候方式让他有些不快。他认为一个有教养的姑娘，不应该这样油嘴滑舌。他又想起，上次来梅辛那，贝特丽丝也总拿他开玩笑。即便是喜欢随意取笑别人的人，也不喜欢成为别人取笑的对象，培尼狄克和贝特丽丝也是如此。这两个牙尖嘴利的人，之前每次见面都要互相戏谑、唇枪舌剑一番，每次都是生着对方的气分开。因此，当贝特丽丝在他说话时打断他，说没人在听他说话时，培尼狄克假装之前没看见她，说："什么，我亲爱的傲慢小姐，你还活着呢？"

从这时起，他们之间的战争再次打响，紧接着就是一段长时间的激烈争辩，虽然贝特丽丝知道他在这次的战争中表现英勇，在争辩的过程中却说，自己会把他在战场上砍杀的人全都生吞了。她见亲王喜欢与培尼狄克交谈，就称呼他"亲王的小丑"。这个讽刺的称呼给培尼狄克带来的刺痛感，超过她之前说的所有话。她说她会把他杀死的人全都生吞了，暗指他是懦夫，这一点他根本不在意，因为他知道自己是个勇敢的人。但是这位机智过人的勇士最怕别人说他是小丑，因为这个指控有时太接近事实了。因此，当贝特丽丝称呼他"亲王的小丑"时，他真是打心眼儿里恨她。

在这些尊贵的客人面前，端庄的希罗总是一言不发。克劳狄奥聚精会神地望着她，发现随着时间的流逝，她比以前更漂亮了，思量着她苗条的身材竟这般优美（她是个惹人赞叹的年轻姑娘）。亲王听着培尼狄克和贝特丽丝之间诙谐幽默的对话，觉得十分有趣。他轻声对里奥那托说：“这真是个欢乐活泼的年轻姑娘。她倒可以给培尼狄克当个好妻子。”

里奥那托听到这个提议，回答说：“哦，我的天哪，我的大人，他们要是结了婚，只要互相说上一个星期，两个人都得疯了。”

虽然里奥那托认为他们两个不合适，亲王却没有放弃让这两个机智风趣的男女组成一对的想法。

亲王和克劳狄奥从王宫回来之后发现，除了他想撮合成婚的培尼狄克和贝特丽丝，还有一对好姻缘在等着他撮合呢。克劳狄奥描述希罗的那些话，让亲王一下就猜到了他的心思。亲王也是满心欢喜，于是对克劳狄奥说：“你是不是喜欢希罗？”对于这个问题，克劳狄奥回答说：“啊，我的大人，我上次来梅辛那的时候，是用军人的眼光看待她，虽然也是喜欢，但是没有闲情雅致谈情说爱。现在是幸福的太平日子，我的脑子已经不用想打仗的事了，空出来的地方，挤满了柔情蜜意。所有的柔情蜜意都在告诉我，年轻的希罗有多美，提醒我，我去打仗之前就喜欢上她了。”克劳狄奥坦白了他对希罗的爱，这番话让亲王颇为感动。亲王立即去恳求里奥那托，让他同意克劳狄奥成为他的女婿。里奥那托同意了这个请求，亲王没费多大力气就说服了温柔的希罗去听一听高贵的克劳狄奥的心意。克劳狄奥是个天赋出众、极具才华的贵族，再加上这位好心的亲王帮忙撮合，很快就说服里奥那托，定了一个临近的日子，让他与希罗举行婚礼。

只需再等上几天，克劳狄奥就可以和他的美丽姑娘结婚了，可他还是嫌等待的时间太长。其实，大部分年轻人在等待任何一件事发生时，都会觉得不耐烦。亲王为了让他觉得这段时间并非那么漫长，提出他们应该想出一条妙计，让培尼狄克和贝特丽丝两个人爱上对方，这样就可以快乐地打发时间。克劳狄奥非常乐意参与亲王的这次突发奇想，里奥那托也承诺会提供帮助，就连希罗也说，她要尽自己的微薄之力，帮贝特丽丝找个好丈夫。

莎翁经典原句

Happy are they that hear their detractions and can put them to mending.

听到自己的短处而能改过自新的人是幸福的。

亲王想出的计策是，男人们要叫培尼狄克相信贝特丽丝爱他，然后希罗要让贝特丽丝以为培尼狄克爱她。

亲王、里奥那托和克劳狄奥率先行动。他们等待着时机，培尼狄克坐在凉亭安静地读着书，亲王和他的帮手们在凉亭后面的树丛就位，他们故意离培尼狄克特别近，让他别无选择，只能把他们说的话全听进耳朵里。说了几句无关紧要的话之后，亲王说："过来，里奥那托。那天你跟我说什么来着——是说你的侄女贝特丽丝爱上培尼狄克先生了吗？我从来没想过，那个姑娘会爱上一个男人。""是呀，我也没想到，我的大人，"里奥那托回答说，"最奇妙的是，她竟然那么喜欢培尼狄克，从表面上看，她一点儿也不喜欢他。"克劳狄奥确认了亲王的说法，还说希罗告诉他，贝特丽丝非常爱培尼狄克，如果培尼狄克不爱她，她一定会伤心死的。里奥那托和克劳狄奥似乎都认为这事不可能，因为他一直是漂亮女人的公敌，尤其喜欢跟贝特丽丝对着干。

亲王假装听进去了他们的话，装作十分同情贝特丽丝似的，说："要是有人把这件事告诉培尼狄克就好了。”“告诉他又能怎么样？”克劳狄奥说，“他只会把这件事当作一个笑料，让那可怜的姑娘更痛苦。”“他要是真这么做，”亲王说，“把他吊死倒是做了件好事。贝特丽丝是多么可爱的姑娘啊，她事事聪明，却爱上了培尼狄克。”然后，亲王向同伴们示意，大家都走开，让培尼狄克想想他偷听到的话。

培尼狄克心潮澎湃地听完了他们的对话。当听到他们说贝特丽丝爱他时，他自言自语地说：“可能吗？风能在哪个角落停住？”他们走了之后，他开始自己在那儿分析：“这不可能是假的！他们都很严肃，而且他们是听希罗说的，好像很同情那个姑娘。爱我！哎呀，必须得回报她！我从来没想过结婚。可是，我说我到死都会是单身汉的时候，没想到自己能活到结婚那天。他们说这个姑娘既善良又美丽。她确实如此。还说她事事聪明，却爱上了我。唉，爱上我也不表示她傻呀！贝特丽丝来了。苍天为证，她确实长得漂亮！我还真从她身上看出了几分爱意。”贝特丽丝来到他身边，说话时还是像往日那样刻薄：“他们让我来叫你进去吃饭，这可不是我愿意来的。”培尼狄克从来没这么彬彬有礼地对她说过话，他回答说：“美丽的贝特丽丝，感谢你不辞辛苦。”贝特丽丝说了两三句粗鲁的话，自己走了。培尼狄克觉得自己在这几句失礼的话语背后，察觉到了隐隐的柔情，于是他大声说：“我要是不怜惜她，我就是个恶棍。我要是不爱她，我就是个犹太人。我要去向她要一张画像。”

这位先生就这样钻进了他们为他准备的网。现在该轮到希罗登场了，为了在贝特丽丝面前演戏，她把服侍自己的两个侍女欧苏拉和玛格莱特叫来。她对玛格莱特说：“好玛格莱特，你快跑着去客厅。我的堂姐贝特丽丝正在那儿跟亲王和克劳狄奥说话。你悄悄告诉她，说我和欧苏拉正在果园里散步，我们的谈话全都与她有关。叫她偷偷溜进那座宜人的凉亭，太阳让那里的忍冬藤茁壮成长，它们却像忘恩负义的看门狗，不准太阳进来。”希罗让玛格莱特引诱贝特丽丝去的凉亭，正是不久前培尼狄克偷听她们说话的那座。“我会让她过来的，我保证，马上。”玛格莱特说。

希罗把欧苏拉带到果园，对她说：“听好，欧苏拉，贝特丽丝来的时候，我们就在这条小路上来回走，我们的谈话必须只和培尼狄克有关。我一提到他的名字，你就夸他，把他夸得绝无仅有。我会跟你说培尼狄克是怎么爱上贝特丽丝的。现在就开始吧。瞧，贝特丽丝像只田凫似的弓身缩背地跑来听咱们说话了。”她们开始交谈，仿佛欧苏拉刚才说了什么，希罗假装回应说：“不，真的，欧苏拉。她太瞧不起人了。她的脾气就像山上的野鸟，谁也抓不住。”“但是你确定吗？”欧苏拉说，“培尼狄克真这么爱贝特丽丝？”希罗回答说：“亲王跟我的克劳狄奥都这么说，他们求我把这件事告诉她。可是我劝他们说，如果他们爱护培尼狄克，就永远不要让贝特丽丝知道这件事。”“确实，”欧苏拉回答说，“让她知道他爱她可不是什么好事，免得她拿这件事笑话他。”“唉，说实在的，”希罗说，“无论一个人多么聪明、高贵、年轻，或者长相出众，她都会对人家横加指责。”“对，对，这样吹毛求疵真不大好。”欧苏拉说。“是啊，”希罗回应说，“可是谁敢告诉她呢？如果我去跟她说，她能把我嘲笑到天上去。”“唉，你冤枉你的堂姐了！”欧苏拉说，“她不会这样没判断力，拒绝像培尼狄克先生这样一位难得的绅士。”“他的名声非常好，”希罗说，“实际上，他是意大利最好的男人，当然除了我亲爱的克劳狄奥。”这时，希罗给她的侍女一个暗号，表示该换话题了。于是，欧苏拉说：“您什么时候结婚，小姐？”希罗说她明天就跟克劳狄奥结婚，让欧苏拉跟她一起回去挑几件新衣裳，想咨询咨询她的意见，看明天穿哪件合适。贝特丽丝一直在屏住呼吸听她们交谈，听得她心潮澎湃。她们离开之后，她惊呼道：“我的耳朵是着火了吗？

这是真的吗？永别了，蔑视和嘲笑，还有少女的骄傲，再见了！培尼狄克，爱情开始吧！我会回报你的，用你可爱的手驯服我这颗不羁的心吧。”

所有人都乐意看到这对旧日的仇敌变成相亲相爱的新朋友，也想看看这二人被乐天派的亲王设下欢乐的诡计欺骗，相互爱慕之后的首次碰面会是什么情况。可是，现在必须说说在不幸的希罗身上发生的伤心事了。第二天本来是希罗结婚的日子，在那一天，她和她的好父亲里奥那托的心上，却被悲伤笼罩。

亲王有个同父异母的弟弟，他也是从战场回来的，和亲王一起来到了梅辛那。亲王的这个弟弟（他名字叫唐·约翰）是个阴险又不安分的人，心里似乎总是在想着怎么作恶。他恨自己的哥哥，因为克劳狄奥是亲王的朋友，他也恨克劳狄奥，因此他下决心要阻止克劳狄奥和希罗结婚，他这么做只是为了让克劳狄奥和亲王痛苦，因为他知道亲王对这桩婚事的在意程度和克劳狄奥一样，他就高兴做这样的坏事。为了达到这个邪恶的目的，他用重金雇佣了一个叫波拉契奥的人，这家伙和他一样坏。波拉契奥向希罗的侍女玛格莱特献过殷勤。唐·约翰知道这件事之后，就唆使他去找玛格莱特，让玛格莱特答应他当天晚上等希罗睡着之后，在她女主人的卧室窗户那里跟他说话，还让她穿上希罗的衣裳，这样更容易骗过克劳狄奥，叫他相信窗边的人是希罗。他谋划这个邪恶的阴谋，就是想得到这样的结果。安排妥当之后，唐·约翰找到亲王和克劳狄奥，说希罗是个轻佻的姑娘，深更半夜和男人在卧室窗边交谈。此时正是婚礼前夕，他提出当晚就带他们去，让他们亲耳听到希罗从她的窗边和男人聊天。他们同意跟他一块儿去。克劳狄奥说：“如果我今晚看到证明我不该跟她结婚的事，那我明天就在本该跟她结婚的教堂，当着大家的面羞辱她。”亲王也说：“既然她是我帮你求来的，我也会跟你一起羞辱她。”

当天晚上，唐·约翰带他们来到希罗的卧室附近，他们看见波拉契奥站在窗下，还看见玛格莱特从希罗的窗口往外看，听见她和波拉契奥说话。玛格莱特身上穿的是希罗的衣裳，亲王和克劳狄奥都见过，因此他们认定那就是希罗小姐本人。

克劳狄奥发现（他是这样以为的）这件事之后，愤怒至极。他对天真无邪的希罗所有的爱，瞬间转变成仇恨，他决定就像自己说过的那样，第二天在教堂揭穿她的真面目。亲王也同意克劳狄奥这么做，他认为什么样的惩罚对这位不正经的小姐都不算苛刻，她马上就要嫁给高贵的克劳狄奥了，前一天晚上居然从自己闺房的窗边跟别的男人聊天。

第二天，众人齐聚一堂，参加婚礼，克劳狄奥和希罗站在神父面前，神父，或者说修士，正在按计划宣布结婚仪式正式开始，克劳狄奥用最愤怒的话语，大声宣告无辜的希罗的罪状。他口中的这些荒唐话语，让希罗万分吃惊。她温顺地说："我的夫君，你还好吗，他怎么说起胡话来？"

里奥那托非常震惊，对亲王说："我的大人，您怎么不说话呢？""我应该说什么？"亲王说，"我也觉得丢脸，竟然去撮合我的好朋友和一个配不上他的女人。里奥那托，以我的名誉起誓，我自己、我弟弟，还有伤透了心的克劳狄奥，昨天晚上看到也听到她半夜三更和一个男人在她卧室窗边说话。"

培尼狄克听到这些话，惊诧不已，说："这看起来可不像是一场婚礼。"

"是的啊！"痛心的希罗回应了一声，紧接着这个倒霉的姑娘就晕过去了，看起来像死了一样。亲王和克劳狄奥径直离开教堂，没留下来看看希罗会不会醒过来，也根本没理会他们把里奥那托扔进了什么样的痛苦深渊。愤怒让他们变得铁石心肠。

培尼狄克没有走，留下来帮贝特丽丝唤醒陷入昏厥的希罗，他说："她怎么样？""死了，我觉得。"贝特丽丝回应道，她此时已陷入巨大的痛苦，因

克劳狄奥误会希罗深更半夜和男人在卧室窗边交谈，在婚礼现场当众羞辱希罗，希罗昏死过去。
创作者：马库斯·斯通（Marcus Stone）

为她爱自己的堂妹，知道她是品行端正的人，对于那些指责，她一丝一毫也不相信。那可怜的老父亲却不是这样，他相信了那些故事，相信了他的孩子做出过不知羞耻的事。希罗像个死人一样躺在他面前。他对着女儿哀叹，希望她再也不要睁开眼睛。这一幕实在惹人哀叹。

但是，老修士是一位智者，善于观察人的本性。当这位小姐听到别人的指控时，他注意到了她的表情，还看到羞辱让她涨红了脸，后来又看到天使般的洁白驱散了她脸上的潮红，他还在她的眼里看到一团火，这就说明亲王指责她不贞洁，完全是错误的。他对那位伤心的父亲说：“如果这位可爱的小姐不是无辜受冤，就管我叫傻子，就不要相信我的学问，也不要相信我的洞察，不要相信我的年龄、我的身份，也不要相信我的职责了。”

希罗从昏迷中醒过来。修士对她说：“小姐，他们指责你私通的那个男人是谁？”希罗回答说：“那些指责我的人知道，我什么也不知道。”她回过头来对里奥那托说：“哦，我的父亲，如果你能证明我在不适当的时候和任何一个男人说过话，或是我昨天晚上跟任何东西说过话，你就别再认我，尽管恨我，把我折磨死。”

“其中一定有蹊跷，”修士说，“让亲王和克劳狄奥误会了。”随后，他建议里奥那托对外宣布希罗已经死了。他说，他们离开的时候，希罗的晕厥看起来就像死了一样，这话很容易让他们相信。他还提出，让里奥那托穿上丧服，给她立一座墓碑，像模像样地办一场葬礼。

“这样做能起到什么作用？”里奥那托说，“会发生什么？”

修士回答说：“宣告她死了，可以将诽谤变成怜悯，这就很好。但是，我期待的好处，不止这一点。当克劳狄奥听说，她是因为听了他的那些话死的，她生前的样子就会在不知不觉间温柔地滑进他的脑海。如果他曾真心爱过她，就一定会哀悼她，后悔自己当初那样指责她，哪怕他还认为自己的指责是有根据的。”

这时，培尼狄克说：“里奥那托，你就听从修士的建议吧。虽然你知道我和亲王以及克劳狄奥的感情有多么深厚，但是我以自己的名誉担保，不会把这个秘密泄露给他们。”

里奥那托被说服了，同意照修士说的做。他悲伤地说：“我太痛心了，就连最细的麻绳也能牵着我走。”随后，善良的修士引着里奥那托和希罗离开，去安慰开解他们，只剩下贝特丽丝和培尼狄克两个人还没走。他们的这次会面，本来是朋友们设计好的乐事，大家都等着拿他们消遣呢。此时此刻，朋友们全都深陷痛苦，所有欢乐的想法在他们的脑子里似乎再也没有容身之地了。

培尼狄克率先开口，说：“贝特丽丝小姐，你一直在哭吗？”“是呀，我还要再哭上一会儿。”贝特丽丝说。“当然，”培尼狄克说，“我相信你那美丽的堂妹是被冤枉了。”“唉！”贝特丽丝说，“我愿意倾尽所有，报答那个愿意帮她洗脱冤屈的人！”培尼狄克接着说：“是否有什么办法来表达这种情谊呢？在这个世界上，我爱你胜过一切，是不是很奇怪？”“我也可以这样说，”贝特丽丝说，“全世界我最爱的就是你。但是不要相信我的话，可是我也没有说谎。我什么也不承认，什么也不否认。我为我的堂妹感到难过。”“我以我的剑发誓，”培尼狄克说，“你爱我，我要声明，我也爱你。来吧，让我为你做什么都可以。”“杀了克劳狄奥。”贝特丽丝说。“啊！这我无论如何也做不到。”培尼狄克说。因为他很爱他的朋友克劳狄奥，而且他相信，克劳狄奥是受了谁的欺骗。“克劳狄奥造谣中伤我的堂妹，轻贱她，侮辱她，难道他不是个恶棍吗？”贝特丽丝说，“啊，真希望我是个男人！”“听我说，贝特丽丝！”培尼狄克说。

但是，贝特丽丝不想听到任何一句替克劳狄奥辩护的话，她继续要求培尼狄克为她堂妹受到的冤屈复仇。她说：“跟窗户外边的男人说话？说的还真像那么回事！可爱的希罗！她是冤枉的，那是造谣。她这辈子完了。为了教训克劳狄奥，我真想变成男人！再不成，真希望有个朋友，愿意为了我，做件男人该做的事！但是英勇全都没了，全化成客气和恭维了。既然我不能如愿变成男人，就只好做个早晚会伤心而亡的女人了。”“等等，好贝特丽丝，”培尼狄克说，“我以这只手发誓，我爱你。”“你要是爱我，就别光拿它发誓，用它做点儿什么。”贝特丽丝说。“你发自内心地认为，克劳狄奥冤枉希罗了吗？”

培尼狄克问。“是，”贝特丽丝回答说，“就像我知道我有思想、有灵魂一样确定。”“这就够了，”培尼狄克说，“我答应你，我会去跟他决斗。让我亲亲你的手再走。我用这只手发誓，我会让克劳狄奥付出沉重的代价。等我消息时候，想着我。去吧，去安慰你的堂妹吧。”

就在贝特丽丝极力说服培尼狄克，用愤慨的话语激发他的侠肝义胆，让他为了希罗去和他的好朋友克劳狄奥决斗时，里奥那托也向亲王和克劳狄奥发起了挑战，他们伤害了自己的孩子，他已经确认过，女儿已经伤心而亡，做父亲的要让他们用剑来给个说法。但是，他们因为他的年龄、他的悲伤，不想伤害他，他们说：“不，不要和我们争吵，好心的老人家。”就在这时，培尼狄克来了，他也向克劳狄奥发起挑战，对于给希罗造成的伤害，让他用剑给个说法。克劳狄奥和亲王向对方说：“这是贝特丽丝叫他来的。”要不是因为上天在这时候送来了比一场结果不确定的决斗更能证明希罗无辜的证据，克劳狄奥一定会接受培尼狄克的挑战。

亲王和克劳狄奥还在谈论培尼狄克的挑战，一个治安官押着波拉契奥来到亲王面前。有人听到波拉契奥和他的一个同伙谈起唐·约翰雇他去干的勾当。

波拉契奥对亲王坦白了一切，一旁的克劳狄奥全都听见了，事情的真相是玛格莱特穿了小姐的衣裳在窗边和他交谈，他们错把玛格莱特当成希罗小姐本人了。克劳狄奥和亲王心中对希罗清白的怀疑瞬间烟消云散。要是还有一丝残留，也因为唐·约翰的逃跑彻底消除了。唐·约翰发现自己的罪行被揭穿，为了躲避哥哥的怒火，逃离了梅辛那。

当克劳狄奥发现自己冤枉了希罗，内心悲痛欲绝，他以为自己说出的那些残忍的话害死了希罗。他心爱的希罗在他记忆中的样子在脑海中浮现，和他当初爱上她的时候一样。亲王问他，刚才听到的那些话是不是像烙铁穿透了他的心，他回答说，波拉契奥说那些话的时候，他感觉像吃了毒药一样难受。

幡然悔悟的克劳狄奥请求里奥那托宽恕他给老人家的孩子造成的伤害。他相信了对他未婚妻的诬告，并且铸成大错，因此许下承诺，里奥那托想要怎么惩治他都行，为了亲爱的希罗，他愿意接受惩罚。

里奥那托的惩罚，是让他第二天早上迎娶希罗的一个堂妹，他说这个姑娘现在是他的继承人，而且长得和希罗十分相像。考虑到对里奥那托许下的郑重承诺，克劳狄奥说他会和这个素不相识的姑娘结婚，哪怕她是个阿比西尼亚人也没关系。但是他心里非常难过，悲悔交加地站在里奥那托给希罗立的墓碑前，流了一整夜的泪。

到了早晨，亲王陪着克劳狄奥来到教堂，那位好心的修士和里奥那托，还有他的侄女已经聚在一起，准备举行第二次婚礼。里奥那托把允诺给克劳狄奥的新娘介绍给他。她戴着面纱，克劳狄奥看不到她的脸。克劳狄奥对这位戴面纱的姑娘说："在这位神圣的修士面前，把你的手递给我。如果你愿意嫁给我，我就是你的丈夫。""我活着的时候，曾是你的另一个妻子。"这个陌生的姑娘说，她拿下面纱，原来她并不是什么侄女（她假装的人），而是里奥那托的亲生女儿，希罗小姐本人。我们可以肯定，对于克劳狄奥来说，这是一个让他感到无比快乐的惊喜，他原以为希罗已经死了，高兴得几乎不敢相信自己的眼睛。眼前的一切，同样让亲王十分惊诧，他惊呼道："这不是希罗吗，不是那个死了的希罗吗？"里奥那托回答说："殿下，诽谤

莎翁经典原句

That what we have we prize not to the worth.Whiles we enjoy it, but being lack'd and lost,why, then we rack the value, then we find.

我们往往在享有某一件东西的时候，一点不看重它的好处；等到失掉它以后，却会格外夸张它的价值。

活着的时候，她才是死的。”修士承诺会把这件看似如同奇迹般的事件解释给他们听，但是要在仪式结束后，结婚仪式正要开始，却被培尼狄克打断了，他也想在此时此刻和贝特丽丝结婚。贝特丽丝对他们的婚配提出了一些异议，培尼狄克用他从希罗那儿听说的，贝特丽丝对他的爱，质问贝特丽丝，经过一番欢快的解释，她们发现，他们两个都被骗了，他们都以为对方爱自己，结果根本不是那么回事，他们竟然被一个编造的玩笑左右，最后变成了真正的情侣。他们的感情虽然是从一个取乐的欺瞒圈套开始的，此时却已十分深厚，揭开真相的解释也动摇不了分毫。既然培尼狄克提出要结婚，他就决定义无反顾，就算全世界都反对也没用。他欢快地继续跟贝特丽丝开玩笑，发誓说他只是看她太可怜才娶她的，因为他听说，她爱他爱得都快要死了。贝特丽丝抗议说，别人劝了半天她才让步，部分原因也是为了救他一命，因为她听说，他快不行了。于是，这两个机智幽默的人和解了，等克劳狄奥和希罗结完婚，也要结为夫妇。在故事的最后，阴谋的策划者唐·约翰在逃跑的时候被抓住，押回梅辛那。让这个阴险又不安分的家伙眼睁睁地看着，因为他的计划破产，大家在梅辛那的王宫欢乐地庆祝，就是对他的惩罚。

一起涂色吧

皆大欢喜

玛丽·兰姆

公爵

被驱逐的
合法公爵

弗莱德里克

公爵之弟，篡位者

罗瑟琳（盖尼米德）

被驱逐的公爵的
女儿

西莉娅（爱莲娜）

弗莱德里克的女儿

奥兰多

流亡公爵好友罗兰·德·鲍埃
爵士的儿子

奥列佛

奥兰多的哥哥

在法国还被分作若干行省（或按当时的称呼，公国）的时候，其中一个行省被一个篡位者统治着，他罢黜自己的兄长——将这位合法的正牌公爵驱逐出境。被驱逐出自己领地的公爵退位后，和几个忠诚的随从来到亚登森林。良善的公爵跟他亲爱的朋友们开始在森林中生活，只要他们的土地和税收在供养那个非法的篡位者，这些朋友就自愿为了他在外流亡。与朝臣们浮夸又不得安宁的光彩生活相比，他们带到这儿的风气，很快让无忧无虑的简单生活，比之前更美好了。他们在这儿的生活，和古老的传说中《英国罗宾汉》中描绘的一样，每天都有很多贵族青年从宫廷来到在森林，无忧无虑的日子飞速流逝，大家在这里过着和黄金时代的人们一样的生活。夏天，他们并排躺在大树的树荫下，看着野鹿嬉戏玩耍。他们非常喜欢这些带斑纹的动物，这些可怜的野鹿就像林中的原住民。因此，为了弄些鹿肉来补充食物，不得不杀死它们的时候，大家心里总是很难受。冬天的冷风让公爵感觉到了自己命运的坎坷变化，他耐心忍受着，说："吹到我身上的阵阵寒风都是中肯的谋臣。他们不会谄媚，却把我的处境如实相告。他们虽然言辞尖利，牙齿却不像恶人和忘恩负义之徒那样嗜血。我发现，无论人们怎样抱怨逆境，却总能从中汲取一些好处。就像有一种

西莉娅安慰闷闷不乐的罗瑟琳。

创作者：詹姆斯·阿彻（James Archer）

珍宝，是珍贵的药材，却取自遭人唾弃的毒蟾蜍的脑袋。”这位坚韧的公爵就这样从他见识的万事万物中吸取有益的教训。借助这种道德层面的转变，再加上远离尘世喧嚣，他能发现树的语言，在潺潺的小溪中学到知识，听岩石向他布道，从万物中获益。

这位被放逐的公爵有一个独生女，名叫罗瑟琳，篡位的弗莱德里克公爵驱逐了她的父亲之后，仍把她留在宫中，与自己的女儿西莉娅为伴。两位姑娘之间的情谊非常深，父辈的分歧没有对她们的感情产生丝毫影响。西莉娅竭力释放善意，希望为自己父亲罢黜罗瑟琳父亲的不义之举，对罗瑟琳作出补偿。每当罗瑟琳想到父亲被驱逐，自己却要依傍奸恶的篡位者生活，就会闷闷不乐，西莉娅则会想尽办法安慰她。

有一天，西莉娅像往常一样，言语和善地对罗瑟琳说：“求求你，罗瑟琳，我的好姐姐，开心点儿吧。”这时公爵派人来传话，说马上要开始一场角斗，如果她们想看，就马上到王宫前面的广场去。西莉娅觉得这能让罗瑟琳开心起来，就同意去看。

如今只有乡下人才玩角斗，但是那时候就连王公贵族都十分喜欢这项活动，甚至会在美丽的女士和公主面前较量一番。于是，西莉娅和罗瑟琳就去看角斗了。他们发现，这场角斗的结局很可能会非常残忍。一方是一个强壮的大个子，练习角斗术已经很长时间，在这类比赛中杀死过很多对手；另一方是一个年纪很轻的人，肯定是角斗场上没有经验的新手。所有观众都认为，年轻人肯定会被大个子杀死。

公爵见西莉娅和罗瑟琳来了，就说：“你们真溜到这儿来看角斗来了？你们不会觉得精彩的，两个人胜负已定。我可怜这个年轻人，真想劝他别去角斗。

去跟他说说吧，姑娘们，看你们能不能说得动他。”

姑娘们都很乐意去做这样的善事。西莉娅先去恳求这位陌生的年轻人放弃这场角斗，然后罗瑟琳因为担心他会遭遇危险，也好言相劝，结果这些温柔的话语不但没有让他放弃角斗，他反倒一心想通过自己的英勇表现，让这两位可爱的小姐记住自己。他用谦虚得体的话语拒绝了西莉娅和罗瑟琳的要求，她们因此对他越发关心了。他拒绝的话语是这样收尾的：“拒绝这样美丽、这样出众的姑娘提出的任何要求，都让我觉得十分遗憾。但是，让你们美丽的眼睛和美好的愿望和我一起上赛场吧。如果我被打败，那不过是一个从未幸运过的人受辱；如果我被杀死，那就是一场甘愿赴死的死亡。我没有对不起朋友，因为我没有朋友来哀悼我。世界不会受到任何损害，因为在这世上我一无所有。我只不过在这世上占了个地方而已，若是空出来，或许有更好的人去填补那个位置。”

角斗正式开始。西莉娅希望这位陌生的年轻人不要受到伤害，罗瑟琳比她想得还多。他口中描述的那种无依无靠，以及他希望赴死的心情，让罗瑟琳觉得他和自己一样不幸。她是如此同情他，在他角斗时，深深牵挂着他的安危，简直可以说在那一刻她已经爱上他了。

这两位美丽高贵的姑娘对这位无名青年表现出的善意，给了他勇气和力量，让他有了奇迹般的表现，最终彻底击败对手。对方伤得很重，好一阵子说不出话来，也动弹不得。

这位陌生青年展现出的勇气和技巧，让弗莱德里克公爵很是高兴，希望知道他的姓名和出身，有意将其纳入自己麾下。陌生人说他名叫奥兰多，是罗兰·德·鲍埃爵士的小儿子。

奥兰多的父亲罗兰·德·鲍埃爵士已经过世多年，他在世的时候一直是那位流亡公爵的忠臣密友。因此，当弗莱德里克说奥兰多的父亲是自己哥哥的朋友时，他对这个勇敢青年的所有好感全都变成了恼怒，非常不高兴地离开了。他讨厌听到任何一个他哥哥朋友的名字，但是心里又对这个年轻人的英勇感到钦佩。他离开的时候想，奥兰多要是别人的儿子就好了。

罗瑟琳听说她新近看中的那个人是她父亲旧友的儿子，心里非常高兴。她对西莉娅说："我父亲很喜欢罗兰·德·鲍埃爵士，我要是知道这个年轻人是他儿子，在他准备去冒险的时候，就应该哭着求他。"

两位姑娘来到他面前，见他正因为公爵突然表现出的不快感到尴尬，她们对他说了些亲切鼓励的话。离开的时候，罗瑟琳转过身对这个勇敢的青年，父亲旧友的儿子，说了几句更亲近的话，还从自己的脖子上摘下一条项链，说："先生，为了我，戴上这个吧。我不富有，否则我会送你一件更贵重的礼物。"

两位姑娘独处的时候，罗瑟琳一直在谈论奥兰多。西莉娅看出她的堂姐已经爱上那个年轻英俊的角斗士了，便对罗瑟琳说："你突然间就坠入爱河了，这可能吗？"罗瑟琳回答说："公爵，我是说我的父亲，非常喜欢他的父亲。""但是，"西莉娅说，"难道这就表示你也应该深爱他的儿子？那我岂不是应该恨他，因为我的父亲恨他的父亲，但是我并不恨奥兰多。"

弗莱德里克见过罗兰·德·鲍埃爵士的儿子之后，想到被驱逐的公爵在贵族中还有很多朋友，而且侄女有段时间也让他心生不快，因为人们称赞她品格出众，还因为她的父亲对她心生同情，他突然对罗瑟琳充满恶意。西莉娅和罗瑟琳正在谈论奥兰多，弗莱德里克走进屋子，满面怒容地命令罗瑟琳马上离开王宫。就这样，她跟父亲一样也遭到了驱逐。西莉娅替她求情，却毫无用处，弗莱德里克告诉西莉娅，他容忍罗瑟琳留在宫里完全是为了她。“那时候，”西莉娅说，“我并没有请您让她留下，因为那时候我还太小，并不看重她。现在我知道她有多好了，这么长时间以来，我们一直同睡同起，一块读书、玩耍，一起吃饭，要是没有她，我简直活不下去。”弗莱德里克回说：“她太狡猾了。她圆滑、沉默，耐心和人交谈，大家就同情她。你给她求情，就是个傻子。她走了，才能显出你的聪慧和品行。因此，不要再替她说话了，我对她的裁决不会收回。”

当发现自己不能说服父亲让罗瑟琳留下时，西莉娅毅然决定和她一起走。当晚她便离开父亲的王宫，和自己的朋友一起去亚登森林，寻找被驱逐的公爵——罗瑟琳的父亲去了。

出发之前，西莉娅想到，两个年轻的姑娘穿着华丽的衣服走在路上不大安全，因此提议扮成乡下姑娘，隐藏身份。罗瑟琳说，如果其中一人打扮成男人的样子，就更保险了。于是二人很快达成一致，罗瑟琳个子高，打扮成乡下小伙儿的样子，西莉娅打扮成乡下姑娘，对外声称他们是兄妹。罗瑟琳说她想化名盖尼米德，西莉娅选了爱莲娜作为自己的新名字。

两位漂亮的王公小姐打扮好，带上钱财和珠宝支付一路的花销，开始了她们的长途跋涉。亚登森林距离公爵领地的边界还有很长一段路要走。

罗瑟琳小姐（现在应该叫她盖尼米德）穿上男装之后，似乎也有了男人的勇气。西莉娅不畏辛劳，陪罗瑟琳走了这么远的路，证明了她们之间的坚定友谊，让这位新哥哥也想尽力回报这份真挚的感情。她鼓起精神，仿佛她就是真正的盖尼米德，就是温柔的乡下姑娘爱莲娜粗鲁可靠的哥哥。

最后，她们终于来到了亚登森林，这里没有一路上遇到的方便旅店和舒适住处，由于缺乏食物和休息，盖尼米德一直用有趣的话题、欢快的话语非常雀跃地给妹妹加油鼓劲儿，现在他想对爱莲娜坦诚，他太累了，真想索性不顾这副男人的外表，像个女人一样痛哭一场。爱莲娜说，她再也走不动了。于是盖尼米德想重新肩负起男人的责任，安慰相对脆弱的女人。为了在他新妹妹面前表现自己的勇敢，他说："来吧，坚强起来，我的妹妹爱莲娜。我们的旅程马上就结束了，这里已经是亚登森林了。"可是假装出来的男子气概和勉强鼓起的勇气已经不能再支撑他们继续赶路了。因为他们虽然已经来到了亚登森林，却不知道该到哪儿去寻找公爵。两位姑娘走到这儿，已经疲惫不堪，这趟旅程很可能以悲剧收场。他们可能迷路，可能饿死。可是，上天保佑，他们坐在草地上，快要累死了，心中已经绝望，一个乡下人恰好途经此路，盖尼米德再次装成一个大胆的男人，说："牧羊人，四下这么荒凉，无论是出于爱心，还是为了金钱，要是有能招待我们的地方，请带我们过去歇歇脚吧。这个小姑娘，我的妹妹，旅途乏累，再不吃东西就要饿晕了。"

莎翁经典原句

Sweet are the uses of adversity.

逆境和厄运自有妙处。

那人回说，他不过是一个牧羊人家的仆人，他主人家正准备卖掉房子，倒是能招待他们，但是好不到哪去。他们要是肯跟他去定会受到欢迎，那儿有什么就招待他们什么。他们跟在那人身后，近在眼前的希望让他们生出了新的力量，他们买下牧羊人的房子和羊群，还买下了那个带他们到这儿来的那个人，让他留下来服侍他们。如此，他们幸运地得到了一间整洁的小屋，不愁吃喝，于是他们打算在得知公爵在林中的具体位置之前，先在这里住下。

从旅途中的疲惫恢复过来之后，他们开始喜欢这里的新生活，几乎真以为自己就是他们打扮成的牧羊人和牧羊女。但是，有时候盖尼米德会想起自己曾经是罗瑟琳小姐，她深深地爱上了勇敢的奥兰多，因为他是自己父亲的朋友罗兰老爵士的儿子。虽然盖尼米德以为奥兰多与他相隔甚远，和他们之前走过的那段疲惫路程一样远。可是没过多久，他发现奥兰多也在亚登森林。这件奇事是这样发生的。

奥兰多是罗兰·德·鲍埃爵士的小儿子，爵士死的时候（那时奥兰多年纪还很小）把他交给他的大哥奥列佛照顾。老爵士为奥列佛送上祝福，要求他让弟弟接受良好的教育，把他培养成让他们这个古老家族为之自豪的人物。奥列佛用事实证明，他是个卑劣的哥哥。这位兄长把父亲的临终嘱托抛诸脑后，从来没让弟弟上过学，一直让他待在家里，既没人教也没人管。但是，奥兰多的天性和他高贵的品格与他优秀的父亲非常像，虽然没受过教育，看起来却像一个受到过极好照顾的年轻人。这个没受过教育的弟弟，不仅长得好，而且举止高贵，让奥列佛非常妒忌，后来甚至想杀了他。为了达到这个目的，他派人劝说奥兰多去和那个著名的角斗士角斗。前面提到过，那个角斗士杀过很多人。正是因为那个残忍的哥哥对他漠不关心，奥兰多才会说甘愿赴死、自己无亲无故。

奥列佛恶毒的愿望没有实现，弟弟在角斗中取胜，这让他的嫉妒和怨恨彻底变成了脱缰野马，他发誓要放火烧了奥兰多的卧房。他的誓言被他们父亲忠诚的老仆人听见了。这个老仆人十分疼爱奥兰多，因为他和罗兰爵士长得很像。奥兰多从公爵的王宫回来的时候，老人家在半路等他。他知道自己亲爱的少主人有危险，忍不住激动地呼喊："哦，我和蔼的主人，我善良的主人！哦，你让我想起罗兰老爵士！你品行为什么这么好？你为什么这么和蔼，这么强壮，这么勇敢？您为什么要打败那个有名的角斗士，让自己惹人喜欢呢？对您的赞美已经在您到家之前，就传到家里了。”奥兰多不知道这些话是什么意思，问他到底是怎么回事。于是老人家就把他邪恶的哥哥因为嫉妒人们对他的爱戴，继而心生恨意，现在听说他去公爵的王宫参加角斗赛获胜而归，因此晚上想在他的卧房放火将他烧死的事全都说了，最后老人家建议奥兰多赶紧逃，免得身陷险境。亚当（这是那位善良的老人的名字）知道奥兰多身上没钱，出来的时候特意带上了自己的那点儿积蓄。他说：“我有500克朗，这都是我在你父亲手下干活时省俭着存下来的，预备我老了干不动活儿的时候用它度日。拿着吧，上天会喂饱乌鸦，我年老自会得他照顾！这些金币，我全都给你。让我当你的仆人，虽然我看起来年老，却也能像个年轻人一样给你办事，照顾你的生活。”“哦，善良的老人家！”奥兰多说，“您仿佛让我看到了旧世界的忠仆！您太不符合这个时代的风气了。我们一起走，在把您年轻时挣的钱花完之前，我一定能找到营生，维持我们的生活。”

于是，忠实的仆人和他爱戴的主人一起出发了。奥兰多和亚当上路之后，没有确定目的地，走着走着来到亚登森林，他们也与当初的盖尼米德和爱莲娜一样，陷入食物短缺的困境。他们四处乱逛，想找个人家，直到又饿又累，几乎筋疲力尽。走到最后，亚当说：“唉，我亲爱的主人，我快要饿死了。我走不动了！”说完，他就躺下，想把这里当作自己的坟墓，要跟他亲爱的主人永别。奥兰多见自己的老仆人已经如此虚弱，便把他抱起来，放在阴凉的树荫下，对他说：“打起精神，老亚当。在这儿歇歇乏，不许再提死字！”

然后，奥兰多就去找吃的了，还碰巧来到公爵住的那片区域。公爵和他的朋友们正要吃饭，这位尊贵的公爵坐在草地上，头顶没有华盖，只有几棵大树为他遮阴。饥饿让奥兰多生出了铤而走险的想法。他拔出佩剑，想要凭武力夺走他们的饭食。他说：“别动，不要吃了。把你们的食物交给我！”公爵问他，是生活所迫才如此莽撞，还是他本身就是个不懂礼教又目中无人的狂徒？对此，奥兰多回答说，他快要饿死了。公爵听了，便告诉他，欢迎他坐下来和他们一起吃。奥兰多听他说话这么有礼，便把剑收回去，满脸通红，为自己刚才跟他们强要食物的粗鲁行为感到羞愧。“请原谅我，”他说，“我以为这里的一切都是野蛮的，所以才摆出一副准备强取豪夺的样子。你们在这荒无人烟的地方，在这阴郁的树荫之下，忘了时间的流逝，无论你们是什么人，只要你们见识过好日子，到过有教堂钟声响起的地方，参加过上等人的宴会，从眼角抹去过泪水，知道怜悯和被怜悯是怎么回事，希望此刻这些柔和的话语能打动你们，让你们愿意用人间的礼数对待我！”公爵回说：“我们确实是（像你说的那样）见识过好日子的人，虽然我们现在住在这片荒无人烟的树林里，我们也曾在大城小镇生活过，听过教堂神圣的钟声，去过上等人的宴会，抹掉过眼角因神圣的怜悯之心流下的泪水。所以，请你坐下，尽情地吃到饱吧。”“有一位可怜的老人家，”奥兰多答说，“承受着年老和饥饿的双重煎熬，纯粹是因为爱，就不辞辛苦，迈着蹒跚的脚步跟我走了一路。在他吃饱之前，我决不会把食物放进嘴里。”“快去，找到他之后，把他带过来，”公爵说，

莎翁经典原句

Since the little wit that fools have was silenc'd, the little foolery that wise men have makes a great show.

自从傻子小小的聪明被压制得无声无息，聪明人小小的傻气显得更吸引眼球了。

“我们等你回来再吃。”于是，奥兰多像一只去给幼崽送食的母兽一样离开了。没过多久，他就抱着亚当回来了。公爵说：“把你怀中那令人尊敬的重担放下吧，欢迎二位加入。”他们给老人喂了些食物，让他的心脏重新振奋起来，老人苏醒过来，健康和体力也都恢复了。

公爵打听奥兰多的身份，得知他是自己的老朋友罗兰·德·鲍埃的儿子后，便把他置于自己的保护之下。自此，奥兰多和他的老仆人就和公爵一起在森林生活。

盖尼米德和爱莲娜来到森林并（之前提到过）买下牧羊人的小屋之后，没过几天奥兰多就来了。盖尼米德和爱莲娜发现树上刻着罗瑟琳的名字，非常惊讶，还发现有很多十四行情诗被固定在树上，这些情诗全都是写给罗瑟琳的。就在他们正纳闷儿这是怎么回事的时候，他们遇到了奥兰多，注意到他脖子上还挂着当初罗瑟琳送给他的项链。

奥兰多完全不觉得盖尼米德就是美丽的罗瑟琳小姐。罗瑟琳小姐的屈尊垂爱，赢得了奥兰多的心，他一天到晚在树上刻她的名字，写十四行诗赞颂她的美貌。这个年轻俊秀的牧羊人气度高雅，奥兰多很是喜欢，便跟他攀谈起来。他觉得盖尼米德和他心爱的罗瑟琳有点儿像，只是举止不如那位贵族小姐那般端庄。因为盖尼米德故意模仿即将成年的小伙儿，摆出一副早熟的样子，用幽默淘气的话语跟奥兰多聊起某个多情的人。他说：“这个人总到我们的树林来，毁坏我们的嫩树，在树皮上刻‘罗瑟琳’的名字。他把诗歌挂在山楂树上，在荆棘上挂挽诗，全是赞美那个罗瑟琳的。如果我能找到这个多情的人，一定会给他出个好主意，治好他的相思病。”

奥兰多承认他就是盖尼米德说的那个痴情人，恳请盖尼米德把刚才提到的好主意告诉他。盖尼米德提出的解决办法，以及给他出的主意是，让奥兰多每天都来他和妹妹爱莲娜住的小屋。“然后，”盖尼米德说，“我扮成罗瑟琳，你就想如果我是罗瑟琳你会怎么做，然后用同样的方法，假装向我求爱。然后我就模仿那些反复无常的姑娘，用荒诞的方式对待你，直到我让你为自己的爱情感到羞愧。这就是我提到的能医治你相思病的方法。”奥兰多对这个治疗方法没有多大信心，但他还是同意每天到盖尼米德的小屋，演上一出求爱的戏码。奥兰多每天都来拜访盖尼米德和爱莲娜，管牧羊人盖尼米德叫罗瑟琳，每天都要把年轻人求爱时喜欢说的花言巧语和奉承话通通说上一遍。但是，盖尼米德帮奥兰多医治对罗瑟琳的相思病，似乎没什么效果。

虽然奥兰多以为这一切不过是闹着玩（做梦也没想到盖尼米德就是他的罗瑟琳），却给了他一个机会，将自己心中所有的爱意全都说了出来，这满足了他的幻想，也满足了盖尼米德的幻想，他得知这些情话全都是说给自己的，沉浸在这秘密的戏谑之中很是享受。

就这样，三个年轻人愉快地度过了很多天。本性善良的爱莲娜见盖尼米德这样高兴，也就随他去了，她从旁看戏觉得有趣，也就没把提醒盖尼米德——罗瑟琳小姐到现在还没去见她的公爵父亲这件事放在心上了，公爵在林中的住处是她们从奥兰多那里得知的。有一天，盖尼米德偶遇公爵，两人攀谈起来，公爵问起他的出身，盖尼米德回答说，他的出身和公爵一样好，公爵笑了，他一点儿也不怀疑这个俊秀的牧羊少年有王室血统。盖尼米德见公爵气色很好，日子过得也很开心，打算过几天再把一切告诉他。

一天早上，奥兰多正走在去往盖尼米德家的路上，看见一个人躺在地上睡觉，一条大绿蛇绕在那个人的脖子上。那条蛇见奥兰多走近，就爬到灌木丛中去了。奥兰多又走近了些，发现一头母狮伏在地上，狮子的头贴着地面，像猫一样守在那个睡着的男人身旁，等他醒来（据说狮子不吃任何已经死掉或者睡着的猎物）。似乎上天有意让奥兰多将那个人从大蛇和狮子口中救下来。奥兰多看了一眼那个熟睡者的脸，发现那个刚才暴露在双重危险之下的人，竟然是自己的哥哥奥列佛，就是那个曾残忍地对待他、威胁要放火把他烧死的奥列佛。奥兰多几乎想把奥列佛留给那头饥饿的狮子，但是手足亲情，再加上他善良的本性，很快就压倒了起初的愤怒。他拔出剑，将狮子击杀，就这样从毒蛇和残暴的母狮口中救下了他哥哥的性命。但是，在奥兰多杀死狮子之前，狮子的利爪抓伤了他的一只手臂。

奥兰多与母狮搏斗的时候，奥列佛醒了，见自己曾经残忍虐待的弟弟，正为了救自己冒着生命危险与野兽搏斗，顿觉羞愧难当，对自己的可耻行为感到懊悔，痛哭流涕地恳求弟弟原谅自己当初对他造成的伤害。奥兰多见他如此懊悔，感到欣慰，立刻原谅了他。他们互相拥抱，自那以后，奥列佛对奥兰多产生了真挚的兄弟之情，开始对他爱护有加，而他当初来到这片森林，本来是想杀奥兰多的。

奥兰多胳膊上的伤口流了很多血，他觉得自己已经没力气去找盖尼米德了，于是请哥哥去一趟，把发生在他身上的意外告诉盖尼米德。奥兰多说：“我开玩笑地管他叫我的罗瑟琳。”

奥列佛来到盖尼米德和爱莲娜的住处，把奥兰多如何救他一命的事告诉他们。说完奥兰多勇敢救他，他自己侥幸逃脱的事后，他又把自己是奥兰多的哥哥，曾残忍待他的事如实相告，然后又说兄弟二人已经和好。

奥列佛对自己的罪过表现出了真诚的悔意，让爱莲娜产生了非常强烈的感觉——她瞬间就爱上了他。奥列佛察觉到，听他诉说自己为曾经的过错感到痛苦时，她有多么同情自己，也立刻爱上了她。就在爱情偷偷潜入爱莲娜和奥列佛的内心时，盖尼米德也没让奥列佛得闲，听说奥兰多曾身陷险境还被狮子抓伤，晕了过去。盖尼米德醒过来之后说自己是在模仿想象中的罗瑟琳，所以假装晕倒。盖尼米德对奥列佛说："告诉你的弟弟奥兰多，我假装晕倒，模仿得有多像。"但是，奥列佛从他苍白的脸色看出，他是真的晕过去了，于是十分好奇这个年轻人怎么会这么弱。他说："好吧，如果你是假装的，就打起精神，拿出个男人的样子来。""我知道，"盖尼米德诚实地回说，"可我本该是个女人。"

奥列佛的这次拜访持续了很长时间，他回到奥兰多身边时，有很多事要告诉自己的弟弟。除了盖尼米德听说奥兰多受伤的事晕过去之外，奥列佛还告诉弟弟，自己爱上了美丽的牧羊女爱莲娜，还说虽然他们初次见面他就求爱了，她却乐意倾听。他就像在谈一件已经确定的事一样，对自己的弟弟说，他要和爱莲娜结婚，他说自己非常爱她，想在这里过牧羊人的生活，把家里的财产和房子全都交托给奥兰多。

"我赞成，"奥兰多说，"你们明天就举行婚礼吧，我会把公爵和他的朋友都请来。你去找牧羊女，请她同意我们的安排。她现在独自在家，你看，她的哥哥来了。"奥列佛去找爱莲娜，奥兰多看着盖尼米德往这边走来，他过来是想看看自己的朋友伤势如何。

奥兰多和盖尼米德谈起奥列佛和爱莲娜之间的一见钟情。奥兰多说，他建议自己的哥哥明天就和那个美丽的牧羊女结婚，接着他又说，多么希望明天也能和他的罗瑟琳结婚呀。

盖尼米德对此表示赞成，还说如果奥兰多真像他说的那样，那么爱罗瑟琳，就应当怀抱希望。因为第二天他会安排罗瑟琳亲自露面，而且罗瑟琳一定愿意嫁给奥兰多。

这件貌似神奇的事，盖尼米德却能轻松实现，因为他就是罗瑟琳。他假装要使用魔法，说魔法是从叔叔那儿学来的，叔叔是个著名的魔法师。

深情的奥兰多对于自己听到的这些话半信半疑，他问盖尼米德是不是在胡说。“我用性命保证，我没有胡说，”盖尼米德说，“去穿上你最好的衣裳，请公爵和他的朋友们来参加你的婚礼，如果你明天想和罗瑟琳结婚，她就会来。”

奥列佛已经征得爱莲娜的同意，第二天早上，他们来到公爵面前，奥兰多也跟他们一块儿来了。他们聚在一起，庆祝两对爱侣成婚，可是现场只有一位新娘，大家脑海中有很多困惑和猜疑，他们大多认为盖尼米德在和奥兰多开玩笑。

公爵听说自己的女儿会以这种奇怪的方式被带到这儿来，就问奥兰多，相不相信那个牧羊少年真能说到做到。奥兰多正回答说，自己也无从判断时，盖尼米德走上前来问公爵，如果他把罗瑟琳带来，公爵是否同意她嫁给奥兰多。“我同意，”公爵说，“要是我手里有几个王国，也愿意送给她做陪嫁。”然后，盖尼米德对奥兰多说：“你说，如果我把她带来你就和她结婚，是吗？”奥兰多说：“即便我是统治多国的君王，我也愿意。”

然后，盖尼米德和爱莲娜一起走出去，盖尼米德脱下男装，再次装扮成女人的样子，没有借助任何魔力，迅速变成了罗瑟琳。爱莲娜脱下乡下人穿的衣裳，换上自己的华服，毫不费力地变成了西莉娅小姐。

他们走开的时候，公爵对奥兰多说，那个叫盖尼米德的牧羊人，和他的女儿罗瑟琳非常像。奥兰多说，他也觉得他们有相像的地方。

没等他们琢磨出结果，罗瑟琳和西莉娅就穿着她们自己的衣裳进来了。罗瑟琳不再假装是靠魔法的力量来到这儿，她跪在父亲面前，祈求获得他的祝福。她这样突然出现，现场所有人都觉得十分神奇，这事真可以说是魔法了。但是罗瑟琳不想再戏弄自己的父亲，就把她被驱逐，还有她扮成牧羊少年，堂妹西莉娅扮成她的妹妹，一起在林中居住生活的事，全都对他说了。

知道百科

《皆大欢喜》取材于16世纪英国作家托马斯·罗奇散文体的牧歌传奇《罗瑟琳》。牧歌传奇在中世纪中断之后，文艺复兴时代又开始兴盛。莎士比亚在童年时，就对周围的世界充满了好奇，这对他以后的文学创作起到了重大的影响。在斯特拉福有一条艾汶河，周围有一大片森林，莎士比亚从小就喜欢听长辈们讲有关这片森林和小镇的传说和神怪故事。据说，著名的绿林好汉罗宾汉当年就在这片森林里出现过。罗宾汉勇猛无敌，剑艺超群，热衷于劫富济贫、除暴安良，所以深得民心。莎士比亚在他的喜剧《皆大欢喜》中，也提到了这片森林和罗宾汉。

公爵刚才已经同意，现在正式准许他们结婚。奥兰多和罗瑟琳、奥列佛和西莉娅在同一时间结为夫妇。虽然在森林中举办的婚礼，没有这种场合常见的奢华排场，却比所有的婚礼都开心。他们在凉爽的树荫下吃着鹿肉，就好像为了让两对忠诚的爱侣和这位好公爵的幸福没有缺憾似的，一个送信人突然到来，给公爵带来了好消息，送信人对公爵说，他的王国重新回到他的手上了。

自己的女儿西莉娅逃走，让篡位者十分愤怒，他还听说每天都有大才之士到亚登森林投奔被放逐的合法公爵。他的哥哥在逆境仍然受到如此爱戴，让篡位者妒火中烧，于是亲率大军奔赴森林，打算抓住自己的哥哥，再把他和他所有忠实的追随者全部斩杀。可是上天巧妙介入，让这个坏心的弟弟转变了他邪恶的企图。他刚进入这片荒无人烟的树林，就遇见一个隐居于此的老修士，一番长谈过后，他的内心发生翻天覆地的变化，放弃了邪恶的企图。从那以后，他变成了一个真诚的忏悔者，决心将自己非法夺去的公国物归原主，在一间修道院度过余生。他赎罪计划的第一步，就是让送信人去通知他的哥哥，他要把自己长期霸占的公国还给它原来的主人。公爵的那群朋友，那群与他共患难的忠实随从，这些人的土地和收益也会如数归还。

这个喜讯出人意料，又令人愉悦，正好进一步烘托了庆典的气氛，让两位小姐的婚礼变得更加欢乐。好事降临到罗瑟琳的父亲——公爵的头上，西莉娅为此向自己的堂姐道贺，虽然她不再是公国的继承人，她仍非常真诚地祝贺自己的堂姐。她的父亲让一切恢复如初，现在罗瑟琳是公国的继承人了，但是这对堂姐妹之间的感情没有掺杂任何一丝嫉妒或艳羡。

现在，公爵终于有机会报答那些在他被放逐期间与他相伴的忠实朋友了，这些可贵的追随者们，当初甘愿与他共患难，如今也十分乐意跟他们的合法公爵一起，回到王宫过着衣食无忧的太平日子。

一起涂色吧

少年读莎士比亚戏剧故事集

[英] 查尔斯 · 兰姆 [英] 玛丽 · 兰姆 著
董乐乐 译

2

Tales from Shakespeare
for Children

航空工业出版社
北京

内容提要

本书的翻译版本为备受赞誉的兰姆姐弟版，收录了莎士比亚最著名的 20 部戏剧，囊括了莎士比亚在各创作时期的不同类型的作品，具有一定的代表性，基本反映出了莎士比亚戏剧的创作面貌。全书一共四册，每册五个故事，精选故事插图，同时精心设置“知道百科”和“莎翁经典原句”“人物涂色”作为故事的补充板块，令阅读莎士比亚戏剧的体验变得更加有趣。

图书在版编目（CIP）数据

少年读莎士比亚戏剧故事集. 2 / （英）查尔斯·兰姆，（英）玛丽·兰姆著；董乐乐译. -- 北京：航空工业出版社，2023.9

ISBN 978-7-5165-3446-5

Ⅰ. ①少… Ⅱ. ①查… ②玛… ③董… Ⅲ. ①戏剧文学—故事—作品集—英国—中世纪 Ⅳ. ①I561.33

中国国家版本馆 CIP 数据核字（2023）第 142266 号

少年读莎士比亚戏剧故事集 2

Shaonian Du Shashibiya Xiju Gushiji · Er

航空工业出版社出版发行

（北京市朝阳区京顺路 5 号曙光大厦 C 座四层　100028）

发行部电话：010-85672688　010-85672689

唐山楠萍印务有限公司印刷　　全国各地新华书店经售

2023 年 9 月第 1 版　　2023 年 9 月第 1 次印刷

开本：710×1000　1/16　　字数：64 千字

印张：5.5　　定价：140.00 元（全 4 册）

前言

威廉·莎士比亚（William Shakespeare），英国文艺复兴时期剧作家、诗人，被誉为“人类文学奥林匹斯山上的宙斯”。由于他的作品实在太过伟大，虽引无数学者去探索，却无人敢自称“征服”了莎士比亚。

本套《少年读莎士比亚戏剧故事集》精选莎士比亚剧作中最著名的作品，在力求保留原作语言之美的基础上，以原作中蕴含的品质教育为经线，以晶莹如珠玉的词句为纬，突出了主要人物及其矛盾，略掉次要的情节，完整保留了莎剧的精华，情节跌宕起伏，使其更加适合儿童阅读，让孩子更加轻松地阅读莎士比亚剧作，以此来了解西方文化。书中简化人物关系，附有人物关系图，帮助孩子快速抓住人物主线和故事脉络，扫清阅读障碍。精选名家油画、水彩画，一秒进入戏剧的瑰丽幻境，实现艺术和文学的高度融合，带给孩子艺术和文学的双重体验。精选富有哲思的人物妙语，给孩子智慧的启迪和力量。“知道百科”带你深入探索戏剧背后的秘密，不一样的视角成就更有趣的互动。“一千个读者眼中有一千个哈姆雷特”，人物涂色板块让孩子们画出自己眼中的“哈姆雷特”，让剧中人物在自己手中活起来。

我们愿读者在此书中感受到从灵魂到语言上的全面熏陶，教给孩子们美好的、高贵的品质，在莎翁独创的富有诗意的梦境之中自在遨游。

少年读莎士比亚戏剧故事集

CONTENTS 目录

维洛那二绅士

玛丽·兰姆

露西塔

朱利娅的仆人

朱利娅（塞巴斯蒂安）

普洛丢斯的恋人

米兰公爵

西尔维娅的父亲

普洛丢斯

维洛那城中的绅士

凡伦丁

维洛那城中的绅士

西尔维娅

凡伦丁的恋人

修里奥

凡伦丁的情敌

在维洛那城中，有两位年轻的绅士，一位名叫凡伦丁，另一位名叫普洛丢斯，二人之间牢固不破的友谊，已经持续了很长一段时间。他们一同求学，除了普洛丢斯有时去看望一位他仰慕的小姐之外，闲暇时间也一起度过。普洛丢斯看望他的情人，以及他对美丽的朱利娅的那份热情，是唯一一个会让这两位朋友产生分歧的话题。凡伦丁没有爱人，听到朋友总是谈论他的朱利娅，有时会觉得有点儿烦，然后他就会嘲笑普洛丢斯，用玩笑话调侃普洛丢斯的这份痴情，口口声声说，绝对不会有这样无意义的幻想爬进他的脑袋。跟痴情人普洛丢斯成天心焦渴望、担忧害怕的日子相比，他更喜欢像现在这样自由快乐的生活。

一天早上，凡伦丁来找普洛丢斯，说他们得分开一段时间，因为他要去米兰。普洛丢斯不愿意和自己的朋友分开，用各种说辞劝凡伦丁不要走。凡伦丁却说："亲爱的普洛丢斯，别再劝我了。我不想像个懒汉一样，无所事事地待在家里浪费我的青春。总待在家里的年轻人顶多有点儿家常的机敏。如果你的感情没有被你仰慕的朱利娅温柔的眼神绑住，我会求你和我一起走，去见识见识外面的世界有多神奇。不过，既然你是个痴情种，还在恋爱，那就祝你的爱情圆满成功吧！”

他们分开时全都表示，两个人之间的友谊绝对不会改变。

“亲爱的凡伦丁，再见吧！”普洛丢斯说，“你途中要是看到什么值得留心的新奇玩意儿，想想我，希望我能分享你的喜悦。”

凡伦丁当天就启程去往米兰了。朋友离开之后，普洛丢斯坐下给朱利娅写信，他把信交给朱利娅的女仆露西塔，让她送到她的女主人手上。朱利娅同样爱着普洛丢斯，但她是个有贵族精神的小姐。她觉得如果让对方轻易赢得自己的芳心，有失她作为少女的尊严。因此，在他求爱的过程中，她假装察觉不到他的热情，让他心神不宁。当露西塔把信交给朱利娅的时候，朱利娅没有收下，责备女仆不该拿普洛丢斯的信，命露西塔离开房间。可是她很想看看信里写了什么，没过多久又叫女仆进来。露西塔回来之后，她说：“现在几点了？”露西塔明白，和知道现在几点相比，她的女主人更想看那封信，她没回答问题，而是把刚才那封被拒收的信又递了过去。朱利娅见女仆如此冒昧，竟摆出一副她不

知道百科

《维洛那二绅士》也和莎士比亚的其他喜剧一样，以爱情、友谊、婚姻为主题，歌颂人文主义理想对于封建偏见和自私行为的胜利。通过西尔维娅、朱利娅、凡伦丁等人物形象的塑造，肯定了人文主义者不懈追求的美好理想。剧中的男女青年都有着高尚的情操，他们对待爱情忠贞，对朋友情谊真挚，对事勇敢刚强，刚正不阿。剧作对这些纯洁的爱情、真挚的友谊以及人们追求美好生活的精神，给予了热情的颂扬。作者将批判、讽刺的锋芒直指自私卑鄙、背信弃义、见异思迁、破坏友谊等陋习，揭露了这些陋习严重危害了人的正常生活、人与人之间的良好关系。

莎翁经典原句

The tighter the fire is closed, the more intense it burns.

越是遏制火的燃烧，火烧起来越是猛烈。

想要的样子，把信撕成碎片，扔在地上，再次下令让女仆离开房间。露西塔退出房间的时候，停住脚步捡起那封信的碎片，但是朱利娅不希望她把碎片带走，就假装发火说：“走，给我出去，不要管这些纸片了。弄来弄去的在这儿气我！”

然后，朱利娅开始尽力拼凑这些碎片。她最先拼出的几个字是“被爱情伤害的普洛丢斯”。她看着自己拼出的这几个字，还有其他情意绵绵的话，不禁哀叹起来，信虽然是她撕碎的，或者按她的说法，是她“伤害的”（那句“被爱情伤害的普洛丢斯”让她有了这样的想法），她对着这些温柔的词句说起话来，说要让自己的胸怀当它们的床榻，直到它们伤口复原，还说她会亲吻每一张纸片，当作补偿。

她就这样自言自语着，话语间带着可爱、温柔的稚气，最后发现怎么也不能把信完全拼好，不由得为自己撕毁书信的负心之举感到恼怒。她自己亲口说，那信中的字句充满了甜蜜和爱恋。于是她给普洛丢斯回了一封信，里面的话语比她之前写的亲热得多。

收到这封示好的回信，普洛丢斯非常高兴。他边读边大声赞叹：“甜蜜的爱情！甜蜜的情话！甜蜜的生活！”他正沉浸在快乐中，父亲却打断了他。“怎么回事？”老绅士说，“你在读什么信？”“父亲大人，”普洛丢斯回答说，“是我的朋友凡伦丁在米兰写给我的。”

“把信给我，”他父亲说，“让我看看有没有什么新奇的消息。”

“没什么新奇的消息，父亲大人，”普洛丢斯十分慌张地回答道，“他只是说，米兰公爵十分赏识他，每天都会受到赞扬，还写了他有多希望我和他一起分享他的好运。”

“对于他的这个愿望，你是怎么想的？”他的父亲问。

“我当然会遵从父亲的想法，不会按照朋友的愿望行事。”普洛丢斯说。

普洛丢斯的父亲刚才恰好跟他的一位朋友聊过这个话题。那位朋友说，现在大部分人都会把儿子送到外面去找寻更好的出路，不明白为什么他会让孩子在家消磨青春。他说：“有的年轻人会去战场上碰碰运气，有的远渡重洋探寻海岛，还有人去国外的大学学习。贵公子的朋友凡伦丁，去了米兰公爵的宫廷。这些事，贵公子都可以去做，如果他年轻的时候不出去游历，日后会吃大亏的。”

普洛丢斯的父亲觉得朋友的建议非常有道理，当普洛丢斯告诉他，凡伦丁“希望普洛丢斯和他一起分享他的好运”时，立马决定让儿子到米兰去。对于这个突然的决定，这位自信的老先生没做任何解释，他历来如此，对儿子只下命令，不给解释。他说：“我的想法和凡伦丁的愿望一致。”看到儿子震惊的样子，他又多说了几句：“我突然决定让你去米兰公爵的宫廷，不要觉得奇怪。我想让你去就让你去，不必多说。明天就准备动身。不要找借口，我已经决定了。”

普洛丢斯知道，自己反对也没用，他的父亲从来不允许自己违背他的意愿。他怪自己，在父亲想看朱利娅的那封信时，不该编造这样的谎言，致使他现在不得不离她而去。朱利娅得知接下来很长一段时间都不能和普洛丢斯联系，再也不假装对他满不在乎了。他们忍着心痛依依话别，发誓永远相爱，决不变心。普洛丢斯和朱利娅交换了戒指，相互保证会一直留着当作纪念。就这样，经历了伤心的离别之后，普洛丢斯起身前往米兰，去投奔他的朋友凡伦丁。

普洛丢斯对父亲说的话是编造的，却和事实并不冲突——凡伦丁确实深受米兰公爵的赏识。除此之外，他身上还发生了一件让普洛丢斯做梦都想不到的事，凡伦丁放弃了他一直大肆吹捧的自由，变成了和普洛丢斯一样的痴情人。

西尔维娅小姐让凡伦丁发生了这样神奇的变化。西尔维娅是米兰公爵的女儿，她也爱上了凡伦丁。但是，他们的爱情是瞒着公爵的。虽然公爵对凡伦丁表现出了极大的喜爱，每天都邀请他到王宫来，却打算把女儿嫁给一个名叫修里奥的年轻朝臣。西尔维娅一点儿也看不上修里奥，因为他既没有凡伦丁那样的好才情，也没有他的优秀品格。

一日，两位情敌，修里奥和凡伦丁，一同去看望西尔维娅。修里奥说一句，凡伦丁就加以调侃，逗得西尔维娅很是开心。这时公爵进来，告诉凡伦丁，他的好朋友普洛丢斯来了。

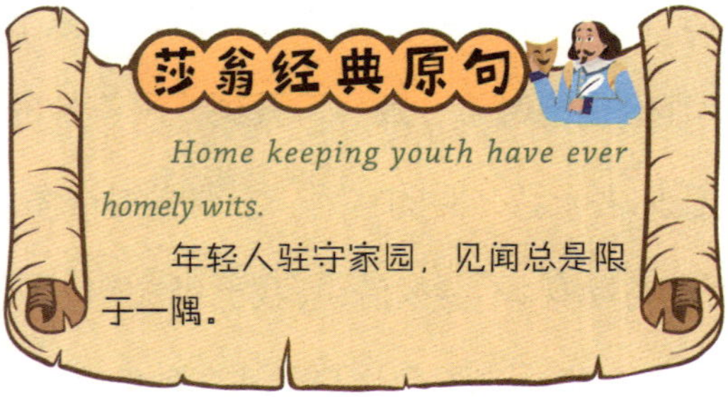

凡伦丁说：“若说我有什么心愿，就是希望在这儿见到他。”然后，他对公爵大肆赞扬起了普洛丢斯，说：“我的大人，我一直是个懒散度日的人，我的这位朋友却从不虚度光阴，他才貌兼备，是个十足的绅士。”

“他既这样出色，自然要欢迎他，”公爵说，“西尔维娅，这话是对你说的，还有你，修里奥先生。至于凡伦丁，我就不需多言了。”

就在这时，普洛丢斯进来，打断了他们的谈话。凡伦丁把他介绍给西尔维娅，说：“可爱的小姐，请您让他和我一样为您效劳吧。”

拜见结束之后，在凡伦丁和普洛丢斯单独相处的时候，凡伦丁说：“跟我说说吧，家里怎么样？你的那位小姐还好吗？你的爱情进展如何？”

普洛丢斯回答说：“过去我一提到爱情，你就觉得烦。我知道你不喜欢谈论有关爱情的事。”

“哎呀，普洛丢斯，”凡伦丁回说，“但是现在我的生活发生了变化。我已经为当初仇视爱情忏悔过了。爱情为了报复我对它的轻视，把睡眠赶走，让我的眼睛整日痴痴的，闭不上。哦，善良的普洛丢斯，爱情是一个强大的君主，轻松将我击败，我承认爱情的惩罚最让人痛苦，同样地，爱情带来的快乐无与伦比。如今除了爱情，我什么也不想谈。‘爱情’二字能让我废寝忘食。”

得知爱情让凡伦丁性情大变，普洛丢斯觉得这是自己的巨大胜利。但是，“朋友”这个称呼，已经不适合普洛丢斯了，他们谈论爱神的强大时（甚至在谈论爱神让凡伦丁发生转变的时候），爱神也在向普洛丢斯的心发力。在此之前，普洛丢斯一直是真挚的情人、完美的朋友。如今，只匆匆见了西尔维娅一面，他就变成一个虚伪的朋友、不忠的情人了。他只看了西尔维娅一眼，对朱利娅的爱情就像梦醒一样，瞬间消散了。他和凡伦丁的多年友谊也没能阻止他想要取而代之的企图。但是，事情总是如此，当一个天性善良的人变成不义之人时，在决定舍弃朱利娅、背叛凡伦丁之前，普洛丢斯的心中很是不安，但是最后他还是战胜了心中的道义，抛弃自我，义无反顾地投入不恰当的新感情中。

凡伦丁把他跟西尔维娅的恋爱过程全都悄悄告诉了普洛丢斯，还有他们怎么小心翼翼地瞒住她的公爵父亲，还对他说，他们对获得公爵同意这件事不抱任何希望，他已经说服西尔维娅，当天晚上离开她父亲的王宫，和他一起去曼多亚。他把天黑之后用来帮助西尔维娅从王宫窗户逃走的绳梯拿给普洛丢斯看。

让人难以相信的事发生了，好朋友将自己的大秘密如实相告，普洛丢斯却决定向公爵全盘托出。

这个虚伪的朋友开始言辞夸张地在公爵面前编故事，比如：按理说朋友间应该互相保守秘密，他要透露的事本不该说，但是公爵对他如此恩宠，为了回报公爵的恩德才告发凡伦丁，若不是如此，给他任何好处他都不会出卖朋友。然后，他就把从凡伦丁那儿听来的所有计划全都告诉了公爵，连绳梯以及凡伦丁打算把它们藏在长袍下的事也没落下。

公爵觉得普洛丢斯正直得出奇，他宁可说出朋友的图谋，也不肯替他隐瞒这种不正当的行为。公爵对他大加赞扬，向他保证，不会让凡伦丁知道这个消息是从谁那儿听来的。公爵准备用些手段，让凡伦丁自己暴露。为了达到这个目的，到了晚上，公爵静静地等着凡伦丁的到来。没过多久，他看见凡伦丁匆匆朝王宫走来，而且注意到凡伦丁的袍子底下似乎藏着什么东西，他猜那一定是绳梯。

公爵走上前去，拦住凡伦丁，说："你急匆匆地要去哪儿，凡伦丁？"

"恕我冒昧，公爵大人，"凡伦丁说，"有个信差在等着，我正要把寄给朋友的信交给他送出去呢。"

凡伦丁的这个谎言，和当初普洛丢斯对父亲撒的谎差不多，不会给事情的发展带来任何好处。

“信的内容很重要吗？”公爵问。

“不是很重要，大人，”凡伦丁说，“只不过是告诉我的父亲，我在您的宫廷过得很好，很开心。”

“既然没什么要紧，”公爵说，“过来跟我待会儿。最近有些让我困扰的事，我想听听你的意见。”为了套出他的秘密，公爵编了一个巧妙的故事做开场白。他说，凡伦丁应该也知道，他想把女儿嫁给修里奥，但是她十分倔强，不肯听从他的安排。“她既不考虑她是我的孩子，”他说，“对我这个当父亲的也没有一点儿敬畏之心。不瞒你说，她这样傲慢无礼，把我对她的爱都浇灭了。我原以为，她会尽子女的责任，让我安享晚年。现在我决定再娶一个妻子，把她赶出去，谁愿意要她，就让谁把她娶走。就让她的美貌当她的嫁妆吧，反正她也不把我和我的财产当回事。”

凡伦丁不知道事态会如何发展，就回答说：“在这件事上，大人想让我做些什么呢？”

“唉，”公爵说，“我想娶的这位姑娘很正派也很腼腆，我这把年纪恐怕很难用口才打动她。而且，如今流行的求爱方式跟我年轻的时候大不相同。我希望你能教教我，该怎样去追求那位姑娘。”

凡伦丁把年轻人的求爱方法，大致跟他说了一下，当他们想赢得姑娘的芳心时，会赠送礼物，时常拜访，等等。

公爵回说，他给那位姑娘送过礼物，但是她不收，而且她父亲对她的看管十分严密，白天的时候，任何男人都不可能接近她。

“唉，”凡伦丁说，“那你只能晚上去看望她。”

“但是，到了晚上，”说话颇有技巧的公爵，现在终于要把话题引到他想谈论的问题上了，“她的门就上锁了。”

凡伦丁说出了会让他感到遗憾的提议。他对公爵说，到了晚上可以用绳梯爬进姑娘的卧房，还说可以帮公爵去弄一个。最后，他建议公爵把绳梯藏在现在他身上穿着的这种长袍里。“把你的长袍借给我吧。”公爵说，他编了这么长的故事，就是为了找一个合适的借口，让他脱下长袍。说着，他便抓住凡伦丁的长袍往后扯，他不但看到了绳梯，还发现了西尔维娅的一封信。公爵当即打开读了起来。信里写的全是关于他们准备私奔的事。公爵先指责凡伦丁忘恩负义，竟然想偷走他的女儿，对他恩将仇报，然后将凡伦丁永远驱逐出宫廷和米兰城。凡伦丁不得不当晚离开，甚至没能和西尔维娅见上一面。

普洛丢斯在米兰陷害凡伦丁的同时，身处维洛那的朱利娅正在为普洛丢斯不在身边而苦恼。最后，她对普洛丢斯的在意，压倒了她心中的礼教分寸，她决定离开维洛那，到米兰去找寻自己的恋人。为了避免在路上遇到危险，她和她的女仆露西塔全都穿上男人的衣服，然后她们就以这身打扮上路了。凡伦丁因为普洛丢斯的背叛，被驱逐出米兰城，之后没过多久，朱利娅主仆二人就来到米兰了。

莎翁经典原句

Words can not express true love, loyalty behaviour is the best explanation.

真正的爱情是不能用言语表达的，行为才是忠心的最好说明。

朱利娅来到米兰的时间，大概在中午前后，她找了家旅店住下。她一心想着亲爱的普洛丢斯，跟旅店的老板——或者店主，大家都这样称呼他——交谈起来，想借此打探普洛丢斯的消息。

这位年轻俊美的绅士（店主以为她是男人）跟他说话时这样亲切随意，店主非常高兴，在他看来，这位年轻绅士的身份肯定相当高贵。而且店主天性善良，不忍见他这样愁眉不展。为了让这位年轻的客人高兴起来，店主提议带他去听些美妙的音乐。店主说，当晚有一位绅士要给他心仪的姑娘唱小夜曲。

朱利娅之所以愁眉不展，是因为她不知道，对于自己的冒失举动，普洛丢斯会怎么想，因为她知道普洛丢斯爱的是她身上的那种贵族小姐的傲气和骨子里的尊贵，她担心自己的所作所为，会让他不再像之前那样敬重她。这就是她满面愁容、若有所思的原因。

店主邀她一同去听音乐，她便欣然接受了。因为她心里想着，或许能因此遇到普洛丢斯。

她和店主一起来到王宫，后果却和好心的店主预想的完全相反。那里成了她的伤心地，她看着自己的情人，用情不专的普洛丢斯正在给西尔维娅小姐唱小夜曲，倾诉对她的爱慕。朱利娅听到西尔维娅从窗边和普洛丢斯交谈，责备他不该抛弃他那位真挚的小姐，不该对自己的朋友凡伦丁恩将仇报。然后，西尔维娅就离开窗边了，不想听他歌唱，也不想听那些漂亮话。因为西尔维娅一心钟情于被驱逐的凡伦丁，对他这位不忠诚的朋友做出的卑鄙行为厌恶至极。

虽然目睹了这一幕让朱利娅深陷绝望，但是她还爱着不负责任的普洛丢斯。她听说不久之前普洛丢斯的一个仆人离开了，就在好心店主的帮助下，设法当上了他的侍从。普洛丢斯不知道他是朱利娅，派她去给她的情敌西尔维娅送信和礼物，甚至把当初在维洛那分别时，朱利娅送给他的纪念戒指也让她拿去送给西尔维娅。

朱利娅带着戒指去西尔维娅那里，这位小姐断然拒绝了普洛丢斯的求爱，朱利娅见此情形很是高兴。朱利娅——或者说侍从塞巴斯蒂安，和西尔维娅谈起普洛丢斯的初恋，那位被抛弃的朱利娅小姐。她刻意（有人可能会这么认为）为自己说了几句好话，说她认识朱利娅。她当然认识，毕竟她就是自己口中的朱利娅。她告诉西尔维娅，朱利娅有多爱她的主人普洛丢斯，他的不理不睬会让她多么伤心。然后，她相当婉转地说道："朱利娅的身高、面容和我相仿，眼睛和头发的颜色和我一样。"朱利娅穿着男孩子的衣服，确实是个非常俊美的少年。

西尔维娅深受感动，十分同情那个被心爱的男人抛弃的可爱小姐。当朱利娅把普洛丢斯要她送出的戒指交给西尔维娅时，西尔维娅拒绝收下，说："他把这个戒指送给我，更让人觉得他无耻了。我不会要的，因为我常听他说，这是他的朱利娅送给他的。我很喜欢你，温柔的小伙子，因为你对那个可怜的姑娘心怀同情。这里有个钱袋，因为朱利娅的缘故，我把它送给你。"从她善良的情敌口中，说出的这些安慰的话语，让这位乔装改变的姑娘低落的心情备受鼓舞。

我们再说回被驱逐的凡伦丁。如今，他成了个蒙羞受辱、被驱逐的人，不愿回家见自己的父亲，因此不知该何去何从。他在一片荒无人烟的森林中徘徊，那片森林离米兰不远，他心爱的西尔维娅小姐还在那座城中，这时突然冒出一群强盗，要抢夺他的钱财。

凡伦丁对强盗们说，他是个身处困境的人，遭到驱逐，身无分文，只有身上这套衣服。

强盗们听说他遭逢不幸，见他气度不凡，行为举止英气十足，就对他说，如果他愿意入伙儿，当他们的头头，或者说首领，他们愿意听从他的指挥。如果他拒绝他们的提议，就杀了他。

凡伦丁一点儿也不在乎自己变成什么身份，说他愿意入伙儿当他们的首领，前提是他们不能抢掠妇女和过路的穷人。

于是高贵的凡伦丁变成了民谣里的罗宾汉——强盗和不法之徒的首领。西尔维娅就是在这种情形下找到他的，事情是这样发生的。

西尔维娅的父亲固执己见，让她不许再拒绝修里奥，最后为了逃避这桩婚事，她决心去曼多亚找凡伦丁，她听人说凡伦丁到那里避难去了。但是这个人的消息误导了她，凡伦丁一直在林中与强盗为伍，听他们称自己为首领，但是他不参与强盗们的劫掠，只用他们强加在他身上的权力，命令这些人对遭他们抢劫的旅人手下留情。

西尔维娅和一位受人尊敬的老先生爱格勒莫一起逃离她父亲的王宫，她带这位老先生在身边，是为了路上有人保护。凡伦丁和强盗们所在的森林就在她前往曼多亚的必经之路上。其中一个强盗抓住了西尔维娅，本来也要逮住爱格勒莫，结果被他逃脱了。

那个抓住西尔维娅的强盗，见她十分害怕，对她说不必担心，他只是要把她带到他们首领居住的山洞，她可以放心，因为他们的首领是个正直高尚的人，对女人十分仁慈。西尔维娅听说自己要以囚徒的身份被带去见一群非法之徒的首领，心中没有得到丝毫安慰。

“哦，凡伦丁，”她哭喊着，“我承受这些全都是为了你！”强盗押着她去往首领的山洞，普洛丢斯突然出现挡住了强盗，原来普洛丢斯听说西尔维娅逃跑了，就一路追着她来到这片森林，朱利娅始终作为他的侍从一路相随。普洛丢斯将西尔维娅从强盗手中解救出来，没等她道谢，普洛丢斯又开始惹她讨厌，向她求婚。普洛丢斯无礼地强迫她同意和他结婚，他的侍从（被他抛弃的朱利娅）站在他身旁，内心陷入巨大的焦虑之中，朱利娅担心西尔维娅因为普洛丢斯刚才帮了她的大忙对他产生好感，就在这时，所有人都被凡伦丁的突然出现吓了一跳。他听说手下的强盗劫持了一个姑娘，特意过来安慰并释放她。

普洛丢斯正在向西尔维娅求爱时，被他的朋友撞见，他觉得无比羞愧，懊悔自责瞬间将他牢牢抓住。对于他给凡伦丁造成的伤害，他表达了深切的悔恨。凡伦丁生来就是个宽宏大量的人，甚至宽宏大量到了不切实际的程度，他不但原谅了普洛丢斯，像从前那样把他当最好的朋友，还突然迸发出了慷慨的英雄主义，说："我愿意原谅你，而且我愿意放弃对西尔维娅的追求，把她让给你。"站在主人身边的侍从，也就是朱利娅，听到这个奇怪的赠予，担心刚改邪归正的普洛丢斯还没正直到能拒绝西尔维娅，昏了过去。要不是因为大家都忙着唤醒朱利娅，西尔维娅肯定已经因为凡伦丁把她让给普洛丢斯生气起来，虽然她不认为凡伦丁这种因为友谊表现出的过分慷慨会持续太长时间。朱利娅醒来之后，说："我刚才忘了，我的主人让我把这个戒指交给西尔维娅。"普洛丢斯看向那只戒指，发现那是他当初送给朱利娅的。当初朱利娅送给他一只戒指，就是他让侍从送给西尔维娅的那只，作为交换普洛丢斯也给了朱利娅一只戒指。"这是怎么回事？"他问道，"这是朱利娅的戒指。怎么会在你手上？"朱利娅回答说："朱利娅给我的，是她亲自带过来的。"

普洛丢斯开始仔细端详她，这才发现侍从塞巴斯蒂安不是别人，正是朱利娅小姐。她用事实证明她的爱情是坚定而真挚的，这深深地打动了他，普洛丢斯对朱利娅的爱在心中重新点燃，他重新接纳了自己心爱的姑娘，欢欢喜喜地放弃了对西尔维娅的所有要求，把她还给了爱她至深的凡伦丁。

普洛丢斯和凡伦丁正说着二人能重归于好多么开心，还有两位忠实的姑娘爱他们，就在这时，他们惊讶地发现公爵和修里奥竟然也追着西尔维娅来到这儿了。

修里奥先走上前来，想要抓住西尔维娅。他说："西尔维娅是我的。"见此情形，凡伦丁昂首阔步地挺身而出，对修里奥说："修里奥，离她远点儿。如果你再敢说'西尔维娅是你的'，就是自寻死路。她就站在这儿，你碰她一下试试！"修里奥本来就是个彻头彻尾的懦夫，听到凡伦丁的威胁，吓得缩了回去，说他一点儿也不在乎她，傻子才会为一个他不爱的姑娘跟人决斗呢。

，公爵是个十分英勇的人，火冒三丈地说："你竟然这样对她，真是既卑鄙又废物，遇到这么点儿困难就要离她而去。"然后，他转头对凡伦丁说，"我要为你的勇气鼓掌，凡伦丁，我认为你值得拥有一位女皇的爱。你应该拥有西尔维娅，因为你配得上她。"公爵把女儿许给了凡伦丁，凡伦丁十分谦卑地亲吻了公爵的手，万分感激地接受了这份尊贵的礼物。趁这个欢乐的时刻，凡伦丁恳求心情愉悦的公爵赦免他在森林中结识的这群盗匪，并向公爵保证，只要允许他们改过自新重新回归社会，就会发现他们中有很多善良、能有大作为的人。因为他们大多像凡伦丁一样，是因为犯上遭到驱逐的，并不是犯过什么邪恶的大罪。对于这个请求，公爵马上就答应了。现在所有事都处理妥当了，只

修里奥想要抓住西尔维娅，凡伦丁出手相救。

创作者：弗朗西斯・惠特利（ Francis Wheatley ）

剩不忠的朋友普洛丢斯，为了忏悔他因为爱情犯下的错误，作为惩罚，他要当着公爵的面，把他求爱和扯谎的事全部交代一遍。他觉醒的良心让他在说的时候感到十分羞愧，这样的惩处也足够了。这件事了结之后，四个人两对情侣一起返回米兰，在公爵的见证下举办了隆重的婚礼。众人一起举办欢宴，隆重庆祝。

一起涂色吧

威尼斯商人

玛丽·兰姆

安东尼奥

威尼斯商人

夏洛克

犹太人，放高利贷的人

尼莉莎

鲍细娅的侍女，葛莱西安诺的妻子

鲍细娅（鲍尔萨泽）

富家嗣女，巴萨尼奥的妻子

巴萨尼奥

安东尼奥的朋友，鲍细娅的丈夫

葛莱西安诺

巴萨尼奥的朋友

培拉里奥

鲍细娅的律师朋友

夏洛克是个生活在威尼斯的犹太人。他是个放高利贷的，靠借钱给商人，收取大额利息，积累了大量家产。夏洛克铁石心肠，讨债的时候从不心慈手软，心地善良的人全都讨厌他，尤其是威尼斯的年轻商人安东尼奥。夏洛克对安东尼奥同样恨之入骨，因为他经常把钱借给陷入困境的人，而且不收利息。因此，贪财的犹太人和慷慨的商人安东尼奥之间结下了很深的仇怨。安东尼奥只要在市场（或交易所）碰到夏洛克，就会申斥他不该放高利贷，不该那样为难那些欠债的人，这位犹太人貌似耐心倾听，心里却想着要报复安东尼奥。

安东尼奥是全天下最善良的人，不只身家条件很好，对人也总是彬彬有礼的。在所有意大利人中，若想找个最能代表古罗马荣光的人，必定非他莫属。他深受全城市民的爱戴。他最亲近、最要好的朋友是巴萨尼奥，这位高贵的威尼斯人有些祖产，但为数不多，由于不懂得量入为出，日子过得太过奢侈，他的那点儿家产几乎全被他挥霍掉了，很多地位高、家产少的年轻人都有这样的通病。只要巴萨尼奥需要钱，安东尼奥就会伸出援手。两人好得就像共用一颗心脏，钱财也不分彼此。

有一天，巴萨尼奥来找安东尼奥，说他想和一位他深爱的富家小姐结婚，借此恢复自己的家势，这位小姐的父亲刚刚过世，留下的大量家产全由她一个人继承。她父亲在世的时候，巴萨尼奥常去她家拜访，他觉得他能察觉到，那位小姐有时会用眼神无声地向他传达一些信息，似乎是对他说，乐意他向自己求婚。但是他没有钱，不能让自己看起来配得上这个继承了巨额遗产的富家小姐，所以他求过去帮过他很多次忙的安东尼奥，再多帮他一次，借给他 3 000 金币。

当时安东尼奥身上没钱，不能借给朋友。但是过不了多久，等一些船只拉着货回来，就有钱了。他说他会去找那个放高利贷的富人夏洛克，用这些船做担保，从他那儿借些钱来。

安东尼奥和巴萨尼奥一起去找夏洛克。安东尼奥向犹太人借 3 000 金币，他可以要利息，等货船出海回来，用船上的货物偿还。

这时，夏洛克心想：“我要是能抓住他的把柄，一定狠狠报复，泄一泄我心中的积怨。他恨我们犹太人，白白借钱给别人，还当着其他商人的面指责我和我的正经买卖，他管那叫利息。我要是饶了他，就让我的民族受诅咒！”

安东尼奥见他一直自顾自地

知道百科

《威尼斯商人》是莎士比亚早期喜剧中最具有社会讽刺色彩的一部，是早期喜剧创作向悲剧创作过渡的重要作品。这部作品既有喜剧的欢乐色彩，又有悲剧的深刻思想，融悲剧喜剧为一体。在剧中，作者塑造了众多有血有肉的人物形象，构造了奇特而又别具一格的艺术结构，形象地再现了当时封建社会与资本主义社会新旧交替时期广阔的社会生活画面，使一个奇妙的宏观世界展现在读者眼前。《威尼斯商人》以被社会摒弃的犹太人夏洛克的形象，在人物心灵与社会问题之间相互观照，提出了各种社会问题，为世界文学的创作和批评开拓了空间。

琢磨，也不回答。他急着等钱用，就说：“夏洛克，你听见了吗？你借还是不借？”

犹太人回答说：“安东尼奥先生，你常在交易所骂我，说我赚的是不义之财，我每次都只是耸耸肩，忍受你的谩骂，因为忍受是我们民族的标志。然后你又往我的犹太罩袍上吐口水，拿我当条野狗一样，把我一脚踢开。好吧，看来现在你需要我的帮助了，就跑来找我说，‘夏洛克，借钱！’狗能有钱吗？一条野狗能借给你3 000金币吗？我是不是应该鞠着躬说，‘公平公正的好先生，您上周三往我身上吐口水，一次又一次地说我是狗，为了回报这些礼遇，我把钱借给您’。”

安东尼奥回说：“我还会那么叫你，还会啐你，还会踢你。你要是把钱借给我，不要当作借给一个朋友，就当是借给了仇人。我若还不上，重重罚我就是了。”

“哎哟，看看你，”夏洛克说，“怎么这么大火气呢！我愿意和你做朋友，得到你的友谊。我会把你对我的羞辱全都忘掉。你要多少，我就借你多少，而且不收利钱。”

这个貌似友好的提议，让安东尼奥感到很吃惊。紧接着，夏洛克假装好心地说，他做这些就是为了讨安东尼奥的喜欢，再次强调，他会借3 000金币给他，不收利息。只是安东尼奥得跟他去找一位律师，签个契约，权当好玩。契约上就写，如果安东尼奥到期不能还钱，就从身上切一磅肉代替，至于肉从哪儿切，全凭夏洛克乐意。

“成交，”安东尼奥说，“我会在契约上签字，我还要说犹太人十分友好。”

巴萨尼奥对安东尼奥说，不应该因为他签订这样的契约。但是安东尼奥坚持要签，因为不用等到还款日，他的船就会回来，船上货物的价值是这笔钱的好几倍。

夏洛克听到他们争论，大声说：“哦，我们的祖先亚伯拉罕，这些是一群多么多疑的人啊！他们自己在买卖中苛待别人，就以为别人也和他们一样。请你告诉我，巴萨尼奥，他要是到期不能还款，我能从约定的处罚中得到什么？从人身上割下的一磅肉，又不是什么稀世珍宝，还没有一磅羊肉或牛肉值钱。我提出这个友善的条件就是为了讨他的好，我看，他要接受就接受，不接受咱们就再见。”

尽管犹太人说他是好意，巴萨尼奥还是不想让朋友为了自己冒受到这种可怕处罚的风险，但是安东尼奥最后还是签下了契约。他觉得（就像犹太人说的那样）这不过是为了好玩。

莎翁经典原句

The quality of mercy is not strained.

慈悲不是出于勉强。

巴萨尼奥想娶的那位继承了大笔遗产的富家小姐，住在贝尔蒙脱，那地方离威尼斯不远。她的名字叫鲍细娅，容貌和才情丝毫不逊于我们在书上读到过的那位鲍细娅，也就是加图的女儿、布鲁图的妻子。

巴萨尼奥拿到朋友以生命做抵押换来的钱，就领着一支华丽的队伍，由一位名叫葛莱西安诺的先生相陪，启程去往贝尔蒙脱了。

巴萨尼奥求婚成功，鲍细娅很快就答应让他做自己的丈夫。

巴萨尼奥对鲍细娅坦白说，他没有多少财产，唯一能拿出来夸耀的，不过是自己的上等出身和贵族血统。鲍细娅是因为他品性值得敬重才爱上他的，而且她自己足够富有，根本不在乎丈夫有没有钱。她谦逊得体地回答说，她希望自己有千倍的美貌，万倍的财富，这样才配得上他。然后，才华出众的鲍细娅自谦地表示，她没读过书，也没上过学，什么也不会，但是她还年轻，可以学习，她要将自己柔弱的心交托给他，事事听他指点，由他做主。她说："现在我是你的了，我拥有的一切也都是你的了。巴萨尼奥，我昨天还是这座美丽大宅里的小姐，我自己的女王，掌管这些侍从的女主人。现在这座房子，这些侍从，还有我自己，都是你的了，我的夫君。我连同这只戒指，把一切都献给你。"说着，她给巴萨尼奥呈上了一枚戒指。

巴萨尼奥心中既是感激又是赞叹，高贵富有的鲍细娅竟这样亲切地接受了他这么一个没有多少钱财的人，他不知该如何表达自己的喜悦，也不知该如何向这位敬重他的可爱小姐表示尊重，就连充满爱意和感激之情的话语也不能流利地说出来。他接过戒指，发誓会永远戴着它。

鲍细娅答应会成为巴萨尼奥忠诚的妻子，她表现得是那样端庄得体。当时随侍一旁的葛莱西安诺和鲍细娅的侍女尼莉莎也在场。葛莱西安诺先向巴萨尼奥和慷慨的小姐道贺，然后请求他们允许自己与他们同时结婚。

"葛莱西安诺，"巴萨尼奥说，"如果你能够找一位妻子，我完全同意。"

葛莱西安诺说，他爱上了鲍细娅的那位漂亮的侍女尼莉莎，而且她已经同意。如果她家小姐嫁给巴萨尼奥，她可以做葛莱西安诺的妻子。鲍细娅问尼莉莎这是不是真的。尼莉莎回答说："小姐，这是真的，只要您同意。"鲍细娅满心同意。巴萨尼奥高兴地说："葛莱西安诺，你们也结婚，那我们的婚礼就更显得荣耀了。"

两对爱侣的幸福时刻，被一个送信人打断了。他带来一封安东尼奥的信，信里的消息让他们担心不已。巴萨尼奥读着安东尼奥的来信，脸色惨白。鲍细娅担心是他的哪位好朋友死了，便问是什么消息让他这么难过。他说："唉，可爱的鲍细娅，我从未在信纸上看到过这么令我难过的话。温柔的小姐，我一开始向你示爱时，就坦白地告诉过你，我所有的财产不过是自己的血统，实际上我应该说，我不只一无所有，还欠着债呢。"然后，巴萨尼奥把前面提到的事对鲍细娅说了一遍，关于他向安东尼奥借钱，安东尼奥从犹太人夏洛克那里借贷周转，还有安东尼奥签下契约，如果借款不能如期偿还，就要赔偿一磅肉。然后，巴萨尼奥把安东尼奥的信读给她听："亲爱的巴萨尼奥，我的船全都回不来了，我跟犹太人签的契约只能认罚，既然认罚我肯定是活不了了，我希望死前能见你一面。话虽如此，我并没有强迫的意思。我希望你是出于对我的情谊来见我，而不是因为这封信。"

"哦，亲爱的，"鲍细娅说，"把事情全都处理一下，赶紧去吧。你带上20倍的金币，千万别让这位好朋友因为我的巴萨尼奥损伤一根头发。既然有人为你付出过如此深情，我也会深情对你。"

鲍细娅接着又说，她要在巴萨尼奥动身之前嫁给他，这样他就能合法支配她的钱财。当天，他们就结了婚，葛莱西安诺也和尼莉莎结为夫妇。巴萨尼奥和葛莱西安诺刚完婚，就匆匆启程去威尼斯了。巴萨尼奥在监牢里看到了安东尼奥。

还款日过了，巴萨尼奥要还钱，夏洛克却不肯收，坚持要安东尼奥身上的一磅肉。这宗骇人听闻的案件将由威尼斯公爵审理，审判的日子已经定了，巴萨尼奥在担惊受怕中等待审判的到来。

鲍细娅和丈夫分开时，兴奋地对他说，回来的时候，一定要把他的好朋友也带来。但是她又担心事情的发展会对安东尼奥不利，就剩自己一个人的时候，她开始思考，在拯救她亲爱的巴萨尼奥的朋友这件事上，自己能不能帮上忙。尽管鲍细娅为了尊重她的巴萨尼奥，曾像个温顺贤良的妻子那样，说她愿意事事顺从丈夫，丈夫比她更智慧，因此什么都听他的，但是丈夫的朋友现在身处险境，她必须要采取行动了。她丝毫不怀疑自己的能力，仅凭着自己精准完美的判断力，迅速做出决定，要亲自去一趟威尼斯，为安东尼奥辩护。

鲍细娅有个做律师的亲戚，她给这位培拉里奥先生写了一封信，把案情陈述了一遍，请他给出出主意。除了他的意见，她还希望对方给她送一套律师服来。送信人送来了培拉里奥的回信，信中提出了辩护意见，还有她需要的所有道具。

鲍细娅穿上男装，套上律师的长袍，让女仆尼莉莎也换上男装，跟在自己身边扮成文书。她们立马动身，在开庭当天赶到了威尼斯。案子要当着威尼斯公爵和元老们的面在元老院审理，鲍细娅走进这个高等法庭时，庭审刚要开始。她递上培拉里奥写给公爵的一封信，这位有学问的律师在信中说，他本想亲自为安东尼奥辩护，因病不能前往，请求允许让这位学识渊博的年轻博士鲍尔萨泽（他这样称呼鲍细娅）代他出庭。公爵同意了这个请求，好奇这个没见过的陌生律师怎么看起来这么年轻，他穿着律师的袍子，还有一顶很大的假发，装扮得有模有样。

这场重要的审判正式开始。鲍细娅环顾四周，看到了那个冷酷无情的犹太人；她也看到了巴萨尼奥，他却没认出乔装打扮的鲍细娅。巴萨尼奥正站在安东尼奥身边，为他的朋友担惊受怕，心急如焚。

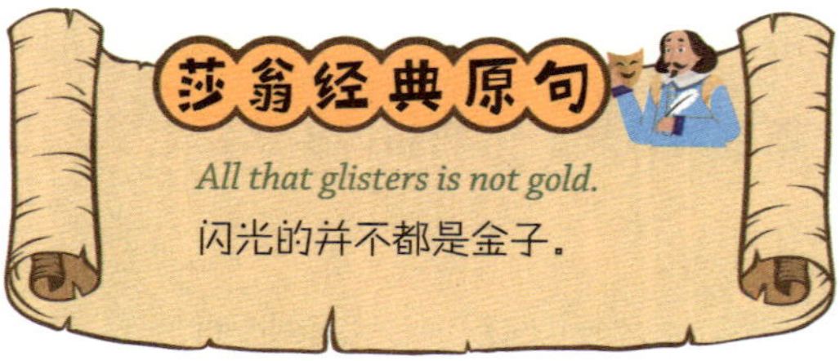

鲍细娅肩负的任务十分艰巨，一想到这件事后果严重，这位纤弱的女子就来了勇气。她既承担了辩护的工作，便勇敢地履行起职责来。她先对夏洛克说，威尼斯法律允许他根据契约中的条款索取赔偿，她温情地谈起了“仁慈”是多么可贵的品格，除了毫无感情的夏洛克，其他人听了无不心软。她说仁慈就像天空降下的温柔细雨；仁慈是双向的祝福，施予者和接收者都能受到祝福；仁慈是无比高贵的品质，和王冠相比，仁慈更能彰显君主的身份；当仁慈和公正达到平衡时，世俗的权力就更接近至上的权力；她要夏洛克不要忘了，既然我们都祈求获得仁慈，那这个祈祷也是在告诉我们该对他人仁慈。夏洛克的回答只有一个，就是要按契约索取赔偿。“是他不能还你钱吗？”鲍细娅问。巴萨尼奥赶忙对犹太人说，只要他愿意，可以数倍偿还他借出的 3 000 块金币。夏洛克拒绝了这个提议，还坚持要安东尼奥身上的一磅肉。巴萨尼奥求这位博学的年轻律师尽力去扭转法律，救安东尼奥一命。但是鲍细娅庄重地回答说，法律一经确立，就不可能更改。夏洛克听到鲍细娅说法律不能更改，觉得她是在帮自己辩护，于是他说：“但以理来审判了！啊，这位充满智慧的年轻律师，我多么敬佩你呀！你的智慧可比你的外表要成熟得多！”

这时，鲍细娅请夏洛克让她看看契约。看完之后，她说：“借款人确实没有履约，这位犹太人有权声索一磅鲜肉，他完全可以从最靠近安东尼奥心脏的地方切一磅肉下来。”然后，她对夏洛克说：“你就宽恕他，收下钱，让我撕掉这张契约吧。”

但是恶毒的夏洛克根本不懂什么叫宽恕。他说：“我拿灵魂起誓，任谁巧舌如簧，也不可能说服我。”

“哎，安东尼奥，”鲍细娅说，“那你就得做好让刀子插进自己胸膛的准备了。”

此时，夏洛克正兴冲冲地磨着一把长刀，准备割取一磅人肉。鲍细娅对安东尼奥说：“你还有什么话要说吗？”

安东尼奥虽然无可奈何，却很平静，他回答，只有几句话要说，因为他已做好赴死的心理准备。然后，他对巴萨尼奥说：“把你的手伸给我，巴萨尼奥！永别了！不要因为我为了你遭遇不幸感到伤心。跟你尊贵的夫人提提我，告诉她我是多么爱你！”

巴萨尼奥悲痛至极，回说：“安东尼奥，我娶的这位妻子，对我来说十分珍贵，就像我的生命一样。但是在我眼中，我的生命、我的妻子和整个世界都比不上你的性命。我宁愿失去一切，我宁愿将这些全都送给这个魔鬼，交换你的性命。”

鲍细娅听闻自己的丈夫用这样重的话表达他对挚友的爱，这位心地善良的女士丝毫没有觉得受到冒犯，但还是忍不住说了一句：“你妻子若是在场，听到你的提议，应该不会谢谢吧。”

葛莱西安诺说话办事就爱学自己的主人，于是他觉得自己也该像巴萨尼奥那样说上几句。此时，扮成文书的尼莉莎就在鲍细娅旁边写着什么，葛莱西安诺说的话全都听见了：“我有一个妻子，我要声明我是爱他的。如果她能够祈求神力，让这个像野狗一样爱咬人的犹太人改掉他的残忍，我希望她能上天堂。”

“幸好你没当着她的面这么希望，否则你家一定会不得安宁。”尼莉莎说。

夏洛克不耐烦地喊道：“我们这是在浪费时间。我请求马上宣判！”此时，法庭里的人全都不抱希望，所有人都为安东尼奥感到难过。

鲍细娅问，称肉的天平准备好了没有。然后，她对那个犹太人说：“夏

夏洛克和鲍细娅在法庭上对峙。（法庭上的鲍细娅以女装出现，为的是突出她秀美的样子，将夏洛克表现得咄咄逼人）

创作者：托马斯·萨利（Thomas Sully）

洛克，你必须得请一位外科大夫在旁边候着，免得他流血致死。”夏洛克的全部意图，就是让安东尼奥流血不止，最后死掉。他说：“契约里没写这条。”鲍细娅回说：“契约里没有写明，但是那又如何？为了行善，多做些，总归是好事。”对此，夏洛克的回答只有一句：“我找不到。契约里没写。”“那么，”鲍细娅说，“安东尼奥的一磅肉是你的了。法律许可，法庭裁决。你可以从他的胸膛割这块肉。这同样符合法律许可，法庭裁决。”夏洛克再次高呼：“明智正直的法官！但以理降临法庭了！”接着，他又开始磨他的那把长刀，目光急切地望着安东尼奥说：“来吧，你做好准备吧！”

“稍微等一下，犹太人，”鲍细娅说，“我还有些话要说。契约里可没说要给你哪怕一滴血。里面说的是‘一磅肉’。如果你在割这一磅肉的时候，让公民流出一滴血，按照法律，你的土地财产就得悉数充公，全部上缴威尼斯政府。”

夏洛克根本不可能在切掉一磅肉的同时，不让安东尼奥流血，契约上只写了肉，没写血，鲍细娅这个聪明的发现救了安东尼奥的命。这位年轻的律师偶发奇想，想出了这样一条妙计，所有人都对他的过人才智表示钦佩，元老院里掌声四起。葛莱西安诺借用夏洛克的话，高呼：“啊，明智正直的法官！犹太人，你看，但以理降临法庭了！”

夏洛克发现自己的恶毒计划彻底失败了，满脸失望地表示，愿意收下那些钱。巴萨尼奥因为安东尼奥意外获救，欣喜异常，喊了一句：“钱都给你！”

但是，鲍细娅制止了他，说：“且慢，不要着急。这个犹太人只能按约索罚。那么夏洛克，你就做好准备去割那块肉吧。但是你一定要小心，不能让血流出来。割的肉不能超过一磅，也不能少于一磅，一定要正好一磅。你从这可怜的人身上，多割了一点儿或少割了一点儿都不行，这天平要是有一丝一毫不平，威尼斯的法律都会判处你死刑，将你的财产全部收归政府所有。”“把我的钱还我，放过我。”夏洛克说。“我已经准备好了，”巴萨尼奥说，“钱在这里。”

夏洛克正准备去拿钱，鲍细娅又把他拦住了，说：“等一下，犹太人。我手上还有你的一个把柄呢。根据威尼斯的法律，蓄意残害公民性命，你的财产也要全部充公，至于你这条命，就看公爵愿不愿饶恕了。还不快跪下，求他宽恕。”

然后，公爵对夏洛克说：“为了让你知道，我们和你的残忍无情不同，我要在你开口求饶之前，赦免你的死刑。你的财产一半归安东尼奥，另外一半上缴政府。”

慷慨的安东尼奥说，他愿意放弃夏洛克的一半财产，只要夏洛克愿意立下字据，死后将财产遗留给他的女儿和女婿。原来安东尼奥知道这个犹太人有一个独女，最近违背父亲的意思，嫁给了一个年轻人，这人名叫罗兰佐，是安东尼奥的朋友。这件事触怒了夏洛克，因此他剥夺了女儿的继承权。

夏洛克答应了这个条件。就这样，他的报复阴谋落败，财产大受损失，就说：“我不舒服，让我回家吧。字据给我送去，我会签字，把我的一半财产转给我的女儿。”“那你就去吧，”公爵说，“一定要签字。如果你对自己的残忍真心忏悔，国家会免除你的罚款，你的那半财产也可以保住。”

公爵宣告释放安东尼奥，庭审结束。他对这位足智多谋的年轻律师大加赞赏，邀请他到家中赴宴。鲍细娅想赶在丈夫前面，回到贝尔蒙脱，回说：“您这番盛情我不胜感激，但是我得马上离开。”公爵说，律师没时间留下来跟他吃饭，他感到非常遗憾，然后转过身对安东尼奥补了一句：“好好酬谢这位先生。

在我看来他可是你的大恩人。”

公爵和元老们离开法庭。巴萨尼奥对鲍细娅说：“最值得尊敬的先生，您的智慧让我和我朋友安东尼奥今天得以免除痛苦的处罚，请您收下这本该还给那个犹太人的 3 000 金币！”“对您的爱心您的服务，”安东尼奥说，“我们永远感激不尽。”

无论怎么说，鲍细娅都不肯接受那笔钱。但是，巴萨尼奥一再表示，要给她报酬。她说：“把你的手套给我吧，为了你，我会戴上它。”巴萨尼奥脱下手套，她看到一枚戒指，那是她亲手给他戴上的。这位爱捉弄人的女士想要这枚戒指，所以才说要他的手套。为的是拿到戒指之后，见到巴萨尼奥时逗一逗他。她看见戒指，说：“我也不想辜负你的深情厚谊，我就收下这枚戒指吧。”巴萨尼奥左右为难，律师竟想要他唯一不愿相送的东西。他尴尬地回说，不能把戒指送给律师，因为这是他妻子给他的，他曾经发过誓，这戒指永不离身。他愿意公告寻找威尼斯最贵的戒指送给律师。听到这话，鲍细娅假装受到羞辱，边离开法庭，边说：“先生，你这是在教我怎么应付乞丐吧。”

“亲爱的巴萨尼奥，”安东尼奥说，“把戒指给他吧。你的妻子虽然会不高兴，看在我的情分上，还有他帮了我那么大忙，你就答应吧。”

自己看起来这么不知感恩，巴萨尼奥觉得十分惭愧，就让步了。他让葛莱西安诺带着戒指去追上鲍细娅。“文书”尼莉莎也给过葛莱西安诺一只戒指，她也向他索要。葛莱西安诺（在慷慨方面，不希望落在主人后面）拱手相送。两位女士想着，回家之后该如何责备她们的丈夫把戒指送给别人，咒骂他们把戒指当礼物送给别的女人，不禁大笑起来。

返程途中，鲍细娅心情一直很愉快，总是不自觉地想起自己做了一件好事。这份好心情让她看见什么都觉得好：月亮从来没有这么亮过，当好看的月亮隐入云层时，她看见贝尔蒙脱的房子照出的灯光，也能满足她迷人的想象。她对尼莉莎说："咱们看见的光，是从我家照出来的。一根小小的蜡烛，它发出的光竟能照得这么远！在这个混乱的世界，做一件好事就能照亮黑暗。"听到从房子里传出的音乐声，她说："我觉得这音乐比白天的时候好听多了。"

鲍细娅和尼莉莎回到家，换上自己的衣服，等着她们的丈夫。没过多久，他们就和安东尼奥一起回来了。巴萨尼奥把他的好朋友介绍给鲍细娅夫人，夫人祝贺和欢迎的话还没说完，就看见尼莉莎和她的丈夫在屋里的一个角落吵了起来。"这就吵架？"鲍细娅说，"怎么回事？"葛莱西安诺回答说："夫人，不过是为了一只不值钱的戒指，戒指是尼莉莎给我的，上面有几个字，就像刀匠在刀子上刻的诗一样，'我，不要离开我'。"

"这句诗和戒指的价钱有什么要紧？"尼莉莎说，"我给你的时候，你对我发誓，你会一直戴到死。如今，你说你把它送给律师的文书了。我知道，你肯定把它送给别的女人了。""我以这只手起誓，"葛莱西安诺回说，"我把它送给了一个年轻好心的男孩，那个男孩矮矮的，身高不超过你。他是那位年轻律师的文书，律师的机智辩护救了安东尼奥的命。那个啰唆的男孩跟我要这个戒指当酬金，我总不能拒绝他吧。"鲍细娅说："葛莱西安诺，你把妻子送给你的第一件礼物送给别人，确实应该受到责备。我也给过我丈夫巴萨尼奥一枚戒指，我相信就算拿全世界来换，他也不会把戒指交出去的。"葛莱西安诺为了给自己的过错找开脱的理由，在此刻说："我的主人巴萨尼奥把他的戒指给那位律师了，然后那个男孩，他的文书，书书写写也费了些力气，才来要我的戒指。”

听到这话，鲍细娅假装很生气，责备巴萨尼奥把她的戒指送给别人。她说，尼莉莎已经教会她该信什么了，她知道现在那戒指一定在某个女人手里。惹自己心爱的女人生气，巴萨尼奥很不开心，他言辞恳切地说：“我以我的名誉起誓，绝没有把那枚戒指送给什么女人，我把它给了一位斯文的博士，他不收我的3 000金币，只想要那枚戒指。我拒绝之后，他不高兴地走了。我能怎么办呢，亲爱的鲍细娅？我显得那么忘恩负义，为自己感到羞愧，我也是不得已才把戒指给他的。原谅我吧，好心的夫人。要是当时你也在，一定会求我把戒指送给那位值得尊敬的博士的。”

“唉！”安东尼奥说，“你们吵架全是因为我。”

鲍细娅请安东尼奥不要为此感到难过，即便如此，他还是受欢迎的。接着，安东尼奥说：“我曾经为了巴萨尼奥的事，拿自己的身体做抵押。要不是因为向您的丈夫索要戒指的那个人，我现在已经是个死人了。我敢再签订一张契约，用我的灵魂做担保，您的丈夫再也不会对您做出任何违背誓言的事。”“那您就是他的担保人了，”鲍细娅说，“把这枚戒指给他，告诉他好好保存，不要再像之前那枚戒指那样，把它送给别人了。”

巴萨尼奥看到那枚戒指，惊讶地发现，竟然和他送给律师的那枚一模一样。紧接着，鲍细娅对他说，她就是那位年轻律师，尼莉莎就是她的文书。巴萨尼奥得知是他的妻子凭借卓越的勇气和智慧救了安东尼奥的命，不知该如何表达内心的惊喜。

鲍细娅再次对安东尼奥表示欢迎，还给了他几封信，这些信机缘巧合之下到了她的手里，信中说安东尼奥原本以为全部丢失的船只，都平安入港了。这个富商的故事虽然以悲剧开始，后面却意外地交上了好运，人们就把前面的伤心事全都抛诸脑后了。他们闲来无事就会拿着两枚戒指的滑稽冒险，还有丈夫认不出自己妻子的事取笑，葛莱西安诺用一句略带韵脚的话，欢快地发誓：

人活一世，何事惹烦忧，

万事不惧，唯恐戒指丢。

一起涂色吧

辛白林

玛丽·兰姆

阿维拉古斯（凯德华尔）

辛白林被偷走的儿子之一

吉德律斯（波里多）

辛白林被偷走的儿子之一

培拉律斯

辛白林两个被偷走的儿子的养父

卢修斯

罗马将军

辛白林

英国国王

伊摩琴（斐苔尔）

辛白林及其前皇后所生之女

波塞摩斯

伊摩琴之夫

克洛顿

王后及其前夫所生之子

王后

辛白林的现皇后，伊摩琴的继母

阿埃基摩

绅士，编造谎言离间伊摩琴夫妇的人

毕萨尼奥

波塞摩斯的朋友

在罗马皇帝奥古斯都·凯撒执政时期，执掌英格兰（不列颠）的，是一位名叫辛白林的国王。

辛白林的第一任妻子，在他们的三个孩子（两儿一女）还很小的时候就死了。老大叫伊摩琴，在她父亲的王宫长大。但是他的两个儿子却因为一桩怪事被人从孩子们的房间偷走了，那时候年长一点儿的才三岁，小的还是个婴儿。辛白林一直不知道他们后来怎么样了，也不知道是谁偷走了他们。

辛白林再度成婚，第二任妻子是个邪恶、阴险的女人，对辛白林第一任妻子的女儿伊摩琴来说，是个残忍的继母。

王后虽然讨厌伊摩琴，却想让伊摩琴嫁给自己和前夫（这也是她的第二次婚姻）的儿子，为的是辛白林死后，不列颠的王冠能戴到自己儿子克洛顿头上。因为她知道，如果国王的两个儿子一直找不到，伊摩琴公主就是国王的继承人。但是，伊摩琴亲手打破了这个计划，她没有征得父亲和王后的同意，甚至没让他们知道，就结婚了。

波塞摩斯（伊摩琴丈夫的名字）是那个时期最优秀的学者，也是一位才华横溢的绅士。他的父亲曾在辛白林的军队中效力，在一场战争中阵亡。他父亲过世没多久，母亲因为失去丈夫悲伤过度，也去世了。

辛白林见这个孤儿无依无靠，心生怜悯，便收留了波塞摩斯（这个名字是辛白林取的，意思是遗腹子，因为他是在父亲死后出生的），将他留在宫中教养。

教导伊摩琴和波塞摩斯的，是同一群老师，他们自幼便是玩伴。他们还是孩子的时候，就彼此友爱，随着岁月的流逝，二人之间的感情越来越深，长大之后便偷偷结婚了。

王后很快就发现了这个秘密，因为她总是暗地里监视继女的一举一动。她大失所望，马上将伊摩琴和波塞摩斯结婚的事对国王说了。

辛白林听说他的女儿不顾自己高贵的身份，嫁给了一个平民，气得火冒三丈。他命令波塞摩斯离开不列颠，将他永久驱逐出自己的祖国。

伊摩琴失去丈夫痛苦万分，王后假装同情，提议在波塞摩斯动身去罗马前，让他们私下见上一面。波塞摩斯已经决定在他被驱逐后定居罗马。王后表面示好，实际上是为了后面的计划能顺利进行，给自己的儿子克洛顿铺路。王后想等伊摩琴的丈夫离开之后，说服伊摩琴，他们的婚姻不合法。因为他们缔结婚姻时，没有得到国王的许可。

伊摩琴和波塞摩斯深情告别。伊摩琴把一枚钻石戒指送给她的丈夫——那枚戒指是她母亲留下的。

知道百科

在《辛白林》这部剧中，莎士比亚使用了误会巧合等喜剧、传奇剧中常用的手段，将传奇剧中的从“悲剧性冲突”到“喜剧性结局”转变的这一特征发挥得淋漓尽致。丰富的情节因素和场景的快速转换保证了剧情的持续紧张性，使戏剧在曲折离奇的情节发展中获得了强烈的戏剧效果。在结构安排上，《辛白林》复杂而巧妙，由三条情节线索交织而成：一是伊摩琴公主与波塞摩斯的爱情故事，二是英国与罗马帝国之间的战争故事，三是辛白林的两个儿子失而复得的故事，分别来自薄伽丘《十日谈》、贺林谢德的《编年史》和童话。

波塞摩斯保证永远不让这枚戒指离开他。他把一只镯子套在妻子的胳膊上，请求她把镯子当作他们爱情的象征，好好保存。他们又说了很多会永远相爱，永远彼此忠诚的誓言，才互相道别。

伊摩琴继续留在父亲的王宫做孤独忧郁的公主，波塞摩斯来到了他自己选择的流放地——罗马。

波塞摩斯在罗马结交了一群来自不同国家的青年。他们随意地谈论女人，个个都夸奖自己国家的女人和他们的情妇。波塞摩斯心里一直想着自己心爱的夫人，他坚称自己的妻子，美丽的伊摩琴，是世界上最贞洁、最智慧、最忠诚的女人。

其中一个名叫阿埃基摩的绅士，听到有人这样夸赞一个不列颠女人，把她说得比罗马女人，也就是他自己国家的女人还好，感觉受到了冒犯。为了激怒波塞摩斯，阿埃基摩故意摆出不相信波塞摩斯大加赞美的妻子会一直忠诚于他的样子。两人争辩了半天，最后波塞摩斯同意了阿埃基摩的提议，阿埃基摩去不列颠，争取让已婚的伊摩琴爱上他。随后，他们下了赌注，如果阿埃基摩的诡计没有得逞，就要认罚一大笔钱财。如果他赢得了伊摩琴的芳心，能让她把那只镯子送给他——就是波塞摩斯衷心希望伊摩琴能把它当作爱情的象征好好保存的那只镯子——就把他们分别时伊摩琴送给波塞摩斯那枚代表他们爱情的戒指，输给阿埃基摩。波塞摩斯对伊摩琴的忠诚坚信

莎翁经典原句

No, this is slander, whose edge is sharper than the sword, whose tongue out venoms all the worms of Nile, whose breath rides on the posting winds, and does belie all corners of the world.

不，那是谣言，它的锋刃比刀剑更锐利，它的长舌比尼罗河中所有的毒蛇更毒，它的呼吸驾着疾风，掩盖了世界的每一个角落。

波塞摩斯与伊摩琴分别时依依不舍，相互交换信物。

创作者：约翰・法德（John Faed）

不疑，他认为在这场对她的荣誉测验中，他一定不会输。

阿埃基摩到达不列颠之后，获得了伊摩琴的接见和殷勤的款待，因为他说他是伊摩琴丈夫的朋友。但是，当他向她示爱时，她用鄙视的态度拒绝了。他很快就发现，他那个可耻的计划根本不可能成功。

阿埃基摩一心想要赢得赌注，于是他又生一计，打算欺骗波塞摩斯。为了达到这个目的，他贿赂了伊摩琴身边的侍从，让他们偷偷把他带到伊摩琴的卧房，藏进一个大箱子。他一直闭不作声，直到伊摩琴困倦乏累躺下睡着。然后，他从箱子里爬出来，把卧房各处仔细观察了一番，把看到的一切全都记了下来，他还特别留意到伊摩琴的脖子上有一颗痣。然后，他蹑手蹑脚地把波塞摩斯送给她的镯子，从她手上摘下来，做完这一切，又重新回到箱子里。第二天，他便启程回到罗马，对波塞摩斯吹嘘，伊摩琴不仅把镯子给了他，还让他在卧房留宿了一夜。阿埃基摩是这样说的："她的卧房里挂着银线和丝线编织的挂毯，上面绣的是骄傲的克里奥帕特拉和她的安东尼相会的故事，看起来非常华丽。"

"你说得没错，"波塞摩斯说，"可是你也许是听别人说的，未必是你亲眼所见。"

"那就说说壁炉吧，"阿埃基摩说，"壁炉在南边，上面雕刻的是月亮女神狄安娜出浴，我从来没见过这么栩栩如生的雕刻。"

"这也有可能是你听来的，"波塞摩斯说，"常有人谈论那壁炉的精美。"

阿埃基摩准确无误地描述了卧房的屋顶，还说："我差点儿忘了说那对柴架，是银制的，两个睁一只眼闭一只眼单脚站立的丘比特。"然后，他拿出那只镯子，说："你认得这件首饰吧，先生？她送给我了。她从胳膊上褪下来的。我现在还能想起她当时的样子，她优美的动作比她的礼物还要珍贵，也增加了这件礼物的价值。她把镯子送给我的时候说，'她曾经很珍惜这个镯子。'"

最后，他又把在她脖子上看到的那颗痣描述了一遍。

对于这段精心编织的谎言，波塞摩斯听的时候陷入怀疑的挣扎，听完之后，终于爆发，用最愤怒的话语谴责起伊摩琴来。当初他们打赌，如果阿埃基摩拿到伊摩琴的镯子，就把钻石戒指输给他。他信守赌约，把戒指送给了阿埃基摩。

随后，波塞摩斯怀着嫉妒的怒火，给不列颠的一位绅士毕萨尼奥写了一封信，此人是伊摩琴的一名侍从，多年来一直是波塞摩斯忠实的朋友。他在信中列举完妻子对他不忠的证据后，请毕萨尼奥把伊摩琴带到威尔士的米尔福德港，在那里把她杀死。与此同时，他给伊摩琴也写了一封信，让她跟毕萨尼奥走，说发现自己看不见她活不下去，虽然他被禁止回到不列颠，否则就要被处死，但是他会去米尔福德港，恳求她去那里与他相会。伊摩琴是个心地善良，从不多疑的女人，她对丈夫的爱超越一切，只要能见到自己的丈夫，丢掉性命也在所不惜。在收到信的当晚，她就和毕萨尼奥匆匆出发了。

毕萨尼奥虽然忠于波塞摩斯，但是他的忠诚不会用到为他做坏事上。因此快到目的地的时候，他把自己接到的残忍命令透露给了伊摩琴。

伊摩琴得知，自己此行不是去与她深爱也深爱她的丈夫相会，而是要被她的丈夫害死，内心痛苦难当。

毕萨尼奥劝她先宽宽心，耐着性子等一等，总有一天波塞摩斯会明白过来，为当初冤枉她感到懊悔。另一方面，既然她不想带着悲痛的情绪回到她父亲的王宫，建议她最好换上男装，走在路上更安全。她接受了这个建议，心里想着，如果是这身打扮，她可以去罗马见她的丈夫。虽然波塞摩斯对伊摩琴十分残忍，可是她依然无法忘情。

毕萨尼奥把一身新装扮交给她后，就离开了，他必须返回王宫。伊摩琴只能独自踏上未知旅程。但是在离开之前，毕萨尼奥给了她一小瓶补药，他说这是王后给他的万灵药，什么病都能治。

王后因为毕萨尼奥是伊摩琴和波塞摩斯的朋友，也连带着憎恨他。本来想送一瓶毒药给他，她让医生给她点儿毒药，要在动物身上试试药效（她是这么说的）。但是医生知道她生性残忍，不相信她说的话，就没给她真毒药，而给了她另一种药，吃了会让人昏睡几小时，看起来像死了一样，没有什么危害。毕萨尼奥以为王后给的是万灵药，就把它给了伊摩琴，希望她路上万一生病了可以救急。离开的时候，毕萨尼奥祝福她一路平安，祈祷她能摆脱无妄之灾，重获幸福。

天意神奇地指引着伊摩琴来到她那两个幼时被偷走的兄弟那里。偷走他们的是辛白林宫廷里的一个大臣，名叫培拉律斯。有人向国王诬告他叛国，国王将他驱逐出宫廷。作为报复，他偷走辛白林的两个儿子，在树林里把他们养大，并在树林中的一个洞穴里隐居起来。当初偷走他们是为了复仇，但是没过多久，他就开始把他们当作自己的孩子疼爱起来，在他的悉心教导之下，二人已经长成优秀的少年，高贵的精神让他们做起事来英勇无畏。由于他们以打猎为生，因此不但身手矫健，还很能吃苦耐劳，总是要求他们自以为是的父亲，让他们去战场上谋个前途。

伊摩琴幸运地来到两个少年居住的洞穴。她原本想去米尔福德港（打算从那儿乘船去罗马），穿越这片大森林的时候迷路了。她不知道上哪儿去找吃的，又饿又累，几乎快要死了。并不是穿上男人的衣服，就能让一个娇生惯养的年轻小姐，像男人一样独自在森林中乱走，并且能禁得住疲劳。见有个洞穴，她就进去了，希望里面有人，能要点儿吃的。但是她发现里面空无一人，四处看了看，发现了一些凉肉，她太饿了，等不及有人邀请，坐下就开始吃。

“唉，”她自言自语地说，“现在我可知道了，男人的生活多么令人生厌。

真把我累坏了！我能在我的床上连睡两天两夜。要不是坚定的信念支撑着我，我肯定会病倒的。毕萨尼奥从山顶指给我看的时候，米尔福德港看起来多近啊！”然后，她又想起了自己的丈夫，还有他的残忍。她说：“我亲爱的波塞摩斯，你真是个虚伪的人！”

这时，伊摩琴的两个弟弟，和他们名誉上的父亲培拉律斯出去打猎回来了。培拉律斯给他们取名波里多和凯德华尔，他们不知道自己的身世，以为培拉律斯就是他们的父亲。其实，两位王子的真名分别是吉德律斯和阿维拉古斯。

培拉律斯先走进山洞，见伊摩琴在里面，就拦住两位王子，说：“先别进来。有人在吃咱们的东西，不然的话，我还以为他是个仙子呢。”

“发生什么事了，父亲？”两个年轻人问。

“神啊！”培拉律斯又说，“山洞里有个天使，如果不是天使，就是人间最完美的人。”伊摩琴穿上男孩子的衣服之后，看起来非常俊美。

她听到洞口有声音，对他们说：“善良的洞主，请不要伤害我。刚才，我进到洞里，是想讨些吃的，买也可以。我什么都没偷，也不会偷，即便我看见满地是金子也不会拿的。这些钱就当我买下这些肉吧。我本打算吃完东西，把钱留下，为你们祈祷之后离开的。”他们坚持不肯收下她的钱。“我知道，你们在生我的气，”胆怯的伊摩琴说，“可是，先生们，如果你们因为我的过错杀了我，我希望你们知道，我若不犯这个错误，现在就已经死了。”

“你打算去哪儿？”培拉律斯问，“你叫什么名字？”

“我叫斐苔尔，”伊摩琴回答说，“我有个亲戚，准备去意大利，他要在米尔福德港乘船，我去找他，实在是饿得不行了，才会做出这样冒犯的事。”

“斐苔尔，好少年，”老培拉律斯说，“不要把我们当粗鄙的人，也不要因为我们住在这种粗陋的地方，就觉得我们的心也一样。你没遇到坏人，现在天色已经晚了。你离开之前，让我们好好款待你一番，你就留下来吃吧。孩子们，欢迎他吧。”

两个彬彬有礼的少年，她的亲弟弟，说了很多热情的话，欢迎伊摩琴来到他们的山洞，说他们一定会把她（他们说的是“他”）当兄弟一样爱护。他们进到洞里（他们打猎的时候，杀死了一头鹿），伊摩琴用主妇的巧手为他们准备了一顿晚餐，大家都很高兴。他们十分高兴。出身高贵的年轻妇女精通厨艺，虽然不符合如今的潮流，在那个时候还是讲究的，这项实用技能伊摩琴掌握得非常出色。就像她的弟弟夸赞的那样，斐苔尔把菜根切得整整齐齐，肉汤无比美味，仿佛朱诺生病时，斐苔尔给她做过厨师。“而且，”波里多对他的兄弟说，“他唱起歌来，像个天使！”

他们聊着天，斐苔尔虽然笑得很甜，但是她可爱的脸庞上，始终笼罩着一层愁云，仿佛悲伤和忍耐已经攻陷了她。

她的两个兄弟因为伊摩琴（或者按两个男孩对她的称呼，斐苔尔）的和蔼（也可能是出于亲情，虽然他们还不知道），对她很是喜爱，她对他们的爱一点儿也不少。要不是因为想着她亲爱的波塞摩斯，她情愿在这山洞里和这两个纯朴的森林少年一直生活下去。她高兴地答应留下来住一阵子，直到从旅途的疲惫中恢复过来，再出发去米尔福德港。

鹿肉吃完之后，他们又出去打猎。斐苔尔觉得不舒服，不能和他们同去。毫无疑问，她丈夫的残忍，伤了她的心，在森林里走了那么久，身体也很乏累，于是就生病了。

他们跟她道了别，就出去打猎了，一路上都在夸赞年轻的斐苔尔外表高贵，举止得体。

他们离开不久，独自留在洞中的伊摩琴，想起毕萨尼奥给她的那瓶补药，喝下去之后马上就安稳地睡着了，看起来像死了一样。

培拉律斯和她的两个弟弟打猎归来，第一个走进山洞的是波里多，他以为伊摩琴睡着了，就脱下了自己笨重的鞋子，这样走起路来能轻上许多，不会把她吵醒（这两个高贵出身的丛林人，从心里会自然产生这种真挚的绅士精神）。但是没过多久，他发现无论什么声音都不能把她弄醒，于是就认定她已经死了。波里多哀痛不已，就像失去了至亲兄弟，仿佛他们从小一起长大，从未分开过。

培拉律斯也提议，把她抬到森林去，按当时的风俗，用歌唱和肃穆的哀乐为她举行葬礼。

伊摩琴的两个弟弟把她抬到隐蔽之处，轻轻地放到草地上，用歌唱让她已逝的灵魂获得安宁，然后他们用树叶和鲜花盖在她的身上。波里多说："斐苔尔，只要夏天未过，只要我住在这里，我每天都会来装点你的坟墓。白色的樱草花，最像你的脸庞；蓝铃花，像你干净的血管；还有野蔷薇的叶片，不及你呼吸的芬芳——我要把它们全都撒在你的身上。到了冬天花朵凋零，我就把毛茸茸的苔藓盖在你可爱的尸身上。"

给她办完葬礼之后，他们就伤心地离开了。

伊摩琴一个人留在原地没多久，安眠药的效力就过去了。她醒来之后，轻松抖掉了覆盖在她身上的叶子和花瓣，起身之后，还以为自己之前是在做梦。她说："我还以为我是个看守山洞的，还给几个正直的人做了饭。我怎么会到这儿来，为什么身上盖了那么多花？"她找不到回山洞的路，又没有看到自己的新伙伴，就断定那一切只是个梦。伊摩琴再次踏上疲惫的旅程，盼着自己能找到去往米尔福德港的路，从那儿搭上一艘去意大利的船。她仍然一心一意想着她的丈夫波塞摩斯，打算扮成一个侍童去找他。

但是，就在这时，发生了一件大事，伊摩琴对此一无所知。罗马皇帝奥古斯特斯·凯撒和不列颠国王辛白林之间突然爆发了一场战争。一支罗马军队登陆入侵不列颠，而且已经进入伊摩琴正在穿行的这片森林。跟着军队一块儿来的，还有波塞摩斯。虽然波塞摩斯和罗马军队一起来到不列颠，但是他并不打算站在罗马这边，与自己的国人战斗，他想加入不列颠的军队，为那个驱逐他的国王而战。

此时，他依然相信伊摩琴不忠于他，但是他曾那样深爱的她死了，而且是他亲自命人杀死的（毕萨尼奥给他写了一封信，信中说他交代的事已经办妥，伊摩琴已经死了），这件事重重地压在他的心头，因此他才返回不列颠，想着要不就死在战场上，要不就因为违背放逐令返家，让辛白林将他处死。伊摩琴还没到米尔福德港就落到罗马军队的手上了，由于伊摩琴的仪表和举止出众，被送到罗马将军卢修斯身边做了侍童。

此时，辛白林的军队正好行至此地，迎战敌军。军队进入森林的时候，波里多和凯德华尔加入了国王的军队。两个年轻人渴望在作战中表现英勇，虽然他们根本不知道在为自己的父王而战。老培拉律斯也跟他们一起上了战场。他早就为自己当初带走两个孩子，给辛白林造成的伤害感到后悔了。他年轻的时候也是个战士，很高兴能加入军队，为曾经被他伤害过的国王而战。

就在这时，双方军队展开了一场大战，本来不列颠军队会被打败，辛白林也会被杀死，但是波塞摩斯、培拉律斯和辛白林的两个儿子异常骁勇。他们救了国王，保住了他的性命，当天形势完全逆转，不列颠军队赢得了胜利。战争结束了，一心求死的波塞摩斯没能死在战场上，他就向辛白林的一个手下自首，说他在放逐期间私自返回，愿意接受死刑。

伊摩琴和她服侍的主人被俘，让人带到辛白林面前。一同被带来的还有她的旧敌阿埃基摩，他是罗马军队里的一名军官。这些俘虏被带到国王面前的时候，波塞摩斯也被带上来接受死刑宣判。在这个神奇的时刻，培拉律斯、波里多和凯德华尔也都被带到辛白林跟前，他们为国王英勇作战要接受国王的嘉奖。毕萨尼奥是国王的侍从，也在场。

就这样，大家都站在国王面前了（但是每个人怀抱的希望和恐惧各不相同），波塞摩斯、伊摩琴，还有她的新主人那位罗马将军；忠实的侍从毕萨尼奥、虚伪的朋友阿埃基摩；还有辛白林两个失踪的儿子，以及偷走他们的培拉律斯。

罗马将军率先开口。其他人全都默默地站在国王面前，虽然他们的心脏都怦怦跳着。

伊摩琴看见波塞摩斯，认出了他，虽然他乔装成了农民。但是他没有认出穿着男装的伊摩琴。她还认得阿埃基摩，看见他手指上戴着一枚戒指。她认出那枚戒指是她的，但是还不知道自己所有的麻烦都是由他而起。她以一个战俘的身份站在自己父亲的面前。

毕萨尼奥知道她就是伊摩琴，因为就是他让伊摩琴换上男装的。“这是我的女主人，”他心想，“既然她还活着，结局如何就交给时间吧。”培拉律斯也认出她来了，轻声对凯德华尔说：“那个男孩子是不是起死回生了？”“这个可爱美好的男孩和死去的斐苔尔一模一样，”凯德华尔说，“就连两粒沙子，都没有他们那么相像。”“他们就是同一个人，死而复生了。”波里多说。“安静点儿，安静点儿，”培拉律斯说，“如果那是他，他肯定会和我们说话的。”“可是，我们明明亲眼看见他死了。”波里多又低声说。“不要说话。”培拉律斯说。

波塞摩斯默默等着，他乐意听到自己的死亡判决。他决定不让国王知道，他在战场上救过国王的命，生怕辛白林因为感动而赦免他。

罗马将军卢修斯是第一个开口和国王说话的人（前面提到过），伊摩琴就是在他的保护之下给他做侍童的。此人十分勇敢，且品格高尚，他对国王说：“我听说你会将俘虏全部处死，不许花钱赎买。我是个罗马人，长着一颗罗马人的心，我可以接受死亡。但是有件事，我要恳求你。”他把伊摩琴带到国王面前，说：“这是个在不列颠出生的孩子，准许他被赎回吧。他是我的侍童。没有哪个主人遇到过这么好的侍童，他尽职尽责、勤勤恳恳，既真诚又贴心。虽然他服侍过一个罗马人，但是从来没有做过伤害不列颠的事。就算你不打算放过别人，也请放过他吧。”

辛白林认真地端详起自己的女儿伊摩琴。他没有认出乔装改扮的公主。但是，无所不能的天性好像在他心里说话了，因为他说：“我一定见过他，他的容貌我看着十分熟悉。我也不知道为什么要这样说，你可以活命，孩子，你的命是我给的。你尽管开口吧，想要什么恩典，我会赐给你。是的，即使你让我饶了那个最尊贵的俘虏，我也会同意。”

“衷心感谢国王陛下。”伊摩琴说。

那时候说要赐予谁恩典，就相当于得到一个承诺，被施予恩典的人可以根据自己的喜好任意选择想要的恩典。所有人都在等着听侍童提出的要求。她的主人卢修斯对她说：“好孩子，我不会乞求活命，但是我知道，你想请他饶了我。”

“不，不，哎呀！”伊摩琴说，“我还有别的事，好主人。我不能救您的性命。”

这个男孩似乎不懂得感恩，罗马将军为此感到吃惊。

伊摩琴的眼睛盯着阿埃基摩，她只要求一个恩典：“阿埃基摩必须如实坦白，他手上的戒指是哪儿来的。”

辛白林答应给他这个恩典，然后威胁阿埃基摩说，如果他不坦白交代那枚钻石戒指怎么会到他手上，就要大刑伺候。

阿埃基摩招认了自己犯下的所有罪行，把前面提到的，他和波塞摩斯打赌，以及他如何成功骗过波塞摩斯的事，全都说了一遍。

波塞摩斯听到这番证词，得知自己的妻子是清白的，内心的感受无以言表。他立刻在辛白林面前坦白了自己曾残忍地让毕萨尼奥杀死公主的罪行，并失控地呼喊：“啊，伊摩琴，我的女王，我的生命，我的妻子！啊，伊摩琴，伊摩琴，伊摩琴！”

伊摩琴不忍心看着她心爱的丈夫这样痛苦，就表明了身份，波塞摩斯高兴得难以自持，他终于从悲伤愧疚的重压中解脱出来。他曾经想残忍杀害的妻子，他心爱的妻子，如今他又重获她的欢心了。

辛白林就这么奇妙地重新找回了自己失踪的女儿，他也和波塞摩斯一样高兴得不知所措，在她父亲的心目中，她又回到从前的位置了。国王不但饶恕了波塞摩斯的性命，还同意承认他是伊摩琴的丈夫，自己的女婿。

趁这个欢乐和解的时刻，培拉律斯坦白了自己的所作所为。培拉律斯把波里多和凯德华尔带到国王面前，对他说，他们就是他丢失的儿子，吉德律斯和阿维拉古斯。

辛白林宽恕了老培拉律斯。在这合家欢乐的幸福时刻，谁还能想到处罚呢？女儿还活着，舍身相救的年轻人中，竟然就有他丢失的儿子，他亲眼看见他们为了保卫他英勇作战，这真是意想不到的喜事。

伊摩琴现在得空为她之前的主人，罗马将军卢修斯效劳了。伊摩琴一开口，她的父亲，不列颠国王就同意赦免卢修斯的性命了。卢修斯从中调停，罗马和不列颠恢复和平，两国互不侵犯的状态持续了多年。

辛白林的那个恶毒王后，眼见自己的计划落空，内心陷入绝望，良心上又感到悔恨，最后病死了。她活着的时候亲眼看见自己的蠢儿子克洛顿主动挑起事端，在争执中被人杀死。这些事件太过悲惨，为了不让它们打扰故事的幸福结局，只简单带过。总而言之，应该幸福的人都得到了幸福，就连奸诈的阿埃基摩，考虑到他的奸计最终没有得逞，没施加处罚，就给释放了。

一起涂色吧

李尔王

查尔斯·兰姆

肯特伯爵（卡厄斯）
李尔的忠臣

李尔
不列颠国王

葛罗斯特伯爵
已故伯爵

高纳里尔
李尔的大女儿

里根
李尔的二女儿

考狄利娅
李尔的三女儿

埃德伽
葛罗斯特的大儿子

爱德蒙
葛罗斯特的二儿子

奥本尼公爵
高纳里尔的丈夫

康华尔公爵
里根的丈夫

法兰西国王
考狄利娅的追求者，后成为考狄利娅的丈夫

勃艮第公爵
考狄利娅的追求者

不列颠国王李尔有三个女儿：奥本尼公爵的妻子高纳里尔、康华尔公爵的妻子里根以及年轻的小姐考狄利娅。法兰西国王和勃艮第公爵都是考狄利娅的追求者，此时他们都为了这个目的留在李尔的宫廷。

老国王因为上了年纪，再加上为国事操劳，身体快要支撑不住了。他已经八十多岁，决定不再插手国事，交给年轻人去打理，这样他就能腾出时间来，为不久之后就会到来的死亡做准备。为此，他把三个女儿叫到跟前，想从她们口中得知谁最爱他，他要将自己的王国分给三个女儿，越爱他的，得到的份额越大。

大女儿高纳里尔声称，语言不足以表达她对父亲的爱，父亲比她眼里的光，比她的生命和自由还要珍贵，她说了很多这样的话，因为如果没有真正的爱，这种花言巧语编造起来比较容易。在这种时候，

知道百科

《李尔王》的故事来源于英国的古代传说，以此为题材的诗歌和散文甚多，莎士比亚在故事蓝本的基础上加入了悲剧结局、李尔王的发疯等原创内容。创作《李尔王》时，正值莎士比亚艺术生涯的最高峰。此时期，他对人生和世界的看法更清晰透彻，更加关注人性、道德和哲理的思辨。

实际上需要的是几句真心实意的暖心话。大女儿言之凿凿地保证爱自己的父亲，国王听了很高兴，相信她说的话出自真心。老国王父爱翻涌，从自己富饶的王国中，分出三分之一，赠予她和她的丈夫。

然后，他又叫来了第二个女儿，问她想说些什么。二女儿里根和她的姐姐一样，也是没有良心的人，说出的话和她姐姐一样好听，还进一步声称，她姐姐的话不足以表达自己对父亲的爱。她说，她发现当她得到亲爱的国王、亲爱的父亲的爱时，她是那么快乐，这世间所有的快乐与之相比都失去了意义。

能有这么爱他的孩子，李尔心想自己真是有福之人。听完里根的长篇大论之后，国王觉得给二女儿的也不能少，就把王国的三分之一赠予了她和她的丈夫，面积和他送给高纳里尔的一样。

接着，他又转向小女儿考狄利娅，国王称这个小女儿为他的快乐。国王问小女儿要说些什么，他相信考狄利娅一定会像她的姐姐那样，用爱的话语取悦他的耳朵，很可能比她们表达得还要强烈，因为她一直是最受他宠爱的宝贝女儿。但是，考狄利娅见她的姐姐们这样阿谀奉承，心中只觉得厌恶，她知道两个姐姐口里说的和心里想的相差甚远，她们所有的花言巧语，只是为了骗取老国王的国土，不用等国王去世，她们和她们的丈夫就能掌握大权。因此她没做过多回答，只说了句，她对国王陛下的爱，谨遵本分，不多也不少。

国王见自己最宠爱的孩子表现得如此不知感恩，十分吃惊。他希望考狄利娅重新考虑一下自己的措辞，调整一下，免得在财产方面有所损失。

莎翁经典原句

Tis this times' plague, when madmen lead the blind.

疯子带盲人走路，这就是这个时代的病态。

考狄利娅对她的父亲说，他是她的父亲，将她抚养长大，疼爱她；她也给出了同等程度的回报，她顺从他，爱他，无比尊敬他。但是，她不能像姐姐们那样夸夸其谈，也不能保证全世界除了父亲谁都不爱。如果她的姐姐们只爱父亲，谁都不爱（像她们自己说的那样），为什么会有丈夫呢？如果将来她结了婚，她相信那个和她牵手的人，会想要分去她一半的爱，一半的关心和照顾。她不会像姐姐们那样，只爱父亲，却跟旁人结婚。

考狄利娅发自内心地爱她的老父亲，几乎和姐姐们假装的程度不相上下，在其他任何时候她都可以朴素地表达出来，这种时候她的言语会更像一个女儿，也会更有感情，不会加上这些前提条件，这些话听起来确实有些无礼。但是听了姐姐们那些阿谀奉承的话之后，看见她们因此获得如此丰厚的奖赏，她觉得爱她的父亲，却不宣之于口，才是体面的做法。这样她的爱就可以摆脱牟利的嫌疑，可以表明她的爱是单纯的，不是为了获得什么。跟她的姐姐们相比，她的表达没有那么浮夸，但是更加真挚。

这样平淡的表达，惹怒了老国王李尔，因为他将这视作傲慢。国王鼎盛之年，就是鲁莽易怒的性格，如今年老昏聩，更不能明辨是非了，他不知道什么是真话，什么是奉承，也不知道谁谄媚讨喜，谁是出自真心。盛怒之下，国王撤销了原来的计划，将原本打算留给考狄利娅的三分之一国土，平均分给她的两个姐姐和她们的丈夫奥本尼公爵和康华尔公爵。他把他们召来，当着全体朝臣的面，给他们加冕，把权力、税收和政务全都交给他们共同管理，但是自己保留了国王的称号。老国王交出所有王权之后，只保留了一条：要一百位骑士做他的随侍，每个月到女儿的宫中轮流居住。

朝臣们见国王对王国的处置如此荒唐，不靠理智，全凭感情用事，既震惊又难过。但是，谁也没有勇气反对这位愤怒的国王，除了肯特伯爵。他开始为考狄利娅说好话，暴怒的李尔要他闭嘴，否则以死罪论处。但是好心的肯特并没有因此而退缩。他一直对李尔忠心耿耿，敬他为王，爱他如父，把他当作主人追随。他觉得自己就是个兵卒，活着就是为了和国王的敌人战斗，为了李尔的安全，不畏死亡。现在李尔是他自己最大的敌人，这位国王的忠臣没有忘记自己的原则，为了李尔的利益，毅然站出来反对他。肯特伯爵做出有失礼节的举动，只是因为李尔已经失去理智。过去，他一直是国王最忠实的谋臣，他恳求国王听从他的意见（之前很多重大事务，国王都听了他的意见），接受他的建议，希望国王再好好考虑考虑，收回这草率又糟糕的决定。他愿意用性命担保，李尔的小女儿对父亲的爱决不比姐姐们少，她也不是个冷血无情的人，并表示她说的不是空话。当权力开始趋向谄媚者，荣耀就该归于坦诚之人。李尔的威胁，对于已准备将生命献给他的人——肯特伯爵来说有什么用呢？威胁无法让一个尽责的人闭嘴。

好心的肯特伯爵诚恳直率的表现，让国王的怒火更盛了，就像一个发狂的病人要杀害救他的医生，对令他致命的疾病却爱得深切一样。他驱逐了这位真正的忠臣，只给了他五天时间为离开做准备，如果到了第六天，这个被国王憎恨的人，还没有离开不列颠，那当天就是他的死期。肯特向国王告别，说既然他选择了以这种方式坦露真心，即便待在这儿也和被流放差不多。临走之前，他祈祷保佑思想端正、说话慎重的考狄利娅，只希望她的姐姐们能对国王尽孝，用行动去验证她们的大话。然

莎翁经典原句

Nothing will come of nothing.

一无所有只能换来一无所有。

后，他就离开了，说要去一个新的国家走他的老路。

这时，法兰西国王和勃艮第公爵被召来，听李尔对他小女儿做出的决定，不知他们还会不会坚持向考狄利娅求爱，如今她在父亲面前已经不讨喜了，而且没有任何财产，若娶她只能得到她这个人。勃艮第公爵退出竞争，在这种形式之下，不愿娶她为妻了。可是法兰西国王理解她犯的错究竟是怎么回事，知道她为什么会失去父亲的宠爱——只是因为她言语迟钝，不像她的姐姐们那样巧舌如簧、善于奉承——他拉起这位年轻姑娘的手，说她的品行就是一份丰厚的嫁妆，比一个王国还要珍贵，他让考狄利娅和她的姐姐们告别，虽然她的父亲对她那样冷酷，也该和父亲告别，她应该和他一起离开，去美丽的法兰西，做那里的王后，统治更广袤的土地。然后，他轻蔑地称勃艮第公爵为“似水的公爵”，因为他对这位年轻小姐的爱在须臾之间就能似水般流走。

考狄利娅流着泪和她的姐姐们告别，恳求她们要好好爱父亲，按她们宣称的那样做。她们绷着脸对她说，让她不要指手画脚，她们知道自己该怎么做，让她还是尽力满足她的丈夫去吧，（她们嘲笑地说）人家可是把她当命运的施舍呢。考狄利娅怀着沉重的心情离开了，因为她知道姐姐们素来奸猾，她希望能有人好好照顾父亲，不愿把他交托给姐姐们。

考狄利娅一走，她的姐姐们恶毒的本性就开始显露原形了。按照约定，李尔第一个月应该和大女儿高纳里尔过，可是一个月还没到，老国王就发现，大女儿的承诺和表现完全不是一回事。这个混球已经得到父亲赠予的一切，就连王冠也摘下来交给他们了，她开始连老人为了满足自己还是国王的幻想，给自己保留的最后一点儿王权也不能容忍了。她不想看到老国王和他的骑士们。每次遇到父亲，她的眉头都会皱起来。老人想见她的时候，她就装病，或找其他借口避着不见。很明显，她将年迈的老人当作一种毫无用处的负担，要那么多侍从纯粹是浪费。不只她自己在对国王尽责时表现得越来越怠慢，有她做榜样，再加上（说来有些骇人）她暗地里唆使，她的仆人们受她的影响，也开始怠慢国王，不是拒绝服从他的命令，就是轻蔑地假装听不见他的话。李尔不可能没有意识到女儿言行的变化，但是他选择努力闭上眼睛，人们通常不愿意承认自己的错误和固执造成了令人不悦的结果。

伤害无法离间真正的爱与忠诚，正如善待也无法感化虚伪和无情。这一点在好心的肯特伯爵身上表现得最为明显，他被李尔驱逐，若是在不列颠被发现就会被处死。尽管如此，他还是甘冒风险，选择留下来，为的只是有朝一日能为他的君主效力。可怜的忠臣有时得被迫装扮成低贱的样子。可是，你决不能说这是下贱，或者说他不值得敬重，他这样做是因为只有装扮成这样，才能去履行他应尽的责任！好心的伯爵乔装成一个仆人，把尊贵的名声和虚荣全都抛到一旁，请求当国王的仆人。国王不知道他是肯特假扮的，肯特答话的时候故意说得很直率，甚至可以说是耿直（完全不同于油腔滑调的阿谀奉承，发现自己的女儿说话不算话，他怎么能不厌恶说大话的人），主仆关系很快确立，李尔收下肯特给他当仆人，肯特声称自己名叫卡厄斯，国王怎么也想不到他就是自己曾经万分宠信的重臣肯特伯爵。

卡厄斯很快就知道该如何向他的君主展示他的忠诚和爱戴了。当天，高纳里尔的管家在李尔面前表现得非常失礼，言语粗鲁、神情傲慢。毫无疑问，这是他的女主人暗地里鼓动他这么做的。卡厄斯才不会容忍他公然冒犯国王陛下，卡厄斯毫不客气地把管家绊倒，把这个撒野的奴才扔到了狗窝里。因为这次友好的效力，李尔逐渐对他越发亲近。

李尔的朋友不止肯特一人。以他的地位，总会有无足轻重的小人物，展示对主人的爱戴，耍些愚蠢或搞笑的把戏，在李尔还拥有王宫的时候，就有这么一个人。那是当时的一种传统，国王或大人物会豢养一个弄臣（人们这样称呼他们），在他们处理完严肃的正事之后，逗他们发笑。李尔交出王冠之后，这个可怜的弄臣依然跟着他，用他诙谐的话语哄国王开心，虽然他有时也会忍不住嘲笑主人放弃王位，把一切都交给女儿们的轻率决定。当时他用一段带韵脚的话编排道：

突逢大喜，王女泪涕，
弄儿歌声悲；
一国君王做小儿戏，
跻身傻儿朋辈。

他说过、唱过很多这类放肆的话和短歌，这个有趣忠诚的弄臣就算当着高纳里尔的面，也不会把心里的话藏起来，尖锐的讥讽和嘲笑深深地刺痛了她。比如他把国王比作篱雀，说篱雀喂养杜鹃幼鸟，幼鸟长大后，竟把篱雀的头咬掉，报答它的辛苦喂养。他说，蠢驴都知道现在是马车拉着马走（意思是，李尔的女儿们应该在后面，现在却站到父亲前面去了）。他还说，李尔已经不是李尔了，只是李尔的影子。因为这些放肆的言论，他遭到一两次威胁，说要抽他鞭子。

这位溺爱孩子的愚蠢父亲，遭遇的决不只是他一开始察觉到的冷淡和有失尊敬。现在大女儿已经明白地告诉他，如果他坚持保留那个由一百个骑士组成的卫队，就不便留他在王宫里住了。她觉得保留这支卫队不仅毫无用处，还浪费开销，他们什么也不干只会在她的王宫吃喝闹事。她请老国王裁减卫队人数，只留几个上年纪的就行了，比如跟他年纪差不多的，正好可以配得上他的老迈。

李尔起初不敢相信自己的眼睛和耳朵，也不敢相信这种不近人情的话出自他的女儿之口。他无法相信从他手里接过王冠的女儿想要削减他的卫队，只因他上了年纪就对他这么嫌弃。可是大女儿对这个不孝的要求十分坚持，老人家愤怒不已，说她是一只令人厌恶的鸢鸟，还说她满嘴谎言。她确实是胡说八道，因为那一百位骑士全是品行端正、恪尽职守的人，从来没有像她说的那样吃喝闹事。他吩咐备马，要带着他的一百骑士到二女儿里根家里去。他说忘恩负义的人就是铁石心肠的魔鬼，一个忘恩负义的孩子比海怪还可怕。他诅咒他的大女儿高纳里尔，祝她永远不会有孩子，万一有孩子，那孩子也会像她对他的父亲那样，藐视她。那时候她就知道，有一个不知感恩的孩子，给人造成的伤害，比被毒蛇咬过还严重。高纳里尔的丈夫奥本尼公爵说，希望李尔不要以为遭到的无礼对待与他有关，李尔不想听他解释，怒气冲冲地吩咐手下给他备好马，然后，他就带着他的随侍们出发去二女儿里根家了。李尔心想，跟她的姐姐相比，考狄利娅犯的错（如果那算犯错的话）多么微不足道呀，不禁落下泪来。然后，他又觉得很羞愧，高纳里尔竟嚣张到让他落下男儿泪来。

里根和她的丈夫一直在他们的王宫摆着华丽的排场。李尔遣仆人卡厄斯带着信去见他的二女儿，让她做好接驾的准备，国王和他的卫队随后就到。但是，高纳里尔似乎先他一步，她也给里根送来一封信，信中指责她的父亲脾气暴躁，建议她的妹妹不要接纳随国王前来的那么大一支卫队。高纳里尔派来的送信人和卡厄斯同时到达，两个人相遇，送信人是卡厄斯的旧敌，高纳里尔的那个管家——这人当初对李尔无礼时，卡厄斯曾把他绊倒。卡厄斯看不惯那家伙的样子，猜也知道他是来干什么的，就开始痛骂他，要跟他决斗。那人不肯决斗，卡厄斯一气之下就把这个制造祸端、传递恶毒信件的家伙痛揍了一顿。里根和她的丈夫听到声音过来查看，他们下令给卡厄斯戴上脚枷——他是来给他们的父王送信的，按理说应该受到最高礼遇。就这样，国王走进城堡，第一眼看到的就是他忠实的仆人卡厄斯正忍受着屈辱。

这已经预示了他会受到什么样的接待，更糟糕的还在后头呢。他要求见自己的女儿和女婿，回话的人说他们整夜赶路，十分疲乏，不能见他。国王动了大怒，坚持不见到他们决不罢休，最后他们才出来与他相见，与他们一同现身的，还有可恨的高纳里尔。她从自己的角度把事情对妹妹说了一遍，挑拨她反对她们的父王。

见她们一同前来，老人就已经气得不行了，看里根握着高纳里尔的手，更是怒上加怒。他问高纳里尔，看着他这把白胡子，难道不觉得羞愧吗？里根劝他，还是跟高纳里尔一起回去，安安静静地跟她一块儿过吧，把侍从裁掉一半，请她原谅就是了。他年纪大了，不能明辨是非，必须得让一个比他明白的人管着他、领着他才行。李尔指出，要他跪下来求自己的女儿给吃给喝，这话听起来也太荒唐了。他反对这种违背天伦的投靠，说他决不和高纳里尔一起回去，他和他的一百个骑士要留在里根这儿。他说，里根没有忘记他把半个王国赠予了她，她的眼神不像高纳里尔的那么凶狠，透着温和善良。他还说，与其裁掉一半侍从和高纳里尔回去，还不如去法兰西，求那个不要嫁妆就娶了他小女儿的国王给他养老。

李尔错以为里根待他会比她的姐姐高纳里尔好些。谁知，她就像要跟姐姐比赛谁更不孝似的，说觉得留五十个骑士都多了，二十五个足够了。李尔的心都要碎了，他转身对高纳里尔说，会和她一起回去，五十毕竟是二十五的两倍，这么看来高纳里尔对他的爱也是里根的两倍。但是，高纳里尔又有借口了，有什么必要留二十五个呢？十个、五个，也没必要留，有事的时候不是可以指使她和她妹妹的仆人吗？这恶毒的两姐妹，在虐待她们的老父亲这件事上，似乎有意超越对方。父亲曾经对她们那么好，她们却一步一步地裁减他的卫队，现在只能从仅剩的这一点儿礼遇（他曾统治一个王国，这点儿要求已经够小的了）上，看出他曾经是一国之君了！不是说必须有一支神气的卫队才能幸福快乐，可是从国王变成了乞丐，从率领百万大军到身边没有一个侍从，这样的转变实在让人难以接受。可怜的国王感到最痛心的，不是失去卫队，而是他的两个女儿竟如此忘恩负义，连这点儿要求也不肯答应。两个女儿对他这样恶劣，再加上气恼自己当初愚蠢地把王国送给她们，受到的打击太大，他的精神状态开始不稳定，说起胡话来。他发誓要向这两个有悖伦常的魔女复仇，她们会遭遇能震惊世界的厄运！

莎翁经典原句

Wisdom and goodness to the vile seem vile.

智慧和仁义在恶人看来都是恶的。

他的威胁也是徒劳的，他虚弱的胳膊根本无能为力，天就要黑了，天上电闪雷鸣，下起了大雨。他的女儿坚持不接纳他的侍从，他叫来坐骑，宁可去外面承受风雨的狂暴，也不愿意和这两个忘恩负义的女儿待在一个屋檐下。她们却说，固执的人无论受什么罪，都是自找的，是他们应得的惩罚。她们就这样，让他冒着雨离开，然后关上了门。

风越刮越猛，雨越下越大，老人冲出去和大自然搏斗，风雨的伤害再大，也不及他女儿们的恶毒。李尔王来到一处空旷的荒野，方圆几英里连个灌木丛都没有，他在黑夜迎着狂风暴雨，在空地上徘徊，反抗着风雨雷电。他让风把陆地吹入大海，或者让海浪汹涌直到将大地吞没，让人类这种忘恩负义的动物绝迹。此时，老国王身边只有那个可怜的弄臣，他一直跟着国王，尽力用他的妙语调笑眼前的不幸，他说要不是这夜晚不听话，还真是个适合游泳的时候，老实说，最好还是回去请求女儿的护佑：

这人缺智又少谋，
嘿吼，任风吹来任雨浇，
莫怪命运增烦愁，
哪怕日日风雨啸。

他还说，这夜极好，能冷却女人的自傲。

曾经的伟大君主，如今只有一人相随。就在这时，他最忠实的仆人，现在化名卡厄斯的肯特伯爵找到了他。虽然国王不知道他就是那位好伯爵，他却一路相随。伯爵说："哎呀，陛下，你在吗？夜行动物都不会喜欢这样的夜晚。可怕的暴风雨让野兽都找地方躲起来了。人天生不能承受这样的天灾，也不能承受这样的恐惧。"李尔反驳他说，一个人要是得了重病，小灾小难就感觉不到了。心情放松的时候，身体才有闲工夫娇弱，但是他心中的风暴已经夺走他的五感，只有一颗心还在跳。他说起女儿的无情，就像一张嘴撕咬给它喂食的手。对儿女来说，父母是手，是食物，是一切。

好心的卡厄斯一直恳求国王不要待在户外，最后劝他到荒原中的一间破屋避一避，弄臣刚进去，又吓得跑了出来，说他见到了鬼。走上前去仔细察看才发现，这个鬼只是个可怜的疯乞丐，来这间废弃的破屋避雨，他说起恶魔，吓坏了弄臣。这些可怜的疯子，有的是真疯，有的是故意装疯，好让心软的乡下人被迫给他们施舍。他们到乡间游荡，自称“可怜的汤姆”“可怜的得利古德”，嘴里念叨着：“谁给可怜的汤姆施舍点儿？”他们用针、钉子和迷迭香枝扎自己的胳膊，让胳膊流血。再加上一些可怕的行为，比如一会儿祈祷，一会儿疯疯癫癫地诅咒，让无知的乡下人看了不是心生怜悯，就是被他们吓住，只能给他们施舍。这个可怜的家伙就是这种人。国王见他如此悲惨，浑身上下只有一条毯子遮羞，就认为这人肯定也是一个父亲，把家产全给了女儿，自己才落得如此下场。因为在他看来，一个男人落到如此悲惨的境地，不可能有别的原因，肯定是他养了不孝的女儿。

从这些盲目的话语中，好心的卡厄斯明显地察觉到，老国王的思绪已经不正常了，女儿的虐待真把他逼疯了。到目前为止，可敬的肯特伯爵只要有机会就会表现他的忠诚，此刻他的忠诚显得尤为重要。一些侍从仍对老国王十分忠诚，天亮之后，在他们的帮助下，肯特把老国王送到了多佛的城堡，他在那里有很多朋友，在当地颇有势力。他自己则动身去法国，急奔考狄利娅的王宫，将老国王可怜的现状动情地描述给她，他先生动地述说了她姐姐们的残忍无情，这个善良又深爱父亲的孩子流着泪，恳求她的国王丈夫允许她乘船回英格兰，带上足够的人马去讨伐这两个残忍的女儿和她们的丈

莎翁经典原句

Allow not nature more than nature needs.Man's life's as cheap as beast's.

人除了天然的需要以外，要是没有其他的享受，那和畜类的生活有什么分别。

夫，帮她的老父亲重新夺回王位。经得丈夫同意之后，她就带着皇家卫队出发，并在多佛登陆了。

好心的肯特伯爵安排了一些人手照顾发了疯的李尔，他却找机会逃脱了。老国王在多佛附近的田野徘徊，正好被考狄利娅的随从碰上，他的状况十分悲惨，整个人已经完全疯了，自顾自地唱着歌，头上戴着一顶王冠，那王冠是用稻草、荨麻和从玉米地里捡来的其他野草编的。虽然考狄利娅急切地想要见到自己的父亲，但还是听从了医生的建议，让老国王先睡一觉，等服下的草药起效，他的理智恢复一些再见面。考狄利娅允诺，只要能治好老国王，她愿把所有的金子和珠宝都送给这些医术高明的医生。不久之后，李尔的状况有所好转，能跟他的女儿见面了。

父女相见的情形十分感人。可怜的老国王再次见到了他过去最宠爱的孩子，喜悦中掺杂着羞愧，当初因为一点儿小错惹自己不高兴，就离弃了她，如今她却这样孝顺地善待自己。两种感情和遗留的病症相互交织，他半疯的头脑有时会想不起来自己在哪儿，不知道那个温柔地亲吻他和他说话的人是谁。然后，他会恳求一旁的人，如果他错把这位夫人认成他的女儿考狄利娅，不要笑他！接着，他又双膝跪下请求女儿的原谅。善良的夫人一直跪着，祈求上天保佑他的父亲，对父亲说，父亲不该下跪，下跪是她该做的事，因为她是他的孩子，他的亲生女儿考狄利娅！她亲吻着自己的父亲，（她说）希望她的亲吻能抹除姐姐们的无情，说她们应该为自己感到羞耻，竟把他们胡子花白的好父亲赶到寒天冷地里去，就算是敌人的狗，即便咬过她（她巧妙地比喻），在那样的寒夜也该把它留在火旁，让它暖身。她告诉父亲，她从法兰西来就是为了帮助他。老国王请她忘记过去，原谅他，他老了，糊涂了，不知道自己做了什么。但是他知道她有理由不爱他，她的姐姐们却没有。考狄利娅说，她和姐姐们一样，都没有理由不爱他。

莎翁经典原句

Our means secure us, and our mere defects prove our commodities.

我们往往因为有所自恃而失之于大意，反不如缺陷却能对我们有益。

我们就把老国王留在他那个孝顺他、敬爱他的孩子身边吧。那两个女儿的残忍虐待让他变得神经错乱，在睡眠和药物的帮助下，考狄利娅和她手下的医生们终于让他恢复了。现在，我们回过来谈一谈他那两个狠毒的女儿。

这两个无情的恶棍既然对她们的老父亲都能这么虚伪，对她们的丈夫自然也不会有多忠诚。没过多久，她们就厌倦了假装本分、恩爱的表面功夫，毫不遮掩地表示她们已经爱上了别人。她们出轨爱上的恰巧是同一个人。那人叫爱德蒙，是已故伯爵葛罗斯特的儿子。他用计成功剥夺了合法继承人——他哥哥埃德伽的继承权，通过卑劣的手段当上了伯爵。这个坏人，跟高纳里尔和里根这两个坏东西，倒是臭味相投。就在这个时候，里根的丈夫康华尔公爵死了，里根马上宣布她要和葛罗斯特伯爵结婚，这挑起了她姐姐的妒火——这个缺德的伯爵对她，和对里根一样，也曾多次表达过爱意。高纳里尔决定下毒除掉她的妹妹。但是，这件事被她的丈夫奥本尼公爵发现，因为这事，再加上她和葛罗斯特伯爵的不伦恋已经传到他耳朵里，就把她关了起来。高纳里尔爱情受挫，羞愤交加，没过多久就寻了短见。上天的正义就这样降临到了这两个坏女儿身上。

当大家都关注着这个事件，称赞正义降临，让该死之人死掉的时候，这些人突然转移了视线——他们惊讶地看到，同一股力量，以神秘的方式给年轻高尚的女儿考狄利娅带去了厄运——她心地善良本该得到更多好运。但是，在这个世界上，无辜和虔诚之人不会总是如愿的，这是一个可怕的真理。卑鄙的葛罗斯特伯爵，率领高纳里尔和里根派出的军队，打了胜仗，他不希望任何人妨碍他登上王位，就在监牢里杀害了考狄利娅。在她向世界展示了子女的本分，做了杰出的榜样之后，上天就这样把这个年纪轻轻的无辜女人带走了。这个善良的孩子死后没多久，李尔也死了。

在李尔临死之前，好心的肯特伯爵想让老国王知道，他就是那个从老国

葛罗斯特伯爵杀死了考狄利娅，李尔王抱着她的尸体哭泣。

创作者：詹姆斯·巴里（James Barry）

王当初受女儿虐待，到这段如风烛般的悲伤时期，一直伴其左右的卡厄斯。但是精神混乱的李尔，大脑已经无法理解这种事了，他不理解肯特和卡厄斯怎么会是同一个人。已经到了这个时候，肯特觉得没必要再多做解释，给他徒增烦恼了。没一会儿，李尔就薨逝了，国王的忠臣，因为上了年纪，再加上为旧主经历的种种痛苦感到悲伤，很快也追随他进了坟墓。

天堂的正义是如何降到卑劣的葛罗斯特伯爵身上的呢？他的谋逆之罪被揭发，在决斗时，被他的哥哥——合法的伯爵——亲手杀了。高纳里尔的丈夫奥本尼公爵，没有谋害过考狄利娅，也从未鼓动他的妻子虐待她的父亲，李尔死后，他就登上了不列颠国王的王位，在这里就不必详述了。李尔和他的三个女儿都死了，我们这个故事只讲述他们的经历。

一起涂色吧

麦克白

查尔斯·兰姆

邓肯
苏格兰国王

马尔康
邓肯的长子

麦克德夫
苏格兰领主

麦克白夫人

麦克白
国王的近亲，
苏格兰将军

班柯
苏格兰将军

弗里恩斯
班柯之子

“温厚人”邓肯统治苏格兰的时候，国内有个大领主，名叫麦克白。

麦克白是国王的近亲，因为他在战场上表现出的勇猛和谋略，在朝廷上下非常受敬重，比如他前不久刚重挫了一支由挪威军队援助的叛军。

两位苏格兰将军，麦克白和班柯，打完这场仗，胜利归来。他们要路过一片荒野时，被三个长得像女人但长着胡子的怪人拦住了。她们干枯的皮肤和不似文明人的穿着，让她们看起来不像是这个世界的生物。麦克白先开口跟她们说话，她们仿佛受到了冒犯，各自把满是褶皱的手指放在干瘪的嘴唇上，示意他不要说话。第一个怪人向麦克白致敬，称呼他“葛莱密斯领主”。将军发现这些怪物竟然知道他是谁，非常吃惊。还不止如此，第二个怪人向他致敬时，管他叫“考特领主”，这个荣誉称号根本不属于他。第三个怪人更是称他为“万岁！未来的国王！”这种预言性质的问候，让他十分吃惊。他心里明白，只要国王的儿子活着，他就不可能继承王位。然后，她们又转向班柯，说了几句让人捉摸不透的话，说班柯比麦克白渺小，又比他伟大！虽命运不济，却福泽绵延！她们预言说，虽然他永远不会上位，但是他的子孙后代会是苏格兰的国王。说完这番话，她们就化作空气，消失不见了。至此，这两位将军才知道她们是命运三女神，或者该称她们为女巫。

他们正站在原地琢磨这桩奇事中的古怪。国王派的信使来了，他奉国王的命令，将“考特领主”的荣誉授予麦克白。这件事如此神奇地对应上了女巫的预言，麦克白因此感到万分惊讶。他错愕地站在原地，一时无法向信使答话。就在那时，他心中的希望开始萌芽，他希望第三个女巫的预言也能应验，这样有朝一日他就能当上苏格兰的国王了。

他转身对班柯说：“女巫对我的许诺奇迹般地应验了，难道你不期盼自己的子孙做国王吗？”

麦克白和班柯在打完胜仗归来的途中，第一次遇到三个女巫。

创作者：泰奥多尔·夏塞里奥（Theodore Chasseriau）

“这种期盼，”班柯将军回答说，“会激起你对王位的贪念。这些黑暗使者时常只揭开真相的一小角，害我们去做很多后果严重的事。”

但是女巫的邪恶暗示已经深深地烙印在麦克白的心底，让他听不进好心的班柯给他的忠告。从那时起，他就一心想着如何才能登上苏格兰的王位。

麦克白有个妻子，他把女巫姐妹的奇怪预言和其中一部分已经应验的事全都告诉了她。她是个野心勃勃的坏女人，只要自己和丈夫登上高位，她根本不在乎通过什么手段。想到要发生流血事件，麦克白于心不忍，他的妻子见他意志不够坚定，就不停地怂恿他说，要想实现那个让人感到荣幸的预言，就必须杀了国王。

国王时常屈尊去重要的贵族家探望，与他们亲切交谈。这时国王恰好来到麦克白家中，同来的还有两位王子马尔康和道纳本，以及一些领主和大队侍从，此行是为了进一步表彰麦克白在战场上的功绩。

麦克白的城堡坐落的位置非常好，空气甜美清新，从梁柱上随处可见的燕子巢穴就能看出来，只要是适合造窝的地方，燕子们都没有放过。凡是燕子繁殖出没的地

知道百科

《麦克白》是莎士比亚创作后期的一部悲剧，取材于贺林谢德的《编年史》。原书中的麦克白是11世纪苏格兰的一位王亲贵族和名将，由于受到野心的驱使和女巫预言的煽动，谋杀了国王。在篡位之后，麦克白的内心极度恐惧，深受疑虑的折磨，但是为了保住王位，他施行暴政，滥杀无辜，成了暴君，最后被邓肯之子马尔康率领的讨伐军消灭。在创作《麦克白》的过程中，莎士比亚对《编年史》中的记载进行了较大的改动：把年轻的邓肯改为年老仁慈的君主，让国王在睡梦中被杀害，把班柯描写为善良诚实的大将，以突出麦克白的阴险狡诈和残忍，而原书中的班柯是同谋犯。

方，那里的空气一定很好。国王走进城堡，对这个地方很是喜欢，对这里的女主人——麦克白夫人的殷勤招待也很满意。麦克白夫人善于用笑容隐藏自己内心的奸诈，她看起来像一枝无邪的花朵，实际上却是那藏在花下的毒蛇。

国王旅途疲惫，早早上床安寝了。（按照当时的惯例）有两个侍寝的仆从，在他安睡的套房中随侍左右。他们的接待让国王相当满意，国王在临睡之前，给几位重要的大臣赏赐了礼物，送给麦克白夫人一颗钻石，称赞她是最贴心的女主人。

半夜时分，大半个世界似乎都陷入了死寂之中，噩梦折磨着熟睡之人的心智，只有狼和凶手还在外面游荡。就在这时，麦克白夫人醒来，打算谋杀国王。女人天生不喜欢做这种可怕的事，她不打算自己动手，但是又担心丈夫的性格，觉得他还是太过善良，做不出谋杀这种事。她知道丈夫有野心，但是良心未泯，他的野心还没有发展到犯下如此重罪的程度。虽然她已经说服丈夫同意弑君，但是怀疑他并没有下定决心。她担心他本性中的良善（比她更有人性）会阻止他这么做。因此，她亲自拿上匕首，来到国王的床边，之前她给随侍的仆人灌了很多酒，此时他们已经昏睡过去，完全无法顾及身上的职责了。邓肯国王旅途疲累，此时睡得正香，她仔细看了看国王，觉得这张睡脸与她的父亲很像，突然没有勇气下手了。

她折返回去，和丈夫商量。他的决心早就开始动摇了，认为不能这么干，至于理由就太多了。首先，他不只是一个臣民，还是国王的近亲。而且，今天国王来他家做客，按照待客之道，闭好门户不让凶徒入内，是主家的责任，更别说亲自动手杀害客人了。然后，他又考虑到，邓肯一直是个公正仁慈的国王，对臣民十分和蔼，对贵族，尤其是对他十分爱护。上天一定会眷顾这样的国王的，他的臣民也会为他的死加倍复仇。除此之外，麦克白深受国王宠信，所有人都十分敬重他，怎么能让“邪恶的凶手”这类恶名，玷污他的这些荣誉呢。

麦克白夫人发现，她丈夫心里的挣扎逐渐倒向善良，决定不动手了。但是，她不是一个会轻易放弃邪恶目标的人，她开始在丈夫的耳边滔滔不绝，把自己的想法灌输给他，列举他们该收手的理由：这件事办起来很容易，很快就会结束；短短一个晚上，就能给他们带来无数个手握大权、独享尊贵的日日夜夜！然后，她又对他的动摇表示轻蔑，说他善变又懦弱。她说自己是个给孩子喂过奶的人，知道怎么温柔地疼爱吃她奶的孩子，但是她会把那孩子从她的胸脯上拽下来，打碎他的脑袋，只要她曾像麦克白发誓要杀死国王那样发誓要这么做，她就一定会做到。她接着说，可以把罪名怪到这两个喝醉昏睡过去的仆人身上，这事完全行得通。就这样，她用自己的巧舌，责备他不够坚决，让他再次鼓足勇气实施血腥的杀戮。

于是，他手握尖刀，摸黑溜进邓肯就寝的睡房。他走进房间的时候，以为自己看到一把刀悬在空中，刀柄朝着他，刀刃和刀尖上滴着血。但是当想要抓住那把刀的时候，他却什么也没抓到，只不过是紧张、压力，再加上他要干的这件事，让他产生了幻觉。

莎翁经典原句

There's no art to find the mind's construction in the face.

世上还没有一种方法，可以从一个人的脸上探察他的居心。

摆脱恐惧之后，他一刀就把国王解决了。他刚杀完人，睡在卧室里的一个仆人在睡梦中笑了，另一个大喊了一声，“杀人了！”这下两个仆人都醒了。但是，他们只简单地祷告了两句，然后两个人又睡过去了。麦克白站在一旁听着，当听到仆人祷告的时候，他也想跟着祈祷，可是祈祷的话却卡在他的喉咙里，说不出来。

他再次出现幻觉，好像听到一个声音在叫喊：“不要再睡啦！麦克白杀死了睡眠，把无辜的、滋养生命的睡眠杀死了。”“不要睡了！”的声音一直叫嚷着，在整个房子里回旋。“葛莱密斯已经把睡眠杀死了，考特再也睡不成了，麦克白再也睡不成了。”

麦克白带着可怕的幻觉回到妻子身边，此时她正竖着耳朵听动静，以为丈夫没有达到目的，行动失败了。他心烦意乱地走进来，妻子责备他不够坚定，让他去把沾在手上的血洗掉，她拿起尖刀，想给那两个仆人的脸上蹭点儿血，弄成是他们行凶的样子。

第二天早晨，这桩不可能被掩盖的谋杀被人发现了。虽然麦克白夫妇表现出了万分悲痛的样子，而且指向两个仆人的证据十分确凿（凶器是从他们那儿搜出来的，他们脸上还沾着血），但是所有人却都把怀疑的目光投向了麦克白，因为跟这两个可怜的蠢仆相比，他做这事的动机更充分。邓肯的两个儿子逃走了，大儿子马尔康逃到英格兰，向王室寻求庇护；小儿子道纳本逃去了爱尔兰。

王位本该由国王的儿子继承，如今就这样空出来了，麦克白作为下一个顺位继承人，戴上了王冠。就这样，女巫姐妹的预言准确无误地应验了。

虽然已经身居高位，麦克白和他的王后却没有忘记女巫姐妹的预言，她们说麦克白会当上国王，但是他的孩子不会是国王，王位会由班柯的孩子继承。想到这一点，再加上他们的双手已经沾满鲜血，犯下了这样深重的罪孽，却让班柯的子孙继承王位，他们就十分恼火，于是决定把班柯和他的儿子全都杀了，免得女巫姐妹的这番话也会成真，毕竟之前与他们有关的预言全都完美应验了。

为了实施这个计划，他们举办了一场盛大的晚宴，邀请了所有重要的领主。特意郑重邀请了班柯和他的儿子弗里恩斯。麦克白在当晚班柯去往王宫的必经之路上埋伏了杀手，班柯遇刺，但是弗里恩斯在混战中逃了。从这位弗里恩斯开始，苏格兰的王位上坐着的一直是他的子孙后代，一直到詹姆士六世。这位苏格兰的詹姆士六世国王，也是英格兰的詹姆士一世，将苏格兰和英格兰联合成了统一王国。

晚宴上，王后表现得极其和善端庄，以优雅热情的女主人身份款待每一位来宾，麦克白和各位领主、贵族们自在地聊着天，对大家说如果他的好朋友班柯也在，那这个国家所有值得尊敬的人就都聚在他的屋顶之下了。他说希望班柯是因为疏忽了才没来，宁愿因此去责罚他，也不希望他身遭不幸，只能去哀悼他。他正说着，被他派人杀害的班柯的鬼魂飘进来，坐在了麦克白正准备落座的椅子上。虽然麦克白是个勇敢的人，直面魔鬼也毫无畏惧，但是看到这可怕的一幕，他还是瞬间吓得脸色发白，双眼直勾勾地盯着鬼魂，站在那一动也不能动了。他的王后和在场的所有贵族什么也没看见，但是全都注意到他在盯着空椅子发呆（在他们看来是这样的），以为他突然精神错乱。王后低声责备他，这也是幻觉，跟当初他杀害邓肯时看到尖刀飘在空中一样。但是麦克白一直能看见鬼魂，旁人说的话完全进不了他的耳朵，他有些语无伦次地跟鬼魂说着话，但是王后害怕其中的关键字会把可怕的秘密揭穿，于是借口说麦克白旧疾复发，匆匆打发了一众宾客。

这种可怕的幻觉纠缠上了麦克白。他和王后只要睡着就会被可怕的噩梦折磨，弗里恩斯的逃跑给他们带来的烦恼，一点儿也不比杀死班柯带来的小。他们现在将弗里恩斯视作一切灾难的源头，只要有他在，自己的子孙就无法继承王位。这些想法让他们痛苦不堪、不得安宁。麦克白决定再次去寻找女巫姐妹，让她们把最坏的结果告诉他。

他在荒野中的一个洞穴里找到了她们。女巫们已经预见了他会来，为他准备了可怕的魔药，用魔药可以召唤地狱的鬼魂上来向她们揭示未来。魔药的原料都是些恐怖的东西：癞蛤蟆、蝙蝠和蛇，蝾螈的眼睛、狗的舌头、壁虎的腿、夜猫子的翅膀、龙鳞、狼牙、饥饿的盐海鲨鱼的胃、女巫的木乃伊、毒芹根（必须是黑夜挖的才能发挥作用）、山羊的胆汁、长在坟墓上的水松枝和死孩子的手指，把这些东西全都倒进一口巨大的锅里熬煮，温度升得太高，就加入狒狒的血降温。再往里面倒入母猪的血——那母猪必须吃过自己生的猪崽子，接着再把绞刑架上死囚流出的汗凝结成的油脂扔进火里。有了这种魔药，他们就能召唤地狱的鬼魂上来回答她们的问题了。

麦克白可以要求由她们来解答他的疑问，也可以要求由她们的师父，也就是鬼魂来回答他的疑问。

刚才欣赏的这段恐怖仪式一点儿也没吓到麦克白。他大胆地说："他们在哪儿？让我见见他们。"她们召唤了三个鬼魂上来。第一个看起来像一颗戴着头盔的脑袋，他称呼麦克白的本名，让他小心费辅领主。对于这个警告，麦克白表示了感谢，因为麦克白一直嫉妒费辅爵士——麦克德夫。

第二个鬼魂看起来像一个血淋淋的孩子，他称呼麦克白的本名，告诉他不必害怕，可以尽情嘲笑凡人的力量，因为凡是女人生下的，都没有能力伤害他。他建议麦克白行事要更血腥，更大胆，更坚决。

"活着吧，麦克德夫！"国王大声说，"我又何须怕你？但是我会做到万无一失。那你还是别活着了，这样我就可以对心底苍白的恐惧说'你在撒谎'，任雷声震天也可安眠了。"

这个鬼魂退下之后，第三个鬼魂出现了。这个鬼魂看起来像一个头戴王冠的小孩，手里有一棵树。他也直呼麦克白的名字，安慰他不要担心阴谋，说他永远不会被打败，除非勃南的树林，会挪到邓西嫩山上来攻打他。

“都是好预言！太好了！”麦克白大声叫嚷着，“谁能挪动森林，把它从扎根的土地上移走呢？看来我能活到一般人的寿命，不会突然横死。但是我心头还压着一件事，急于知道答案。既然你们的魔法能告诉我这么多，那就告诉我班柯的子孙会统治这个王国吗？”

这时，那口锅沉入地下，随之响起一阵嘈杂的乐声，八个貌似国王的影子从麦克白身边飘过，班柯是最后一个，麦克白盯着一面镜子，镜中有很多人。浑身是血的班柯，冲着麦克白笑，指了指那些人。麦克白知道那些人就是班柯的后代，他们会在自己死后统治苏格兰。女巫们伴着轻柔的乐声，舞了一阵，尽职地表演了一番，接待完麦克白，就消失了。从那时起，麦克白的思绪就被血腥和恐惧占据了。

他走出女巫的洞穴，听到的第一件事，就是费辅领主已经逃到英格兰了，加入先王邓肯的长子马尔康率领的讨伐大军，他们要把麦克白赶下王位，让正当的王位继承人马尔康坐上去。麦克白非常愤怒，马上攻打麦克德夫的城堡，把他留下的妻儿杀死，和麦克德夫稍有关系的人一个也没有放过。

这些做法让那些位高权重的贵族全都跟他疏远了。

莎翁经典原句

If you can look into the seeds of time, and say which grain will grow and which will not. Speak then to me, who neither beg nor fear your favors nor your hate.

要是你们能够洞察时间所播的种子，知道哪一颗会长成，哪一颗不会长成，那么请对我说吧；我既不乞讨你们的恩遇，也不惧怕你们的憎恨。

凡是能逃出去投奔马尔康和麦克德夫的人全加入了他们的军队，二人从英格兰召集了一支强大的军队，正向苏格兰进发。剩下的虽然因为惧怕麦克白不敢亲身反抗，也都在默默祝愿马尔康和麦克德夫的军队能取胜。麦克白招募新兵的任务进展缓慢。所有人都恨这个暴君，没人爱戴他，也没人敬重他。所有人都不信任他。他开始羡慕被自己杀害的邓肯，他虽然遭遇了背叛最终惨死，此刻却能躺在自己的坟墓中安睡。刀剑和毒药，内部的阴谋和外面的军队，都不能再伤害他了。

在干这些坏事的时候，王后是他唯一的同谋，只有在她怀中，麦克白才能短暂地摆脱夜夜纠缠他的噩梦，获得片刻的安眠。可是，或许是因为无力承受内心的懊悔和公众的仇恨，王后死了。就这样，他彻底变成孤家寡人了，世间没有人爱他，没有人关心他，也没有一个可以吐露自己坏心思的朋友。

他越来越不在乎自己的性命了，盼着死亡降临。但是随着马尔康军队的逼近，他心中又燃起了早年残存的勇猛之气，他决定（他自己这样说）“身披铠甲”战死沙场。此外，女巫们那些空洞的诺言，也让他树立了错误的自信。他想起鬼魂对他说过，凡是女人生下来的，都不能伤害他；除非勃南的树林，会挪到邓西嫩山上来攻打他，他就不会被打败，他觉得这种事根本不可能发生。他把自己关在城堡里，那城堡牢不可破，不惧围攻。他面色阴郁地等着马尔康的到来。有一天，一个传令兵前来报信，他面色苍白，吓得浑身发抖，几乎无法将自己所见上报给国王。他坚定地说，他站在山上放哨的时候，往勃南的方向望去，认为那里的树林开始移动了。

“说谎的奴才！”麦克白大声叫嚷着，“你要是胡说，我就把你吊在旁边这棵树上活活饿死。要是你说的是真话，你大可把我吊死。”这时，麦克白坚定的信念开始动摇，对鬼魂说的那些模棱两可的话心生疑虑。除非勃南的树林挪到邓西嫩山上，他就不必害怕，现在却树林移动了！“可是，”麦克白说，“如果他所言非虚，那我们就拿上武器出去迎战。既然无处可逃，也不能在这儿等死。阳光已开始令我生厌，我倒盼着生命快些终结。”这时，城堡已经被包围，结束这番绝望的陈词后，他朝围攻的队伍冲去。

传令兵以为树林在移动，这种怪异的现象其实不难解释。包围军途经勃南树林的时候，马尔康像个经验丰富的将军那样，命令士兵每人砍一根大树枝，举在身前，这样能掩盖他麾下军队的真实人数。这群手持大树枝向前行进的士兵，就这样吓坏了从远处眺望的传令兵。鬼魂的话应验了，意义却与麦克白理解的完全不同。一个巨大的信心支柱就这样垮塌了。

这时发生了几场小规模战斗，麦克白这边，只有一些自称是他朋友的勉力支撑，实际上他们也憎恨这个暴君，内心更倾向马尔康和麦克德夫阵营，但是愤怒的麦克白极其勇猛，把他的对手砍得七零八落，一路杀到了麦克德夫正战斗的地方。看见麦克德夫，麦克白想起鬼魂的警告，鬼魂曾告诫他，无须避开任何人，除了麦克德夫。于是，麦克白转身想走，但是麦克德夫从战斗开始就一直在找他，怎么肯放过他。一场激战在所难免，麦克德夫痛骂麦克白杀害他的妻子和孩子。因为对这一家人犯下的血债，麦克白的灵魂已经备受谴责，他拒绝与麦克德夫交战。但是，麦克德夫一直逼着他跟自己战斗，骂他暴君、凶手、地狱的魔鬼、恶棍。

麦克白想起鬼魂说过，凡是女人生下来的，就不能伤害他。于是，他信心满满地笑着对麦克德夫说：“麦克德夫，你何须白费气力。你若是能伤到我，也就能轻松切开空气了。我有魔法庇护，凡是女人生下来的，都拿我无可奈何。”

"别指望魔法了，"麦克德夫说，"让你信奉的那个撒谎的鬼魂告诉你，麦克德夫不是女人生下来的，他和被女人生下来的寻常人不同，未至临盆之期，就被人从他母亲肚子里取出来了。"

"对我说这话的人必受诅咒，"麦克白颤抖着说，感觉自己最后的信心支柱也崩塌了，"愿后世无人相信女巫和欺人的鬼魂似是而非的谎言。他们用有两层意思的话欺骗我们，表面上看他们的话都应验了，却用另一层意思让我们希望破灭。我不会跟你战斗的。"

"那你就活着！"麦克德夫轻蔑地说，"我们要让世人看看你，像展示怪物那样，还会给你弄上一块写着'快来看暴君！'的牌子。"

"不，"麦克白说，已陷入绝望的他又鼓起了勇气，"我不会活着亲吻年轻的马尔康脚下的土地，也不会活着受下等人的咒骂。虽然勃南的树林移到西嫩山上了，虽然你不是女人生下来的，你既然来反抗我，我就和你死战到底。"

麦克白一边胡言乱语，一边冲向麦克德夫。经过一番激战，麦克德夫取胜，砍下了麦克白的头颅，献给了年轻的合法国王马尔康。政权已经被篡位者强占了很长一段时间，在贵族和民众的拥护之下，马尔康接过政权，登上了"温厚人邓肯"的王位。

一起涂色吧

少年读莎士比亚戏剧故事集

[英] 查尔斯·兰姆 [英] 玛丽·兰姆 著
董乐乐 译

3

Tales from Shakespeare for Children

航空工业出版社
北京

内容提要

本书的翻译版本为备受赞誉的兰姆姐弟版，收录了莎士比亚最著名的20部戏剧，囊括了莎士比亚在各创作时期的不同类型的作品，具有一定的代表性，基本反映出了莎士比亚戏剧的创作面貌。全书一共四册，每册五个故事，精选故事插图，同时精心设置“知道百科”和“莎翁经典原句”“人物涂色”作为故事的补充板块，令阅读莎士比亚戏剧的体验变得更加有趣。

图书在版编目（CIP）数据

少年读莎士比亚戏剧故事集. 3 / （英）查尔斯·兰姆，（英）玛丽·兰姆著；董乐乐译. -- 北京：航空工业出版社，2023.9

ISBN 978-7-5165-3446-5

Ⅰ. ①少… Ⅱ. ①查… ②玛… ③董… Ⅲ. ①戏剧文学—故事—作品集—英国—中世纪 Ⅳ. ①I561.33

中国国家版本馆CIP数据核字（2023）第142265号

少年读莎士比亚戏剧故事集3

Shaonian Du Shashibiya Xiju Gushiji · San

航空工业出版社出版发行

（北京市朝阳区京顺路5号曙光大厦C座四层　100028）

发行部电话：010-85672688　010-85672689

唐山楠萍印务有限公司印刷　全国各地新华书店经售

2023年9月第1版　2023年9月第1次印刷

开本：710×1000　1/16　字数：64千字

印张：5.5　定价：140.00元（全4册）

前言

威廉·莎士比亚（William Shakespeare），英国文艺复兴时期剧作家、诗人，被誉为“人类文学奥林匹斯山上的宙斯”。由于他的作品实在太过伟大，虽引无数学者去探索，却无人敢自称“征服”了莎士比亚。

本套《少年读莎士比亚戏剧故事集》精选莎士比亚剧作中最著名的作品，在力求保留原作语言之美的基础上，以原作中蕴含的品质教育为经线，以晶莹如珠玉的词句为纬，突出了主要人物及其矛盾，略掉次要的情节，完整保留了莎剧的精华，情节跌宕起伏，使其更加适合儿童阅读，让孩子更加轻松地阅读莎士比亚剧作，以此来了解西方文化。书中简化人物关系，附有人物关系图，帮助孩子快速抓住人物主线和故事脉络，扫清阅读障碍。精选名家油画、水彩画，一秒进入戏剧的瑰丽幻境，实现艺术和文学的高度融合，带给孩子艺术和文学的双重体验。精选富有哲思的人物妙语，给孩子智慧的启迪和力量。“知道百科”带你深入探索戏剧背后的秘密，不一样的视角成就更有趣的互动。“一千个读者眼中有一千个哈姆雷特”，人物涂色板块让孩子们画出自己眼中的“哈姆雷特”，让剧中人物在自己手中活起来。

我们愿读者在此书中感受到从灵魂到语言上的全面熏陶，教给孩子们美好的、高贵的品质，在莎翁独创的富有诗意的梦境之中自在遨游。

少年读莎士比亚戏剧故事集

CONTENTS 目录

终成眷属

玛丽·兰姆

法国国王

被海丽娜治好了病，奖励勃特拉姆与海丽娜结婚

拉佛

法国宫廷中的老臣

已故罗西昂伯爵夫人

勃特拉姆的母亲

海丽娜

名医吉拉·德·拿滂的女儿，寄养于伯爵夫人府中

勃特拉姆

继承父亲罗西昂伯爵的称号和产业

寡妇

佛罗伦萨城里的老寡妇

狄安娜

寡妇之女

因为父亲刚刚去世，勃特拉姆继承了父亲罗西昂伯爵的称号和产业。法国国王十分宠信勃特拉姆的父亲，听说伯爵身故，便立马派人召他的儿子到巴黎王宫觐见。出于与已故伯爵的友谊，国王想给勃特拉姆些格外的好处和保护，以示恩宠。

勃特拉姆和寡居的伯爵夫人住在一起，法国宫廷的老臣拉佛前来带勃特拉姆觐见国王。法国国王是个专制的君主。他要谁前来，都是以王令的形式下旨，受邀者只能遵从，无论身份多么高贵都不能拒绝。因此，伯爵夫人和亲爱的儿子分开时，虽然像再次经历埋葬丈夫的过程一样难过，却不敢多留他一日，只能让儿子马上出发。拉佛是来接勃特拉姆的，想要安慰刚刚丧夫突然又要跟儿子分别的伯爵夫人。他以一个朝臣的身份，说了些恭维的话，诸如国王是位仁慈的君主，陛下会照顾他们母子，不让她觉得无依无靠，会把她的儿子当成陛下自己的儿子一样看待。意思是说，这位好国王会提携勃特拉姆。拉佛告诉伯爵夫人说，国王得了一种令人惋惜的病，御医们说这种病无药可医。伯爵夫人听说国王生病，深表难过。她说，真希望海丽娜（一位服侍伯爵夫人的年轻姑娘）的父亲还活着，这人肯定能治好国王的病。伯爵夫人把海丽娜的身世对拉佛说了，说海丽娜是名医吉拉·德·拿滂的独女，医生临死前把自己的女儿托付给伯爵夫人照顾，所以在那之后，她就将海丽娜置于自己的保护之下了。伯爵夫人夸赞海丽娜性情贤淑，人品出众，说她这些优点都是从她那值得尊敬的父亲那里继承来的。伯爵夫人正说着话，海丽娜伤心落泪，默默地难过起来。伯爵夫人见状，温柔地责备她，不该为父亲的死太过悲伤。

勃特拉姆于是向母亲告别。伯爵夫人与心爱的儿子分别时，流着泪说了很多祝福的话，请求拉佛多关照自己的儿子："好大人，请多多指点他，他对宫廷的事毫无经验。"

勃特拉姆离开时的最后几句话是对海丽娜说的，只是些祝她幸福之类的客套话。他的辞别不过寥寥几句，结束时说："照顾好我的母亲，你的女主人，好好服侍她。"

海丽娜一直爱着勃特拉姆。她悲伤落泪、默默伤心的时候，那眼泪不是为吉拉·德·拿滂流的。海丽娜爱她的父亲，但是当时心中更深爱的，其实是她即将失去的勃特拉姆。她已经忘记已故父亲的身形样貌，脑海中无法想象出任何人的样子，除了勃特拉姆。

知道百科

《终成眷属》虽被划入喜剧范畴，但是从严格意义上来说是一出悲喜剧。虽然带有大团圆色彩的结局，但它并不是有情人的美满结合，终成眷属却难以皆大欢喜。与莎士比亚的其他喜剧一样，《终成眷属》也赞美爱情，赞美以海丽娜为代表的人的德行和才能，表现人文主义的人生理想。但与喜剧不同的是：美好的爱情不能变为现实，只存在于幻想的追求之中。该剧中，爱情的力量表现得极其微弱，爱情在叹息、啜泣，只能依靠权力的帮助才得以实现，虽然感动了人们，但是无法打破门第地位的壁垒。

海丽娜一直爱着勃特拉姆，但是她一直没忘记，他是罗西昂伯爵，出身于法国古老的家族。她自己却出身卑微。她的父母无名无号，他的先祖全是贵族。因此，她一直仰望出身高贵的勃特拉姆，把他当自己的主人，亲爱的少爷，不敢有任何期待，只想一直服侍他到死。在她看来，勃特拉姆身份尊贵，她却命运不济，二人相差甚远。她说："这一切，就像我爱上了耀眼的明星，想要嫁给他，勃特拉姆对我来说是那样高不可攀。"

勃特拉姆的离开，令她眼中注满了泪水，心中填满了哀愁。虽然海丽娜对自己的爱情不抱希望，但是时时刻刻能见到他，她就觉得很满足。她会坐在那儿看着他的黑眼睛、弯弯的眉毛、卷曲健康的头发，直到仿佛能在心中画出他的肖像，那颗心能牢牢记住他俊秀面庞的每一个线条。

吉拉·德·拿滂去世的时候，没给她留下任何遗产，只有一些稀世良方，这些药方是她父亲收集来的，全都经过医学方面的深入研究，而且经过长时间验证，效果极好，几乎万无一失。其中一张药方能治疗的疾病，正好与拉佛对国王病症的描述相符。海丽娜一直觉得自己身份卑微，对未来不抱希望，听到国王的病痛时，心中想到了一个大计划——她想亲自到巴黎去，给国王治病。虽然海丽娜手握良方，事情也未必能成，国王和他的御医都认为此病无药可医，他们不可能相信一个没有学问的可怜姑娘，让她去给国王治病。如果海丽娜获准为国王治病，她觉得自己一定能成功，仿佛比她那医术精湛的父亲还有把握，要知道她父亲可是当时最有名望的医生。因为她坚信，这剂良方得到了天上所有幸运之星的认证，是推动她命运的遗产，甚至可以让她获得尊贵的身份，当上罗西昂伯爵的夫人。

勃特拉姆刚离开没多久，管家就告诉伯爵夫人，他曾听到海丽娜自言自语，听那话的意思是，海丽娜爱上了勃特拉姆，想去巴黎找他。伯爵夫人谢过管家，让他退下，顺便去告诉海丽娜，伯爵夫人有话对她说。刚听到的那些有关海丽娜的话，让伯爵夫人想起了很久以前的那段岁月——大概是她刚开始爱上勃特拉姆父亲的时候。她自言自语道：“我年轻的时候也是这个样子。‘爱情’是一根刺，长在‘青春’的玫瑰上。只要我们是自然的孩子，到了青春的时节，就会犯下这些错误，虽然那时我们不觉得那是错。”

莎翁经典原句

The property by what it is should go,not by the title.

善恶的区别，在于行为的本身，不在于地位的有无。

伯爵夫人正在思考自己年轻时在爱情上犯的错，这时海丽娜走了进来。伯爵夫人对海丽娜说：“海丽娜，你知道，我是你的母亲。”

海丽娜答话说：“您是我尊贵的女主人。”

“你是我的女儿，”伯爵夫人又说，“我说我是你的母亲。为什么听到这些话，你会脸色惨白呢？”

海丽娜神情紧张，思绪纷乱，担心伯爵夫人对她的心思有所怀疑，于是回答说：“原谅我，夫人，您不是我的母亲。罗西昂伯爵不能当我的哥哥，我也不能当您的女儿。”

“但是，海丽娜，”伯爵夫人说，“你可以当我的儿媳，我猜你是这个意思，所以‘母亲、女儿’这些字眼儿才会让你如此不安。海丽娜，你爱我的儿子吗？”

“好夫人，请原谅我。”海丽娜害怕极了。

伯爵夫人又重复了一遍她的问题："你爱我的儿子吗？"

"您不爱他吗，夫人？"海丽娜问。

伯爵夫人回答说："不要逃避问题，回答我，海丽娜。来吧，来吧，把你的感情坦露出来，因为你的爱意已经全都表现出来了。"

海丽娜双膝跪下，承认了自己的爱，又是羞愧又是害怕，求她高贵的女主人原谅。她说自己知道他们地位悬殊，勃特拉姆不知道自己对他的爱，她将自己卑微无望的爱，比作一个可怜的印第安人对爱情的崇拜，太阳虽照耀它的崇拜者，却不知道他的存在。伯爵夫人问海丽娜，最近是不是想去巴黎。海丽娜承认，她听拉佛说起国王的病痛时，确实有过这个念头。

"你是因为对我儿子的爱，才想去巴黎的，"伯爵夫人说，"是吗？说实话。"

海丽娜诚实地回答说："是因为少爷，您的儿子，我才有了这样的想法。否则，我永远不会想到什么巴黎、药方，还有国王。"

海丽娜全部坦诚相告，伯爵夫人听过之后，没说赞成，也没有一句责备的话，她倒是认真地问起海丽娜，给国王治病的药有几成把握。她得知，那是吉拉·德·拿滂临死前交给女儿的宝贵药方，想起那时自己郑重承诺过会照顾这个年轻的姑娘，海丽娜的命运和国王的性命，似乎全都指望这个计划了（虽然这只是一个痴情姑娘的盲目设想，伯爵夫人也不知道是否可行，但是或许能治好国王的病，给吉拉·德·拿滂女儿的前途命运打好根基，也说不定）。于是，她就放任海丽娜去追寻自己的前途了，还慷慨地资助了海丽娜大量钱财，派遣适当的仆人随侍左右。海丽娜带着伯爵夫人的祝福和希望她成功的美好祝愿，起身去往巴黎。

到达巴黎之后，海丽娜在她的朋友——老臣拉佛的帮助下，得到了面见国王的机会。还有很多难关等着她去闯，因为说服国王去尝试一个这么年轻的医生给的药，就不是一件容易事。但是，她告诉国王，她是吉拉·德·拿滂（国王听说过这位名医的大名）的女儿，她献上珍贵的药剂，说这是父亲的珍藏，凝结了他常年治病救人的经验和医术。她大胆许诺，若两天之内不能治好国王的病，让他重获健康，愿意以命相抵。国王最后同意一试，如果国王没能康复，两天后海丽娜就要丢掉性命了。结果，她成功了，国王答应她，她可以任意挑选一个法国人（国王除外）做自己的丈夫。这是海丽娜的要求，只要她能治好国王的病，就可以任意挑选自己的丈夫。

父亲的药果然有效，海丽娜的计划如愿达成。两日之期未到，国王就完全恢复健康了，为了兑现承诺，给美丽的医生一个丈夫作为奖励，国王将所有的年轻贵族召集王宫。他希望海丽娜多看看这些年轻的贵族单身汉，挑一个当丈夫。海丽娜没有慢慢挑选，因为在这群年轻的少爷中，她一眼就看到了罗西昂伯爵。她对勃特拉姆说："就是他了。我的少爷，我不敢说，我选您。我把自己献给您，为您服务，只要我活着，就受您的指引。"

"哎呀，那么，"国王说，"年轻的勃特拉姆，你就娶吧。她是你的妻子了。"

勃特拉姆没有片刻迟疑，当即表示，他不喜欢国王赐给他的这个上赶着的海丽娜。他说，她不过是个穷苦医生的女儿，靠他父亲养大，现在倚靠他母亲的慷慨过活。

海丽娜听到他以轻蔑的语气说出这番拒绝的话，对国王说："陛下，您康复了，我很高兴。其他的事就算了吧。"

但是国王不能允许自己的王命受到轻视，因为法国国王本来就有权给贵族赐婚，当天勃特拉姆就和海丽娜结了婚。对勃特拉姆来说，这是一桩被迫的、不称心的婚姻。对这位可怜的姑娘来说，这也是一桩没有希望的婚姻。虽然她以自己的性命做赌注，得到了高贵的丈夫，似乎是胜利了，结果不过是一场空欢喜，法国国王也无法将丈夫的爱赐给她。

刚和海丽娜结完婚，勃特拉姆就让她请求国王，允许他离开宫廷。她带着国王允许他离开的消息见到他时，勃特拉姆对她说，他没有为这桩突如其来的婚姻做好准备，这件事搅得他心神不安，因此她千万不要对他的计划感到诧异。海丽娜得知他打算离开她时，如果说她没有感到诧异，至少感受到了难过。勃特拉姆让她回去找他的母亲。海丽娜听到这个冷酷无情的命令，回答说："先生，对此我什么也不能说，我只能说我是您最顺从的仆人，我将永远真诚地奉行这个原则，努力弥补自己的不足，我的平凡配不上这么大的福气。"

听完海丽娜这番谦卑的话，傲慢的勃特拉姆完全没有被打动，对他温顺的妻子没有产生一丝怜悯，离别的时候，甚至连普普通通的客套话都没对她说。

随后，海丽娜便回到伯爵夫人那里。这趟旅程，她已经达到了目的，救了国王的命，嫁给了自己心爱的少爷——罗西昂伯爵。回到她尊贵的婆婆身边的却是一个忧郁沮丧的女人。她一进门就收到了一封勃特拉姆的来信。看过这封信之后，她的心都要碎了。

善良的伯爵夫人兴奋地欢迎她回来，把她当儿子自己选择的出身高贵的女人看待。对于勃特拉姆的无情怠慢，才刚新婚就让她独自回家，伯爵夫人说了很多暖心的话安慰她。但是，这些亲切的接待没能让海丽娜高兴起来。她说：

“夫人，我的丈夫走了，永远也不会回来了。”然后，她把勃特拉姆信中的这句话读了出来：“我手上的戒指永远也不会摘下来，当你得到我这枚戒指，你就可以称我为你的丈夫了，但是那一天永远也不会到来。”海丽娜说：“这话太可怕了！”伯爵夫人请她有点儿耐心，说现在勃特拉姆走了，她就是自己的孩子，说海丽娜值得拥有一个好丈夫，就算有二十个勃特拉姆这样的粗鲁小伙子也只配得上伺候她，时时刻刻称呼她女主人。但是，无论这位无与伦比的好婆婆，怎样屈尊附就地恭维她，善意地讨好她，想要平复儿媳的悲伤，只是徒劳。

海丽娜的眼睛始终看着那封信，悲伤痛苦地大声念着：“我在法国毫无牵挂，除非有朝一日那里没有我的妻子。”

伯爵夫人问海丽娜：“这些话是否信中所写？”

“是的，夫人。”可怜的海丽娜只能这样回答。

第二天早晨，海丽娜失踪了。她留下一封信，吩咐她走之后交给伯爵夫人，好让伯爵夫人知道她为什么突然离开。她在信中告诉伯爵夫人，是她害勃特拉姆离开他的祖国，离开他的家，她为此感到非常难过，为了弥补自己的过错，她要去圣约克·勒·格朗去朝圣。信的最后，海丽娜请伯爵夫人通知她的儿子，他憎恨的妻子已经离开他的家，永远也不会回来了。

勃特拉姆离开巴黎之后，去了佛罗伦萨，在佛罗伦萨公爵的军中做军官。他因在一场大战中表现英勇脱颖而出。打了胜仗之后，他收到母亲的来信，信中的消息正合他意，说海丽娜不会再搅扰他了。勃特拉姆正准备回家的时候，海丽娜穿着朝圣者的素服，正好来到佛罗伦萨。

去圣约克·勒·格朗朝圣的人，通常都会途经佛罗伦萨。海丽娜到佛罗伦萨之后，听说城里住着一位好客的寡妇，时常在自己的家中接待去那位圣人陵墓朝圣的女朝圣者，给她们提供落脚的地方，还会热情款待她们。因此，海丽娜就去投奔这位善良的女士了。寡妇礼貌地表示欢迎，邀请她去参观这座著名城市的各种趣景，问她想不想看看公爵的军队，如果她有兴趣，可以带她到一个地方，在那里能将整个军营尽收眼底。

“你还能见到一位你们国家的人呢，”寡妇说，“人称罗西昂伯爵，给公爵打仗的时候立过大功。”海丽娜得知此行能见到勃特拉姆，没有丝毫犹豫，就答应了寡妇的邀请。她和招待她的女主人同行，再次见到亲爱的丈夫，高兴的表情中透着几分悲哀凄楚。

“是不是很英俊？”寡妇问。

“我很喜欢他。”海丽娜真心实意地回答说。

她们一路走着，健谈的寡妇一直在谈论勃特拉姆。她对海丽娜说起了勃特拉姆的婚姻，说他抛弃了可怜的妻子，为了不和她生活在一起，才加入公爵的军队。海丽娜耐心地倾听着别人讲述自己的不幸，说完勃特拉姆的婚姻之后，寡妇的话还没完，她又提到了后续的发展，这段故事中的每一个字都深深刺痛着海丽娜的心。寡妇对海丽娜讲述了，勃特拉姆如何爱上她女儿的事。

虽然勃特拉姆不喜欢国王强加给他的婚姻，但是看起来他并非不懂爱情，自他随军驻扎在佛罗伦萨时起，就爱上了年轻美丽的狄安娜，这位小姐正是接待海丽娜的那位寡妇的女儿。每天晚上，他都会伴着各种各样的音乐，用歌声称赞狄安娜的美貌，他会来到她的窗下向狄安娜求爱；他每天都会求狄安娜，等家人休息后，允许他偷偷与她相会。但是，狄安娜知道他是个已婚的男人，对这不道德的追求无动于衷，从来没给过他希望。因为明辨是非的母亲，在抚养她长大的过程中，总是教导她做人的道理。虽然现在这位寡母的家境不比从前，实际上她出身贵族，是凯普莱特家族的后代。

善良的女士把这些全都告诉了海丽娜，她称赞女儿谨慎持重，品行端正，说这全都是得益于自己对女儿的优秀教育和正直的忠告。她还说，勃特拉姆特别强烈地恳求狄安娜同意当晚去拜访她，因为他明天一早就要离开佛罗伦萨了。

虽然海丽娜听说勃特拉姆爱上寡妇的女儿很难过，但是通过这件事，她燃烧着炙热爱情的心中，又想到了一个计划（上回的计划虽然没能如愿，却没有令她灰心），想借此机会重新找回落跑的丈夫。她对寡妇直言，她就是被勃特拉姆遗弃的妻子海丽娜。海丽娜请好心的女主人和她的女儿，同意勃特拉姆来拜访，允许自己代替狄安娜与他相会。她说自己想跟丈夫密会，主要是为了得到那枚戒指，丈夫曾经说过，除非她得到那枚戒指，才会承认自己是他的妻子。

寡妇和她的女儿同意帮她完成这件事，一方面是可怜这个伤心的弃妇，另一方面是因为海丽娜许诺会酬谢她们，被利益打动。海丽娜先给了一袋钱以表真诚。计划是这样进行的，当天，海丽娜设法让勃特拉姆收到她已经死了的消息，希望他听说自己死了，产生再娶的想法，然后向她假扮的狄安娜求婚。如果她能得到戒指，再得到他的许诺，对将来一定有好处。

莎翁经典原句

Whate'er the course, the end is the renown.

倘能如愿以偿，何患路途纡曲。

到了晚上，天黑之后，勃特拉姆获准进入狄安娜的卧房，海丽娜在那儿等着他。他对海丽娜说着奉承赞美的话，表达着爱意，海丽娜虽然知道这些话是说给狄安娜听的，仍然倍感珍惜。跟狄安娜在一起，勃特拉姆非常高兴，他郑重承诺要做她的丈夫，永远爱她。海丽娜希望，当他知道跟他愉快交谈的人是他的妻子，也就是被他轻视的海丽娜时，他的这些许诺能变成真实的爱情。

勃特拉姆从来不知道海丽娜是个多么聪慧的姑娘，否则他也不会这么不拿她当回事了。而且他们每天见面，让他完全忽视了她的美貌。一张面孔若是初见，会产生或是美丽或是平庸的印象；若是常常见到，就会失去这种印象。她的所知所识，勃特拉姆更无从判断了，因为她对他如此尊敬，又掺杂了爱慕，在他面前她总是保持沉默。可是如今，她未来的命运，她所有爱情计划的幸福结局，看来都要靠今晚这次相会给勃特拉姆留下好印象，于是她充分发挥自己的才智讨他欢心。她活泼的谈话中透着质朴的优雅，行为举止中流露出讨人喜欢的可爱，让勃特拉姆甚是着迷，他发誓一定会娶她为妻。海丽娜向他讨要手上的戒指当作信物，他送给了她。得到这枚戒指对她来说十分重要，她把国王赏赐的另一枚戒指当作回礼，送给勃特拉姆。第二天一早，天亮之前，她让勃特拉姆离开了。勃特拉姆当即启程回他母亲那里去了。

海丽娜说服寡妇和狄安娜跟她一起去巴黎，因为要圆满完成她制订的计划，还需要她们进一步提供帮助。她们到巴黎之后，得知国王去拜访罗西昂伯爵夫人了，海丽娜拼了命地去追赶国王。

国王的身体仍然很健康，他仍然对海丽娜治好他的病心存感激，一见到罗西昂伯爵夫人就谈起了海丽娜，说她是一颗被伯爵夫人的儿子遗弃的珍贵宝石。但是海丽娜的死让伯爵夫人真的很悲痛。见这个话题让她如此难过，国王说：

“好心的夫人，我已经全都宽恕，全都忘掉了。”

本性善良的老拉佛也在场，他不能容忍讨他喜欢的海丽娜这么轻易被忘掉。他说：“我必须说，这位年轻的伯爵太不懂得敬重陛下，也不懂得敬重他的母亲和他的妻子。但是他对自己犯下的错才是最大的，因为他失去了一位在所有人看来都美得惊人的妻子，她一开口就能吸引所有人的耳朵，完美得让所有人都想为她效劳。”

国王说：“赞美已经失去的人，会让记忆变得更珍贵。好吧，把他叫来吧。”国王派人让勃特拉姆前来觐见。勃特拉姆来到国王面前，对国王说，为自己给海丽娜造成的伤害感到难过。国王看在他已故父亲的面上，也为了他那令人钦佩的母亲，原谅了他，再次恢复了对他的恩宠。可是国王看向他的时候，和蔼的面容瞬间变色，因为他发觉勃特拉姆手上戴着他赏赐给海丽娜的戒指。国王清楚地记得，海丽娜曾以天堂中所有圣人的名义起誓，除非身遭大难，她会将戒指亲自还给国王，否则永远也不会离身。国王质问勃特拉姆，怎么得到这枚戒指的，勃特拉姆编了一个无法让人相信的故事，说是一个小姐从窗户扔给他的，还说他们结婚后，就再也没见过海丽娜。国王知道勃特拉姆不喜欢他的妻子，担心他杀害了海丽娜，命卫兵抓住他，说：“我忍不住在想一件悲惨的事，我担心有人卑鄙地谋害了海丽娜的性命。”

就在这时，狄安娜和她的母亲走进来面呈国王，请求国王给勃特拉姆和狄安娜赐婚，说勃特拉姆曾郑重承诺过会娶狄安娜。勃特拉姆因为害怕国王的怒火，不肯承认许下过那个承诺。狄安娜顺势拿出戒指（海丽娜交给她的），证明她所说属实。狄安娜说，勃特拉姆现在戴着的那枚戒指，是他发誓要娶她时，她当作回礼送给他的。听到这话，国王命令卫兵把她也抓起来。对于这枚戒指，她讲述的故事和勃特拉姆说的不一样，这证实了国王的怀疑。国王说，如果他们不如实坦白，把海丽娜的戒指怎么会落到他的手上这件事交代清楚，就把他们都处死。狄安娜提出请求，让她母亲去把那位把戒指卖给她们的珠宝商找来，国王应允，寡妇出去之后，没过多久带着海丽娜回来了。

善良的伯爵夫人见儿子落入危险，默默伤心，她甚至担心，儿媳被儿子所害这件事可能是真的。伯爵夫人对海丽娜的感情就像母亲对女儿一样，看到她

海丽娜在国王面前承认自己假扮狄安娜的事情，并按照勃特拉姆信中所说得到了他的戒指，要求他承认自己妻子的名分。

创作者：弗朗西斯·惠特利（Francis Wheatley）

亲爱的海丽娜还活着，高兴到几乎难以自持。国王也很高兴，不敢相信那就是海丽娜。他说：“我看见的真是勃特拉姆的妻子吗？”海丽娜觉得丈夫还没有承认自己是他的妻子，就说：“不，国王陛下，您看到的只是他妻子的影子。徒担妻子的名分，却不是他真正的妻子。”勃特拉姆大声喊道：“她是我名副其实的妻子！哦，原谅我吧！”“哦，我的少爷，”海丽娜说，“当我扮成这位美丽的姑娘时，我发现你非常体贴。可是，瞧，这是你的信！”她曾悲伤地读过这封信，此时却用欢乐的语调读给他听，“当你得到我手上这枚戒指——我得到了。你亲手把戒指交给我的。我赢得你两次了，你现在是我的丈夫了吗？”勃特拉姆回答说：“如果你能证明，那天晚上和我交谈的小姐是你，我就会永远深爱你，决不改变。”

这并不是一件难事，寡妇和狄安娜与海丽娜同来，就是为了证明这件事。国王见狄安娜曾这样热心地帮助海丽娜，对她很满意，觉得她的所作所为值得拥有一个贵族丈夫，就许诺为她赐婚，海丽娜的事给了他一个提示——美丽的女士们若是立了大功，最适合的奖赏，就是给她们一个丈夫。

就这样，海丽娜终于发现，她父亲的遗产确实得到了天上幸运之星的认证。现在她是她亲爱的勃特拉姆挚爱的妻子，她高贵的女主人的儿媳，自己也当上了罗西昂伯爵夫人。

一起涂色吧

驯悍记

玛丽·兰姆

巴普提斯塔

帕度亚一位富有的绅士

比恩卡

巴普提斯塔的二女儿

文森修

老绅士

凯瑟丽娜

巴普提斯塔的长女

彼特鲁乔

向凯瑟丽娜求婚的绅士，后来与凯瑟丽娜成婚

路森修

比恩卡的丈夫

霍坦西奥

新婚的绅士

泼妇凯瑟丽娜，是帕度亚一位富有的绅士巴普提斯塔的长女。这位大小姐无法控制情绪，脾气非常火爆，骂起人来嗓门儿特别大。在帕度亚，人人都知道“泼妇凯瑟丽娜”的名号。看来不太可能，实际上应该说完全不可能有哪位绅士愿意冒险娶这位小姐为妻。巴普提斯塔受到了很多责备，因为有很多条件非常好的人向凯瑟丽娜温柔的妹妹比恩卡求婚，巴普提斯塔都拖着没有同意。打发这些追求者时，他借口说，等大姐嫁出去之后，他们才可以随心所欲地追求年轻的比恩卡。

恰好有一位名叫彼特鲁乔的绅士，特意来帕度亚，想找个人做自己的妻子。凯瑟丽娜坏脾气的传闻在街头巷尾流传，却没有吓退他。他听说这位小姐家里很有钱，而且人长得漂亮，于是决定娶这位著名的泼妇为妻，然后驯服她，让她变成一个温顺听话的妻子。说真的，没有人比彼特鲁乔更适合这个艰巨的任务了，他的情绪和凯瑟丽娜一样高涨，而且是个才思敏捷，又十分快乐且幽默的人，另外他还很有智慧，有很强的判断力。他特别会假装激动愤怒的样子，其实他当时情绪很平静，甚至会为自己假装出的愤怒发笑，因为他天生是个无忧无虑、无拘无束的人。他成为凯瑟丽娜的丈夫之后，表现出的暴怒都是为了好玩装出来的，或者更准确地说，是他超凡的洞察力让他这么做的。因为他发现，

《驯悍记》中的凯瑟丽娜。

创作者：詹姆斯·德姆葛·林顿爵士（Sir James Dromgole Linton）

压制凯瑟丽娜火爆脾气的唯一方法，就是和她一样，用愤怒压制愤怒。

于是，彼特鲁乔向泼妇凯瑟丽娜求婚了。他先请凯瑟丽娜的父亲巴普提斯塔离开，说要向他“温柔”的女儿凯瑟丽娜求婚，彼特鲁乔这样称呼她，别有用意地表示，听闻她腼腆稳重、举止温柔，所以专程从维洛那赶来，希望能得到她的爱。这位父亲虽然希望早点儿把女儿嫁掉，却不得不承认，凯瑟丽娜的性格和他描述的不太相符。她“温柔”的举止很快就让人见识到了，因为她的音乐教师急匆匆地跑进屋子，抱怨她的学生——“温柔”的凯瑟丽娜小姐，用鲁特琴打她的头，因为她给凯瑟丽娜的演奏挑了错。彼特鲁乔听完音乐教师的抱怨，说：“真是个勇敢的姑娘。我比之前更爱她了，十分期待跟她交谈。”他催着老先生赶紧答应他，说：“我的生意很忙，巴普提斯塔阁下，我不可能每天都来求婚。您认识我的父亲。他已经去世了，把所有的土地和财物全都留给我了。您说吧，如果我能得到您女儿的爱，您会给她哪些嫁妆呢？”

巴普提斯塔认为，作为一个求爱的人，他的言谈举止有些太直率了。但是他很乐意把凯瑟丽娜嫁出去，就回答说，他会给她两万克朗

知道百科

《驯悍记》取材于古代苏格兰民谣《一张马皮裹悍妻》，其故事背景约为16世纪的英国伊丽莎白时代，当时法律没有针对妇女地位的专门条款，但妇女的社会地位可以从婚姻、继承权等条款中揣测出来。在婚前，女性是父亲的棋子，若女性没有足够体面的嫁妆，就会被鼓励进修道院；成婚后，女性就成为丈夫的财产，自然与丈夫不能形成对等关系。嫁个好丈夫变成了当时女性的重要使命。由此，致使父母们不惜花费高昂的学费送女儿去学习舞蹈、交际礼节、针线活，以及厨艺和家务等技能。女人为了突出细长的腰身，将木片、鲸骨或者金属制成的撑架紧紧地绑缚在自己的身上……《驯悍记》道尽了对束缚女性尊严与自由的封建专制下的父权与夫权的嘲弄与讽刺，以及对维护这种专制的法律制度的批判和讥讽。

做嫁妆，死后让她继承自己的一半财产。这场奇怪的联姻很快就定下来了，巴普提斯塔进去，告诉他那个泼辣凶悍的女儿，一位追求她的人跟他说了这些话，然后把她带到彼特鲁乔面前，听他正式求婚。

与此同时，彼特鲁乔正在琢磨，自己该用什么方式求婚。他说："她来了之后，我要打起精神，向她求婚。如果她骂我，唉，我就说她唱得像夜莺一样动听。如果她皱眉，我就说她像刚被露水冲刷过的玫瑰一样纯洁。如果她一言不发，我就赞扬她口才好。如果她让我走开，我对她表示感谢，就当她想让我住一周似的。"

就在这时，昂首挺胸的凯瑟丽娜走了进来，彼特鲁乔率先开口，说："早上好，凯特，我听说这是你的名字。"

凯瑟丽娜不喜欢这种直白的打招呼方式，轻蔑地说："别人跟我说话的时候，都叫我凯瑟丽娜。"

"你撒谎，"求爱者回说，"人们都叫你'直爽的凯特'，还有人叫你'美人凯特'，有时也有人叫你'泼妇凯特'。可是，凯特，你是世界上最漂亮的凯特，每个城市都在传扬你的温顺，我听到之后，专程前来向你求婚，请你做我的妻子。"

这求爱的情景真是神奇，她用大声、愤怒的话语，向他展示，自己的泼妇名号多么当之无愧，他却一直用甜言蜜语赞美她，最后听到她父亲过来了，他说（为了尽快完成他的求婚）：

"可爱的凯瑟丽娜，我们先把这些闲话放一放，你的父亲已经同意你做我的妻子，嫁妆都商定了，无论你是否答应，我都会娶你为妻。"

说到这儿的时候，巴普提斯塔走进来。彼特鲁乔说，凯瑟丽娜亲切地接待了他，已经答应下星期日跟他结婚。凯瑟丽娜否认说，宁愿看他星期日被绞死，并责备她的父亲，竟然希望自己嫁给彼特鲁乔，这人就是个鲁莽的混球。彼特鲁乔希望凯瑟丽娜的父亲不要在意她的这些气话，因为他们已经说好了，她要故意在父亲面前表现得很不情愿，其实他们单独在一起的时候，他发现凯瑟丽娜非常温柔多情。彼特鲁乔对凯瑟丽娜说：“把你的手给我，凯特。我要去威尼斯给你买婚礼时穿的精美礼服。父亲大人，请您准备酒宴，邀请宾客。我一定会带着戒指、精美的饰品和昂贵的衣服前来，把我的凯瑟丽娜打扮得漂漂亮亮。亲吻我吧，凯特，我们星期日就要结婚了。”

星期日这天，参加婚礼的宾客齐聚一堂，但是等了半天，也没见彼特鲁乔来，凯瑟丽娜以为彼特鲁乔不过是在拿她取笑，气恼地落下泪来。然而，在最后一刻，他出现了。但是，给凯瑟丽娜承诺的那些新娘装扮一件也没带来，他自己穿得奇奇怪怪、乱七八糟，一点儿也不像个新郎，看起来就像他要拿这件严肃的事开玩笑。他的仆人和骑乘的马匹也是一副破旧、古怪的打扮。

彼特鲁乔不肯听人劝说换下这身衣裳。他说凯瑟丽娜嫁的是他，而不是他的衣裳。大家发觉与他争辩也是徒劳，就去教堂了，他还是一副疯疯癫癫的样子，牧师问彼特鲁乔是否愿意娶凯瑟丽娜为妻，他说愿意的时候，声音大得吓掉了牧师手中的书。牧师俯身捡书的时候，这位疯癫的新郎给了他一掌，牧师连同手里的书全都摔到地上。在婚礼过程中，彼特鲁乔一直跺着脚，不停咒骂，把脾气火爆的凯瑟丽娜吓得战战兢兢。仪式结束后，大家还没离开教堂，他就要酒喝，扯着嗓门儿向客人们敬酒，把杯子里的一块面包扔到教堂司侍的脸上，对于这个奇怪的举动，他给出的解释是，司侍的胡子太过稀疏，面露饥色，像是在跟自己讨要那片酒杯中的面包。这场疯狂的婚礼意外不断，但是彼特鲁乔的这些恣意妄为，都是他计划的一部分，为的是能成功驯服他那泼辣凶悍的妻子。

巴普提斯塔准备好了丰盛的喜筵，但是他们从教堂回来之后，彼特鲁乔抓着凯瑟丽娜宣布，他打算马上把老婆领回家，不管岳父怎样抗议，愤怒的凯瑟丽娜跟他怎么争辩，他都坚持要这样做。他说，随自己的高兴安置妻子，是做丈夫的权利，然后催着凯瑟丽娜赶紧跟他离开。他表现得不管不顾，又很坚决，谁也不敢上前拦住他。

彼特鲁乔让他的妻子骑上一匹可怜的瘦马，那是他故意挑的，他自己和仆人们骑的马也是一样。他们骑马走在崎岖泥泞的路上，那瘦马背上驮着个人本就有些走不动，只要凯瑟丽娜的马有些踉跄，他就疯了似的咒骂那匹疲乏无力的可怜动物，看起来像是全天下脾气最暴躁的人。

这段路程让人疲惫不堪，凯瑟丽娜听了一路彼特鲁乔的疯狂怒吼，不是对仆人就是对马匹，最后总算到家了。彼特鲁乔亲切地将她迎进家中，但是打定主意当晚既不让她休息，也不给她饭吃。桌子摆好，晚餐很快就绪，彼特鲁乔又开始假装挑毛病，每盘菜都不放过，全都扔到地上，命令仆人们把晚餐全都撤走。他说，自己所做的一切，全都是出于对凯瑟丽娜的爱，怎么能让她吃这么不像样的东西呢。凯瑟丽娜浑身疲惫，又没吃晚饭，想去歇会儿，他又开始挑床铺的毛病，把枕头、被子扔得满屋子都是，她只能坐在椅子上，每次她刚要睡着，马上就被丈夫的叫嚷声吵醒，他对仆人们发火，责骂他们没有给妻子准备好婚床。

第二天，彼特鲁乔还是这一套。对凯瑟丽娜说话一直很温柔，但是她想吃东西的时候，食物刚摆到她面前，他就开始挑毛病，早餐也没逃过晚餐的命运，被扔得满地都是，一样也不放过。凯瑟丽娜，那位傲慢的凯瑟丽娜，只能求仆人们偷偷给她点儿吃的。但是仆人们已经从彼特鲁乔那得到过指示，他们回答说，不敢背着主人给她任何东西。“唉，”她说，“他娶我是为了把我饿死吗？乞丐到我父亲的门口，还会得到食物。可是，我呢，从来不知道什么叫乞求，现在却饿得要去跟人讨饭，困得头昏脑胀，却被咒骂声害得无法合眼，耳朵都被骂饱了。更让人生气的是，他竟然打着爱我的名号做这些，好像让我吃饭、

莎翁经典原句

The beauty of feathers is more precious than skylarks. Vipers are not more useful than eels because of the luster of their skin and flesh.

樫鸟并不因为羽毛的美丽而比云雀更为珍贵。蝮蛇并不因为皮肉的光泽而比鳗鲡更有用处。

睡觉，就会把我害死似的。”彼特鲁乔走进来，打断了她的自言自语。他没打算一直饿着她，这次带来了吃的，对她说：“我可爱的凯特，你过得怎么样？来，我的爱人，看我多体贴，这是我亲自给你做的。我相信这份心意值得一句感谢。什么，没有感谢？看来你不喜欢这些吃的，那我真是白费辛苦了。”然后，他就命仆人把饭菜撤下去。凯瑟丽娜太饿了，连骄傲都被饿跑了，虽然心里很气，嘴上却说着：“请你把这些吃的留下吧。”但是彼特鲁乔觉得还不够，他回说：“再小的付出，也该得到一声‘谢谢’，你吃之前也该向我道声谢。”对此，凯瑟丽娜不情愿地说了句：“我谢谢您，先生。”让她稍微吃了点儿东西之后，彼特鲁乔说：“希望这些吃的对你温柔的心大有好处，凯特，快吃吧！亲爱的，现在我们要回你父亲家去，打扮得越华丽越好，丝绸的外套、帽子，黄金的戒指，环领、围巾、扇子，这些饰品全都带上两套替换用。”为了让她相信，他真打算给她这些华丽的东西，他叫来了裁缝和帽匠，他们带了几套他为她定制的新衣服。然后，没等她吃到半饱，就让仆人们把她的盘子拿走了，他说：“怎么样，吃完了吧？”帽匠拿出一顶帽子，说：“这是阁下定做的那顶帽子。”彼特鲁乔又开始发起火来，说那帽子跟个粥碗差不多，都没鸟蛤和胡桃壳大，让店主拿走，做大点儿。凯瑟丽娜说：“这个我要了。高雅的女士们戴的都是这种帽子。”“你变成高雅的女士再戴吧，”彼特鲁乔说，“现在还不行。”凯瑟丽娜吃了点儿东西之后，低落的精气神稍稍恢复了些，她说：“哎呀，先生，我相信我有说话的权利，那我就要说。我又不是个孩子，不是个婴儿。比你高明的人，也会听我表达我的意见。如果你不想听，最好堵上耳朵。”这些气话彼特鲁乔根本不听，因为他已经幸运地找到一个更好的办法对付他的妻子，根本不用跟她吵嘴争辩。于是，他回说：“哎呀，你说得对。这帽子确实不行，你不喜欢它，我倒是因此更爱你了。”“我不管你爱不爱我，”凯瑟丽娜说，“我喜欢这帽子，我就要这顶，否则我一顶都不要。”

“你说要看看那件长袍，”彼特鲁乔继续假装误会了她的意思。裁缝上前展示给她做的那件漂亮袍子。彼特鲁乔既不打算给她帽子，也不打算给她袍子，又挑了很多毛病。“哦，天哪！”他说，“这是个什么东西！什么，你管这叫袖子？我看它像个炮筒，高高低低的，一点儿也不平整，像个苹果馅饼。”裁缝说：“你让我按现在流行的样式做。”凯瑟丽娜说，从来没见过这么时髦的袍子。对彼特鲁乔来说，这就够了。他一面私下告知裁缝和帽匠这些商品会付钱，请求他们原谅自己对他们做出那样奇怪的行为，一面用愤怒的话语和暴怒的姿态，把他们赶出去。然后，他回到凯瑟丽娜身边，说：“好了，走吧，我的凯特，咱们就穿着平常的衣裳去你父亲家吧。”然后，他命令仆人备马，说现在才七点，一定能在午餐时间赶到巴普提斯塔家。其实他说这话的时候不是早晨，已经到中午了。于是凯瑟丽娜冒着胆子纠正他，但是态度很谦虚，她几乎已经被彼特鲁乔的坏脾气打败了：“先生，我敢保证，现在已经两点了，等我们到那儿，晚餐时间都过了。”但是彼特鲁乔打算完全驯服她，在带她回她父亲家之前，让她事事顺从于他。因此，他说他高兴现在是什么时间，现在就是什么时间，要不然就不走。他说：“我说什么，做什么，你都要违拗。我今天不去了，我走的时候，必须我说几点就是几点。”

第二天，凯瑟丽娜被迫练习她学到的新技能——顺从。彼特鲁乔要完全驯服她的傲气，让她不敢想起世界上有“反驳”这两个字，才会带她回她父亲家。甚至他们启程之后，她都不能安心，怕又得折返回来，只是因为他大中午说，月光普照，她无意间说了句，是日光。

“在去你父亲家之前，”他说，“我以我母亲的儿子，也就是我自己发誓，那就是月光，或者星光，我说那是什么光就是什么光。”说着，他又作势要往回走。但是凯瑟丽娜已经不是“泼妇凯瑟丽娜”了，而是一位顺从的妻子了。她说：“咱们还是继续走吧。我恳求您，咱们已经走了这么远，你说那是太阳那就是太阳，说它是月亮就是月亮，随您高兴说它是什么就是什么。”

他决定验证一下，因此他又说：“我说那是月亮。”凯瑟丽娜回说：“我知道那是月亮。”

彼特鲁乔说：“你骗人，那是神圣的太阳。”

“那它就是神圣的太阳，”凯瑟丽娜回说，“但是如果您说那不是太阳，那它就不是太阳。你称呼它什么，它就是什么，而且凯瑟丽娜会永远那么称呼它。”

他这才允许她继续赶路。但是他还想进一步试试，她的服从会不会一直继续下去。他们在路上遇到一位老先生，他非要把老先生当成年轻女人打招呼，对老先生说：“早上好啊，高贵的小姐。”他问凯瑟丽娜，是不是没见过比这更漂亮的姑娘，赞美这位老先生的面容白里透红，说他眼睛像两颗闪亮的行星。然后，他又对老先生说：“美人，可爱的姑娘，再次祝你好运！”然后，他对妻子说：“可爱的凯特，她这么美，你何不和她拥抱一下。”

凯瑟丽娜现在已经完全被征服了，她连忙按丈夫说的办，也像他那样和老先生说话：“小少女，你真漂亮，既清纯又甜美。有你这么漂亮的孩子，你父母多幸福呀。”

“哎呀，怎么回事，凯特，”彼特鲁乔说，“我希望你没发疯。那是个男人，上了年纪，满脸皱纹，既衰弱又憔悴，不是你说的年轻姑娘。”

对此，凯瑟丽娜说：“原谅我，老先生。阳光把我照得头晕目眩，此刻我看什么都是绿色。现在我才看出您是一位可敬的父亲。希望您能原谅我的过错。”

“原谅她吧，好心的老爷爷，”彼特鲁乔说，“告诉我们，你要去哪儿。

如果我们顺路，我们很乐意和您同行。”

老先生回答说：“好先生，还有你，这位风趣的夫人，没想到会跟你们神奇地相遇。我叫文森修，我有个儿子住在帕度亚，我要去看他。”

彼特鲁乔认出这位老先生是路森修的父亲。路森修是一位年轻的绅士，正准备和巴普提斯塔的二女儿比恩卡结婚。彼特鲁乔告诉文森修，他儿子的这桩婚姻会让他变得富有，老先生听了很是高兴。他们一路欢快同行，一起来到巴普提斯塔家。家中有很多宾客，大家齐聚一堂，是为了庆祝比恩卡和路森修成婚。巴普提斯塔把凯瑟丽娜嫁出去之后，就心满意足地同意了比恩卡的婚事。

见他们进门，巴普提斯塔热情地欢迎他们来参加婚宴，现场还有另外一对新婚夫妇。比恩卡的丈夫路森修，还有另外一位新婚男士霍坦西奥，暗地里忍不住拿彼特鲁乔妻子的泼悍性格开玩笑，这两位愚蠢的新郎似乎对他们挑选的性格温顺的妻子非常满意，嘲笑彼特鲁乔运气太差，选了个那样的妻子。彼特鲁乔不大理会他们的玩笑，直到晚宴结束，女士们纷纷离席，他察觉到巴普提斯塔也在跟他们一起嘲笑他。当彼特鲁乔坚定地表示，他的妻子比这两位新郎的妻子更温顺时，凯瑟丽娜的父亲说：“彼特鲁乔，我的好女婿，现在我不得不说，恐怕你的妻子是最泼辣凶悍的。”

“好吧，”彼特鲁乔说，“我不这么认为。既然如此，为了证明我说的是实话，咱们派人去叫她们，谁的妻子最先到，她就是最顺从的，这位丈夫就算赢了。”

另外两位丈夫倒是很乐意，因为他们坚信，他们温柔的妻子一定比任性的凯瑟丽娜更顺从，他们提议赌注为二十克朗。但是彼特鲁乔愉快地表示，他如果拿自己的鹰犬打赌是这个赌注，但是换成他的妻子，就得加到二十倍。路森修和霍坦西奥把赌注加到一百克朗，路森修第一个派仆人去叫比恩卡来见他。仆人回来说：“先生，夫人让我跟你说，她在忙不能来。”

“怎么，”彼特鲁乔说，“她说在忙，不能来？一个做妻子的，能这么答

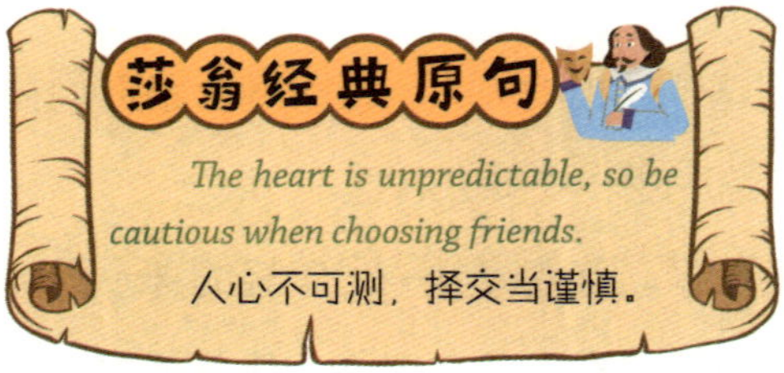

复自己的丈夫吗？”大家都嘲笑起他来，说凯瑟丽娜不说更难听的，就不错了。然后，霍坦西奥派人叫他的妻子来。他对仆人说：“去，请我的妻子来见我。”

“哈哈！请她来！”彼特鲁乔说，“那她肯定会来喽。”

“先生，我恐怕，”霍坦西奥说，“您的夫人请也请不来。”但是见妻子没跟仆人同来，这位懂礼貌的丈夫看起来有些茫然。他对仆人说：“怎么回事？我的妻子呢？”

“先生，”仆人说，“夫人说您一定是在开玩笑，所以她就不来了。她让您过去见她。”

“这更差劲了！”彼特鲁乔说，然后他叫仆人过来，说：“去找你的女主人，告诉她，我命令她来见我。”

大家还没来得及想她应该不会遵从召唤，就听见巴普提斯塔惊呼一声：“我的天呀，凯瑟丽娜来了！”

凯瑟丽娜走进来，对彼特鲁乔温顺地说：“先生，您叫我来有什么事吗？”

“你的妹妹和霍坦西奥的妻子在哪儿？”彼特鲁乔问。

凯瑟丽娜回答说：“她们在客厅围着炉火聊天呢。”

“去，把她们带来！”彼特鲁乔说。

凯瑟丽娜二话没说，就照丈夫的吩咐去办了。

“要说世界上有奇迹，”路森修说，“这就是奇迹。”

“确实是奇迹，”霍坦西奥说，“不知道这个奇迹预示着什么。”

“预示着婚姻和睦，”彼特鲁乔说，“互敬互爱的宁静生活，正确的家庭地位。简而言之，一切都很甜蜜、幸福。”

凯瑟丽娜的父亲非常高兴看到女儿身上的变化，他说：“上天是公平的，我的好女婿，彼特鲁乔！你赢得了赌注，我还要再给你两万克朗，添到嫁妆里，就当她是我的另一个女儿，因为她变得和以前完全不一样了。”

“既然如此，”彼特鲁乔说，“我就赢得更漂亮些，让你们看看她新树立的美德和顺从。”这时，凯瑟丽娜领着两位女士进来了，彼特鲁乔继续说：“看，她来了，而且用她那为人妻的道理，劝说你们不听话的妻子，像押着犯人一样把她们带来了。凯瑟丽娜，你那顶帽子不适合你。把那个不值钱的玩意儿摘下来，扔到地上。”

凯瑟丽娜立刻摘下帽子扔在地上。

“天呀！”霍坦西奥的妻子说，“我从来没有叹息的理由，直到我看见这么愚蠢的行径！”

比恩卡也说：“呸！什么愚蠢的义务让你这么做？”

比恩卡的丈夫听她这么说，接话道：“我倒是希望你也能尽一尽这愚蠢的义务！可爱的比恩卡，就因为你尽义务的时候太聪明，从晚饭到现在，已经让我失掉一百克朗了。”

“你更蠢，”比恩卡说，“竟然拿我的义务打赌。”

“凯瑟丽娜，”彼特鲁乔说，“你去跟这两个任性的女人说说，当妻子的应该对她们的夫君尽什么义务。”

这位经过改造的泼悍女士，头头是道地赞颂了顺从是为人妻者的义务，就像她自己，会谦卑地完全服从彼特鲁乔的意志。凯瑟丽娜再次成为帕度亚的名人，她不再是之前的泼妇凯瑟丽娜，变成了帕度亚最温顺、最本分的人妻凯瑟丽娜。

一起涂色吧

错误的喜剧

玛丽·兰姆

索列纳斯
以弗所公爵

伊勤
叙拉古商人

爱米利娅
伊勤的妻子，女修道院长

阿德里安娜
（大）安提福勒斯的妻子

（大）安提福勒斯
在以弗所长大，伊勤的大儿子

（大）德洛米奥
（大）安提福勒斯的仆人

露西安娜
阿德里安娜的妹妹

（小）安提福勒斯
在叙拉古长大，伊勤的小儿子

（小）德洛米奥
（小）安提福勒斯的仆人

赛蓓尔
阿德里安娜家的女仆，（大）德洛米奥的妻子

以弗所和叙拉古两国交恶，以弗所定下一条残酷的法律，规定如果叙拉古的商人出现在以弗所，就要被判处死刑，除非他能缴纳一千马克赎金。

有人在以弗所的街头，发现一位叫伊勤的叙拉古老商人，把他带到了公爵面前。他可以选择缴纳重金，或者接受死刑。

伊勤没钱缴纳赎金，公爵在宣判他死刑之前，让他说一说自己的身世背景，以及他为什么要冒险来到以弗所，难道不知任何叙拉古商人进入以弗所城都难逃死罪吗？

伊勤说，他不怕死，因为悲伤已经让他厌倦了生活。可是，让他讲述自己不幸的身世，才是这世上最让他痛苦的事。于是，他就讲述起了自己的经历：我在叙拉古出生，

知道百科

莎士比亚的喜剧主题大多以爱情为主。但《错误的喜剧》与众不同，它着笔较多的大安提福勒斯与阿德里安娜的爱情，不是莎士比亚所热情歌颂的忠诚、纯洁的爱情，而是被批判的背叛爱情的行为，女主人公的反抗不是在婚前为争取恋爱自由、婚姻自主而与封建礼教、传统习俗的大胆抗争，譬如像《仲夏夜之梦》中的赫米娅，《威尼斯商人》中的鲍西娅和杰西卡。阿德里安娜再婚后的不满和反抗，是为了争取妇女在家庭生活中应有的地位和权利以及爱情幸福。

长大后做了商人。我娶了一位女士，我们的生活很幸福，但是我必须要到埃必丹农去，因为生意上的事在那儿待了半年，后来发觉还得住上一段时日，就把我的妻子也叫来了。她刚到，就生下了两个男孩，特别神奇的是，这两个孩子长得一模一样，谁也不能将他们区分开来。就在我妻子生下双胞胎的同一时间，我妻子落脚的旅店有一个贫穷的夫人，也生下两个儿子，这对双胞胎同样长得十分相像。两个男孩的父母特别穷，我就花钱把他们买下来，打算把他们养大后，让他们服侍我的儿子们。

我的两个孩子都很优秀，我的妻子为他们感到骄傲。她天天盼着回家，我虽不情愿，但也只能同意。我们上船的时候赶上了不吉利的时刻，船离开埃必丹农航行了还不到一海里，海上就掀起了可怕的风暴。

我的妻子不停地哭，两个孩子可怜兮兮的，他们还不知道什么是害怕，看见他们的母亲哭，也就跟着哭了起来。我虽然不怕死，却怕他们遭遇不测。我当时只想设法保证他们的安全。我把小儿子绑在一根小桅杆上，就像水手们抵御风暴时那样。我把双胞胎奴隶中那个小的绑在另一头，同时教我妻子怎么把另外两个孩子绑在另一根桅杆上。于是两个大孩子由她负责，我负责两个小的，我们两个再分别绑在两根桅杆上。但是我们因此失散了，船撞到一块大礁石上，四分五裂。我们凭着这两根细桅杆，才得以浮在水面上。我照顾着两个孩子，没法帮助和那两个孩子绑在一起的妻子，他们很快就离我越来越远了。但是当他们还没离开我视线范围的时候，我看见他们被科林多（我猜应该是在那儿）的渔夫救了，见他们平安获救，我也就放心了，为了保护我的儿子和那个小奴隶在海水中继续挣扎。最后，我们也被一艘船救了，水手们认识我，热情地招呼我们，帮助我们在叙拉古安全登陆。但是从那悲伤的时刻起，我再也没见过我的妻子和我的大儿子。

我的小儿子，现在是我唯一的牵挂。他从十八岁开始，总想知道母亲和哥哥的下落，经常缠着我让我同意他带着自己的侍从，就是那个小奴隶——他哥哥也和我们失散了——去找寻他们。我虽不情愿，但最后还是同意了。我虽然很想知道我的妻子和大儿子的下落，但是让小儿子去找他们，我就得承担连他也失去的风险。我儿子离开我已经七年了，我花了五年时间满世界找他。我到过希腊的边境，到过亚洲，沿着海岸往回走，在以弗所上岸，不愿遗漏任何一个有人迹的地方。但是，今天我的生命就要终结了，如果我能确切地知道我的妻子和儿子们还活着，就算是死，我也会觉得幸福。

至此，不幸的伊勤讲完了他不幸的遭遇。公爵可怜这位不幸的父亲，他因为对失散的儿子们的爱，甘冒这样大的风险。要不是因为违背法律，公爵一定会慷慨地宽恕这位父亲，但是他的誓言、他的身份不允许他在关乎法律的事上有所变通。不过公爵没有采纳法律条文中最严格的条款，马上将他处死，而是给了他一天时间，让他去求也好借也好，想办法凑齐罚金交上来。

这一天的宽限，对伊勤来说没什么大用，因为他在以弗所一个人也不认识，看来几乎不可能有陌生人会借给他，或者送给他一千马克，让他交罚金。

伊勤以为在以弗所一个认识的人也没有。其实，在他因为到处寻找小儿子，深陷危险的时候，他的小儿子和大儿子，此时都在以弗所城里。

伊勤的两个儿子不仅身形样貌一模一样，名字也一样，全都叫安提福勒斯，两个孪生的奴隶也都叫德洛米奥。伊勤的小儿子，叙拉古的安提福勒斯，也就是老人来以弗所要寻的人，恰巧和伊勤同一天来到以弗所，他的奴隶德洛米奥一直跟着他。他也是叙拉古的商人，按理说也该跟他父亲一样，陷入同样的危险，但是他运气好，遇到了一位朋友，告诉他叙拉古的商人去那儿会遇到危险，建议他谎称自己

莎翁经典原句

For slander lives upon succession.
For ever housed where it gets possession.
诽谤会在人身上永远留存。

是埃必丹农的商人。安提福勒斯就照做了。他听说有个同乡因此遇险，有些难过，但是他没有想到那个人就是自己的父亲。

伊勤的大儿子（为了将他和他的弟弟叙拉古的安提福勒斯区分开，我们只能称他以弗所的安提福勒斯）已经在以弗所生活了二十年，他现在是个富人，有能力为拯救父亲的性命支付赎金。但是安提福勒斯对自己的父亲一无所知，他和他的母亲被渔夫从海上救起来的时候，他还太小，只记得自己被救的经历。他对自己的父亲和母亲已经毫无印象，渔夫们将这个安提福勒斯和他母亲以及那个小奴隶德洛米奥救上来之后，就把两个孩子从他母亲身边带走了（不幸的女士因此陷入巨大的悲伤），渔夫们想把他们卖了。

安提福勒斯和德洛米奥被渔夫们卖给一位著名的勇士，以弗所公爵的叔叔门那封公爵，他到以弗所来看望自己的侄子（以弗所公爵）时，把两个孩子也带来了。

以弗所公爵很喜欢年轻的安提福勒斯。安提福勒斯长大后，以弗所公爵就让他在自己的军队里做了一名军官。他在战场上表现英勇，救了他的保护人，也就是公爵一命。作为嘉奖，公爵给他选了一位富家小姐阿德里安娜，为二人赐婚。他的父亲来到以弗所的时候，他已经与这位富家小姐生活在一起了（他的德洛米奥一直跟随着他）。

叙拉古的安提福勒斯，与建议他说自己是从埃必丹农来的那位朋友分开后，给了他的奴隶德洛米奥一些钱，让德洛米奥带去旅店，他打算一会儿去那儿吃饭。他说趁这段时间，自己先在城里四处逛逛，看看这里的人怎么生活。

德洛米奥是个开朗的人。每次安提福勒斯陷入苦闷忧郁，他都能用一些信手拈来的幽默和有趣的玩笑转移他的注意力。因此，他们之间的交流与一般的主人和奴隶不同，他允许德洛米奥跟他说话的时候可以不必那么拘束。

叙拉古的安提福勒斯让德洛米奥去办事，自己在原地站了一会儿，想着自己一个人到处漂泊找寻母亲和哥哥，至今没打听到一点儿消息。他伤心地自言自语：“我就像海洋里的一滴水，去寻找另一滴水，在无垠的大海中连自己也走失了。我多么不幸啊，出来找寻母亲和哥哥，自己也走失了。”

他正在思考这趟到目前还一无所获的疲惫旅程，德洛米奥（他以为是他的奴隶德洛米奥）回来了。安提福勒斯心想他这么快就回来了，就问他把钱放在哪儿了。其实眼前的人，并不是他的奴隶德洛米奥，而是和他双胞胎哥哥以弗所的安提福勒斯一起生活的那个德洛米奥。伊勤说过，两对双胞胎在婴儿时期，兄弟之间长得一模一样，如今两位德洛米奥和两位安提福勒斯还是像小时候那样难以分辨。所以，安提福勒斯才以为自己的奴隶回来了，问他怎么回来得这么快。

德洛米奥回答说：“我的女主人让我来请您回家吃饭。您要是不回去，鸡就糊了，猪就要从烤叉上掉下来了，饭菜就全都凉了。”

“现在不是开玩笑的时候，”安提福勒斯说，“你把钱放哪儿啦？”

德洛米奥还是回答说，他的女主人派他来请安提福勒斯去吃饭。

“什么女主人？”安提福勒斯说。

“哎呀，您的妻子，先生！”德洛米奥回答说。

安提福勒斯根本没有妻子，十分生德洛米奥的气，说：“因为我有时跟你说话的时候随随便便，你就这么不懂规矩，放肆地跟我开玩笑。我现在没心情跟你开玩笑。钱呢？我们在这人生地不熟的地方，那么一大笔钱，你怎么敢不管不顾呀？”

德洛米奥听到他自以为的主人说他们在这人生地不熟的地方，认为安提福勒斯在开玩笑，就轻松愉快地回答说：“先生，你的这个玩笑，坐下吃饭的时候再开吧。我的责任就是把您请回家，和女主人还有她的妹妹一起吃饭。”

这回安提福勒斯实在忍不了了，打了德洛米奥一顿。德洛米奥跑回家告诉他的女主人，主人不但不肯回来吃饭，还说他没有妻子。

以弗所的安提福勒斯的妻子阿德里安娜，听到她丈夫说没有妻子，非常生气。她生性好妒，说丈夫一定是爱上别人了。她开始烦躁不安，说着难听的嫉妒的话，责骂她的丈夫。跟她一起生活的妹妹露西安娜，劝她不要没有凭据就胡乱猜疑，结果也是白费口舌。

叙拉古的安提福勒斯来到旅店，见德洛米奥和钱财都平安无恙，这次他见到的是从小跟他一起长大的那位德洛米奥，正要因他刚才乱开玩笑上前责骂他，阿德里安娜来到安提福勒斯面前。她毫不怀疑眼前的人就是她的丈夫，就开始责骂他。因为安提福勒斯用陌生的眼神看着她（他用陌生的眼神看她理所当然，因为他之前从未见过这位愤怒的女士）。紧接着她又说，他们没结婚的时候他是多么爱她，如今却爱上了别的女人。

莎翁经典原句

A drop of water in the breaking gulf,and take unmingled that same drop again.Without addition or diminishing. As take from me thyself and not me too!

一滴水洒下了海洋里，就没法把它重新收回，因为它已经和其余的水混合在一起分别不出来了。

“怎么会这样，我的丈夫？”她说，“我怎么就失去你的爱了？”

“这位夫人，您是在跟我说话吗？”震惊不已的安提福勒斯说。他说自己并不是她的丈夫，来以弗所不过两个小时，但是她根本不听，坚持让这位安提福勒斯跟她回家。安提福勒斯争辩不过，最后只能跟着她去哥哥家里和阿德里安娜以及她的妹妹一起吃饭。两姐妹一个管他叫丈夫，一个管他叫姐夫，他摸不着头脑，以为自己肯定是在睡着的时候跟她结了婚，或者现在他就在做梦。跟安提福勒斯同来的德洛米奥，同样遇到了令他惊讶的事，这家的厨娘是他哥哥的妻子，也把他认作自己的丈夫。

叙拉古的安提福勒斯正在跟自己哥哥的妻子吃饭时，他的哥哥，也就是以弗所的安提福勒斯带着另一个德洛米奥回家吃饭了。但是仆人不给他们开门，因为他们的女主人吩咐过，不许放任何人进来。他们不停地敲门，说他们是安提福勒斯和德洛米奥。女仆们哈哈大笑，说安提福勒斯正在跟他们的女主人吃饭，德洛米奥在厨房。门都快被敲碎了，也没让他们进去。最后，安提福勒斯气冲冲地走了，听说有个男人在跟他的妻子吃饭，觉得十分奇怪。

叙拉古的安提福勒斯同样十分困惑，眼前的这位女士坚持称自己是她的丈夫，他还听见厨娘也声称德洛米奥是她的丈夫。于是，他吃完饭就赶紧找机会离开了。他虽然非常喜欢这个家中的那个妹妹露西安娜，但是非常不喜欢生性好妒的阿德里安娜，德洛米奥对他那位厨房里的娇妻也不满意。因此，主仆二人都乐意尽快摆脱他们的新妻子。

叙拉古的安提福勒斯刚离开那座房子，就遇到一个金匠，这人和阿德里安娜一样也把他错认成以弗所的安提福勒斯了，叫着他的名字，给了他一条金链子。安提福勒斯连忙拒绝，说这链子不是他的。金匠回说，这是他命自己做的，然后把链子交到安提福勒斯手里，就走了。安提福勒斯让他的德洛米奥把东西搬到船上，不打算在这个地方待了，他在这地方遇到这么多怪事，肯定是被谁施了魔法。

那个金匠把金链子交给叙拉古的安提福勒斯之后，马上就被逮捕了，因为他之前欠过一笔债。官差抓捕金匠的时候，结了婚的安提福勒斯正好经过，金匠看见他，就以为自己把链子给了这个安提福勒斯，让他付那条金链子的钱，钱的数目正好能补上导致自己被捕的那笔债务。安提福勒斯否认收到过链子，而金匠坚持声称是几分钟之前交给他的，他们争执了半天，都觉得自己是对的。安提福勒斯很清楚，金匠没给过他链子，但是这两兄弟长得太像了，金匠也很肯定自己确实把链子交到他手上了。最后，金匠因为欠债被官差关进大牢，同时金匠让官差把安提福勒斯也抓起来，因为他不肯付链子的钱。最后，安提福勒斯和金匠全都被关进监牢，这场争执才算结束。

安提福勒斯在去往监牢的路上，遇到叙拉古的德洛米奥，错把他认成自己的奴隶，就命他去告诉自己的妻子阿德里安娜，自己被逮捕了，让她送钱来。德洛米奥不理解，他们刚急匆匆地离开那栋奇怪的房子，主人怎么又要让他回去呢？但是他没敢答话。虽然他是来告诉主人船马上要开了的，但是见安提福勒斯心情不好，不敢跟他说笑。于是他就走开了，为此他又得回到阿德里安娜家，自己抱怨起来："到了那里，陶赛蓓尔又得说我是她的丈夫。可是，我又不能不去，当仆人的必须得遵从主人的吩咐。"

德洛米奥从阿德里安娜那里拿到钱，往回走的时候，遇到叙拉古的安提福勒斯。叙拉古的安提福勒斯还在为自己一路上的奇遇感到困惑，他的哥哥在以弗所颇有些名气，街上的每个人都像老熟人似的跟他打招呼。有人说欠着他的钱要还给他，有人邀请他去家里做客，还有人为他之前伸出的援手表示感谢，所有人都把他误认成他的哥哥了。

安提福勒斯开始觉得自己身处一个满是巫师的国家，德洛米奥这回不但完全没能让主人放松下来，反而让他更糊涂了。德洛米奥问主人那些官差不是要把他关进监牢吗，他怎么逃脱了，然后把阿德里安娜给他还债用的一袋金子交给他。安提福勒斯完全不知道德洛米奥所说的"被捕""监牢"，还有那袋钱是怎么回事。他说："德洛米奥这家伙肯定是精神错乱了，我们在这儿逛来逛去的，应该都是幻觉。"他的混乱想法，让他感到十分害怕。他哭喊着："神哪，把我们从这个奇怪的地方解救出去吧！"

这时又有一个陌生人来到他面前，这次是一位女士，她同样称呼他安提福勒斯，告诉他说，那天他们一起吃过饭，然后开口向他讨要一条金链子，说是他答应要送给她的。此时此刻，安提福勒斯再也受不了了，说那个女人是女巫，他从来没答应过要给她一条金链子，也没跟她一起吃过饭，甚至在此之前从来没见过她。那位女士坚持说他们一起吃过饭，他还承诺要送她一条金链子。安提福勒斯坚决不承认。她还说她曾经送给他一只贵重的戒指，如果他不给她金链子，就一定要把自己的戒指要回去。听她这么说，安提福勒斯都要气疯了，又开始骂她是女巫、巫婆，说不认识她，也没拿过她的戒指，然后跑开了。那位女士听他那么说，又看他那副激动的样子，都惊呆了，因为她确实跟他一块吃过饭，确实因为他说要送自己一条金链子，她才送他一枚戒指。但是这位女士和其他人一样，都认错人了，把他认成了他的哥哥。这位安提福勒斯遭遇的所有指控，都是他那已婚的哥哥干的。

已婚的安提福勒斯被拒之门外（里面的人都以为他已经在家里了），就负气离开了，认为肯定又是妻子的嫉妒作祟，反正这也不是什么新鲜事。他又想起妻子总是冤枉他去找其他女人，为了报复妻子不让他进门，他决定去找一位女士吃饭，这位女士对他客客气气，再加上他妻子惹他生了那么大的气，安提福勒斯就决定把原本打算送给妻子的那条金链子，就是金匠交给他弟弟的那条，送给这位女士。听说能得到一条金链子，这位女士很高兴，就给了已婚的安提福勒斯一枚戒指。她见（把他弟弟错认成他了）他不但不承认，还说不认识她，然后激动地离开了，认为他肯定是疯了。她马上决定去告诉阿德里安娜，她丈夫疯了。她正跟阿德里安娜说着，狱卒跟着安提福勒斯回来了（狱卒让他回家拿钱还债），阿德里安娜已经把那袋钱交给德洛米奥，德洛米奥把钱交给另一位安提福勒斯了。

安提福勒斯责怪阿德里安娜把他关在门外时，她相信了那个女人的话，认为丈夫真的疯了。她又想起，吃饭的时候他一直说不是自己的丈夫，在此之前从没到过以弗所，就更认为他肯定是疯了。于是，阿德里安娜把钱交给狱卒，赎回丈夫，然后让仆人用绳子把她的丈夫绑起来，把他关进一间黑屋子，派人去请医生来医治他的疯病。安提福勒斯一直激烈反抗，大喊大叫着说他没疯。就是因为他有个跟他长得一模一样的弟弟，才造成如今的局面。但是他的愤怒只会让人更坚定地认为他疯了。德洛米奥也坚持和主人一样的说法。他们就把德洛米奥也绑起来，跟他的主人一块儿带走了。

阿德里安娜把她的丈夫关起来之后，不一会儿，一个仆人跑来说，安提福勒斯和德洛米奥肯定摆脱看守跑了，他们俩正在隔壁那条街上闲逛呢。听仆人这么说，阿德里安娜赶忙跑出去抓他回来，还带了几个人好控制住她丈夫。阿德里安娜的妹妹跟她一块儿去了。他们来到不远处一座修道院的大门外，以为看到了安提福勒斯和德洛米奥，就因为这两对双胞胎长得太像了，这次又认错人了。

叙拉古的安提福勒斯，还在因为两人相貌相同导致的混乱，感到困惑。金匠给他的链子就在他的脖子上挂着，金匠正指责他不但不承认收了链子，还不肯付钱。安提福勒斯反驳说，这链子是金匠早上免费送给他的。在那之后，他们没见过面。

阿德里安娜走到他面前，说他是她发了疯的丈夫，刚摆脱看守跑了出来，然后她带来的几个人就要上前强行控制住安提福勒斯和德洛米奥。主仆二人逃进修道院，安提福勒斯求女修道院长让他们在这里避一避。

莎翁经典原句

People are not donkeys, who will be willing to listen to others.

人不是驴子，谁甘心听人家使唤。

女修道院长亲自出来询问，是因为什么引起了骚乱。她是一位令人肃然起敬的女士，有足够的智慧明辨是非，并不打算草率地将这个向修道院寻求庇护的男人交出去。于是女修道院长认真地询问阿德里安娜，让她讲述一下她丈夫发疯的过程。女修道院长说：“是什么原因导致你丈夫突然发疯的？他在海上损失了财物吗？还是哪位亲密的朋友过世，受到的打击太大了？”

阿德里安娜回答说，不是这些原因导致的。“或许，”女修道院长说，“是他把对妻子的爱，转移到别的女人身上了，才导致他陷入这种状态。”

阿德里安娜说，她早就觉得丈夫爱上别的女人了，因为他总是不在家。实际上，她的丈夫并没有爱上别的女人，而是因为做妻子的爱吃醋，总拿这种事烦他，让安提福勒斯不得不离开家——女修道院长是通过阿德里安娜暴躁的言谈举止产生怀疑的。为了弄清真相，女修道院长接着说：“你真应该好好责骂他。”

“是呀，我骂了。”阿德里安娜说。

“是吗？”女修道院长说，“可能还不够吧。”

阿德里安娜想说服女修道院长，关于这件事，她已经骂得够多了。阿德里安娜说：“我们说话就没离开过这个话题。我一直在说，他爱上别人，是多么卑鄙、恶劣的行为。”

女修道院长从嫉妒的阿德里安娜口中得到了全部真相，就说：“因此，你的丈夫就发疯了。一个嫉妒的女人恶毒的聒噪，比疯狗的尖牙还致命。看起来，你的责骂让他睡不成觉，难怪他总是昏头昏脑的。他的饭菜全都掺入了你的责备，吃饭不得安宁会消化不良，所以才会头脑发热。你说他玩乐的时候也会被你的吵闹打断，无法融入社交和消遣的娱乐活动，一定会忧郁烦闷，感到绝望，不是吗？因果关系就是，你的嫉妒病导致你丈夫得了疯病。”

露西安娜为姐姐辩解说，她虽然总是责备丈夫，但是态度温和。然后，露西安娜对自己的姐姐说：“你听到这些指责，为什么不辩解？”

实际上，女修道院长已经让阿德里安娜清楚地认识到了自己的错误。阿德里安娜她已无可争辩，就回答说：“女修道院长说得我都想责备自己了。”

阿德里安娜虽然对自己的行为感到惭愧，但依然坚持让女修道院长交出她的丈夫。然而女修道院长不允许任何人进修道院，也不肯把这个心情烦郁的男人交给这位善妒的妻子去看顾，她决定用一些温和的手段，亲自帮他医治。女修道院长退回到修道院内，下令关闭大门，不许外面的人进来。

阿德里安娜去修道院找丈夫，爱米利娅听到阿德里安娜的话，指责阿德里安娜因为自己的嫉妒逼走了丈夫。

创作者：亚历山大・贝迪达（Alexandre Bida）

在这多事之日，就因为双胞胎兄弟长得太像，造成了多少误会。老伊勤的一天宽限时间眼看就过了，等太阳落山他再交不出罚金，就只能赴死了。

他被行刑的地方离修道院不远，女修道院长刚返回修道院，伊勤就到刑场了。公爵亲自到场监督，如果有人缴纳罚金，就当场把老伊勤放了。

阿德里安娜拦住沉闷的行刑队伍，哭喊着请公爵主持公道。她对公爵说，女修道院长不肯把她的疯丈夫交给她看顾。她正说着，她的丈夫和丈夫的奴隶德洛米奥逃脱束缚，来到公爵面前，让公爵主持正义。安提福勒斯抱怨他的妻子诬赖他发疯，限制他的行动，讲述了自己挣脱束缚，趁看守放松警惕逃出来的过程。阿德里安娜认为丈夫应该在修道院里，在这儿看见他，觉得十分不可思议。

伊勤看到这个儿子，就认为这是那个离开他出去找寻母亲和哥哥的儿子，他相信亲爱的儿子肯定会替他缴纳赎金。于是，他怀着这次肯定会获释的快乐期待，用父亲的口吻跟安提福勒斯说话。可是，儿子的反应让伊勤感到万分惊讶，儿子说根本不认识他。这个安提福勒斯当然不认识伊勤了，因为他婴儿时期就在风暴中与父亲分开了，在那之后父子俩再也没见过面。可怜的老伊勤努力想让儿子认出他来，最后也是白费力气。他认为，肯定是因为自己又难过又着急，样子变得让儿子认不出了，或者是儿子见父亲落到这种下场，羞愧难当不敢相认。正在困惑的时候，女修道院长和另外一个安提福勒斯，还有另外一个德洛米奥出来了，阿德里安娜看到两个丈夫、两个德洛米奥站在她面前，感到万分疑惑。

所有人都因为这些谜一样的错误困惑不已，此时此刻才恍然大悟。公爵见有两个安提福勒斯、两个德洛米奥，两对双胞胎又都长得一模一样，想到伊勤早上讲述的经历，马上猜到这些貌似迷局的事件是怎么回事了。公爵说，他们一定是伊勤的两个儿子，和他们那对孪生的奴隶。

此时，一个意料之外的喜悦，让伊勤的故事彻底圆满了。他早上满心悲痛讲述他的经历，又被判处死刑，太阳未落山就迎来了幸福的结局，女修道院长说她就是伊勤失散多年的妻子，就是两位安提福勒斯一直在寻找的母亲。

渔夫们把大安提福勒斯和大德洛米奥从她身边带走之后，她就去了修道院，凭借她的智慧和品行，最后当上了这家修道院的院长。她恪守职责收容了一个不幸的陌生人，那时候她并不知道，她保护的正是她的亲生儿子。

这对夫妇和他们的儿子，愉快地一起庆祝着他们的久别重逢，关切地互相问候着彼此，一时竟把伊勤的死刑判决给忘了。他们稍稍平静下来之后，以弗所的安提福勒斯要拿钱赎买父亲的性命，公爵没有收下这笔钱，慷慨地赦免了伊勤。公爵和女修道院长，以及与她重逢的丈夫和两个孩子一起走进修道院，听这个幸福的家庭轻松地谈论着他们苦尽甘来的坎坷。还有那对孪生的德洛米奥，他们虽然身份低微，我们也不要忘记他们兄弟重逢的喜悦。他们也彼此庆祝，互相问候着，两个德洛米奥高兴地称赞对方长得好看，从自己兄弟的俊秀面容中看到自己的样子（就像照镜子一样），都觉得很高兴。

婆婆的一番善意劝诫，让阿德里安娜受益良多，她再也不胡乱猜疑丈夫，再也不嫉妒了。

叙拉古的安提福勒斯和哥哥的妻妹，美丽的露西安娜，结了婚。善良的老伊勤和他的妻子，还有两个儿子，一起在以弗所生活了很多年。虽然困惑都解开了，但是这并不表示产生误会的根本原因已经被彻底清除，有时仿佛是为了提醒他们过去经历的冒险，还是会发生一些好笑的误会，这个安提福勒斯和这个德洛米奥，被错认成那个安提福勒斯和那个德洛米奥，上演一出轻松有趣的“错误的喜剧”。

一起涂色吧

一报还一报

玛丽·兰姆

玛利安娜
安哲鲁的未婚妻

朱丽叶
克劳狄奥的恋人

路西奥
克劳狄奥的朋友

安哲鲁
代行公爵职权的辅臣

克劳狄奥
少年绅士

依莎贝拉
克劳狄奥的姐姐

文森修（洛度维克）
公爵

爱斯卡勒斯
公爵的辅臣

一位性情温和的公爵曾执掌过维也纳城。在他的治下，臣民罔顾律法，也不会受到惩处。特别是其中一条法律，几乎被人忘却了，在公爵统治期间从没有执行过。这条法律规定，如果一个男人和一个不是他妻子的女人同居，就要被判处死刑。因为公爵的慈悲，这条法律被完全无视了，神圣的婚姻制度变得无足轻重。维也纳年轻姑娘的父母们天天来找公爵控诉，说他们的女儿被人勾引，脱离他们的保护，去和单身男子搭伙过日子去了。

善良的公爵察觉到，这种不正之风在他的臣民中越来越盛，为此感到惋惜。但是，他又认为，自己一直以宽容治国，如果为了制止这种现象，突然变得严厉起来，会让人民（到目前为止一直是爱戴他的）认为他是个暴君。于是，他决定离开自己的公国一段时间，让另一个人代为行使他的所有职权，如此一来，既能将这条打击不光彩情人关系的法律付诸执行，又不会因为反常的严厉执法，给自己招来反感。

安哲鲁因为作风严谨、性格顽固，在维也纳享有盛名，被公爵选中担此大任。公爵把自己的计划告知他的头号辅臣爱斯卡勒斯。爱斯卡勒斯说：“若说维也纳有人配得上如此荣宠，那非安哲鲁大人莫属。”公爵借口要去游访波兰，就离开维也纳了。他不在的这段时期，由安哲鲁代行职权。但是公爵离开只是假象，他扮成一个修道士，又悄悄返回了维也纳，想暗中观察这个貌似圣人的安哲鲁如何执政。

安哲鲁刚上任履职，恰好有一位名叫克劳狄奥的绅士引诱了一位年轻的姑娘，让她离开了父母。这位新上任的摄政大人，因此下令逮捕克劳狄奥，把他关进监牢。希望宽恕克劳狄奥的呼声非常高，好心的大人老爱斯卡勒斯也亲自出面替他说情。“哎呀，”爱斯卡勒斯说，“这位绅士的父亲德高望重，我想挽救他的性命，看在他父亲的面上，我请你宽恕这个年轻人的罪过吧。”但是安哲鲁回答说：“我们不能让法律变成稻草人，立起来吓唬偷食的鸟儿，习惯了之后，发现稻草人不会造成任何伤害，鸟儿就不再害怕，还会在那上面歇脚呢。大人，他必须被处死。”

克劳狄奥的朋友路西奥来监牢里探望他。克劳狄奥对他说：“路西奥，我求你帮我一个忙，去找我的姐姐依莎贝拉，她计划今天去圣克莱阿修道院。把我的危险处境告诉她，求她去和那位严格的摄政大人交交朋友，请她亲自去见安哲鲁。我觉得这事大有希望，因为她十分会说话，很擅长说服别人。对这件

知道百科

《一报还一报》大致完成于1604年前后，主要取材于乔治·惠咨通的剧本《像洛莫斯和卡桑德拉》和辛西奥的《寓言百篇》。1833年，俄国文学家普希金在读了威廉·莎士比亚的《一报还一报》之后，为之倾倒。他本打算将它译成俄文，但他怀疑俄国演员不能将其演好，故没有翻译，而是根据它的内容创作出了叙事诗《安哲鲁》。《一报还一报》道德教义是不言而喻的：毫无节制的纵欲是不合道德的，忠贞是值得褒奖的行为和德行。如果对《一报还一报》的解读仅仅停留在道德层面上，就大大局限了该剧的深刻内涵。《一报还一报》剧中呈现的道德危机的背后是危及国家前途的政治危机。

事抱很大的希望，因为她口才好，善于劝说。而且，少女的愁容就像一种无声的语言，特别能打动男人。”

克劳狄奥的姐姐依莎贝拉，正如他所言，当天要去修道院见习。她计划通过见习期之后就正式成为修女。她正在向一个修女询问修道院的规矩，突然听到路西奥的声音，由于步入了修道院的范围，他口中念诵着：“愿此地平安！”

“是谁在说话？”依莎贝拉问。

“是个男人的声音，”那个修女说，“好心的依莎贝拉，你去看看，问他有什么事。你可以去，我却不能。成为修女之后，就不能跟男人说话了，除非有修道院长在场；即便说上话，也不能让他看见你的脸，或者如果你露脸了，就不能说话。”

“修女就没有别的权利了吗？”依莎贝拉问。

“这些还不够吗？”修女回答说。

“是的，够了，”依莎贝拉说，“我这样说，并不是想要更多权利，是希望圣克莱阿的姐妹们能受到更严格的约束。”

她们再次听到路西奥的声音。那个修女说：“他又在喊了，请你去答复他一下吧。”

依莎贝拉走向路西奥，对于他刚才的致意，还礼说：“平安顺遂！是谁在说话？”

路西奥恭恭敬敬地向她走来，说：“向你致敬，纯洁的少女，如果我没错的话，你粉红的面颊说明你仍是纯洁的！你能领我去见依莎贝拉吗？她是这里的见习修女，有一个不幸的弟弟，叫克劳狄奥。”

“为什么说‘不幸的弟弟’？”依莎贝拉说，“请告诉我！因为我就是他的姐姐依莎贝拉。”

“美丽温柔的姑娘，”他回答说，“你的弟弟叫我衷心地问候你。他被关进监牢了。”

“真是不幸！为什么？”依莎贝拉问。

路西奥告诉她，克劳狄奥因为引诱了一个年轻的姑娘，所以被关进了监牢。

“啊，”她说，“恐怕是我的义妹朱丽叶吧。”

朱丽叶跟依莎贝拉不是亲戚，为了纪念她们学生时期的友谊，彼此以姐妹相称。依莎贝拉知道朱丽叶爱克劳狄奥，她担心正是因为朱丽叶的这份感情，才导致这种局面。

“就是她。”路西奥回答说。

“哎呀，那就叫我弟弟和朱丽叶结婚吧。”依莎贝拉说。

路西奥回答说，克劳狄奥愿意娶朱丽叶，但是那位摄政大臣已经依照法律判处他死刑了。“除非，”路西奥说，“你去好好恳求安哲鲁，让他心软开恩，你可怜的弟弟就是让我来告诉你这件事的。”

“唉！”依莎贝拉说，“我哪有能力去帮他呢。我不相信我有能力打动安哲鲁。”

“我们若是不信，就相当于背弃了克劳狄奥，”路西奥说，“因为不信就不敢去尝试，能办成的事也办不成了！男人看见年轻姑娘恳求、下跪、流泪，会变得像神一样宽仁。”

“我会尽力一试，”依莎贝拉说，“我得先把这件事告诉修道院长，然后就去找安哲鲁。请替我转告我的弟弟，今晚我就会给他送去成功的消息。”

依莎贝拉急匆匆地去见安哲鲁，在他面前双膝下跪，说：“大人，我身逢不幸，特来请愿，请您开恩听我陈情。”

“好吧，你的诉求是什么？”安哲鲁说。

随后，依莎贝拉说了大量感人肺腑的话语，请求赦免他弟弟的性命。

但是，安哲鲁说："姑娘，这件事已经无法挽回了。你弟弟的死刑已经宣判了，必须执行。"

"唉，虽合法却太严苛了呀！"依莎贝拉说，"我弟弟既不能活命了，那就愿上天保佑您吧！"说着，她就要离开。

陪她同来的路西奥说："不要就这么放弃。再回去求求他吧，跪在他面前，拽着他的袍子。你表现得太冷淡了。就算你想要一根针，靠平平淡淡的三两句话也得不到啊。"

于是，依莎贝拉再次跪下来恳求安哲鲁的怜悯。

"案子已经判决，"安哲鲁说，"太迟了。"

"太迟了！"依莎贝拉说，"哎呀，不！说出去的话，也可以收回来。大人，请您相信，无论是国王的王冠，摄政的宝剑，还是执法官的官杖，法官的法袍，都是高贵的象征，但这些东西彰显出的高贵甚至不及仁慈的一半。"

"请你走吧。"安哲鲁说。

但是，依莎贝拉仍坚持求他，说："如果把我的弟弟换作是您，或者您换作他，您也会不小心触犯法律，但是他若是在您的位置，一定不会这么严厉。我若是有您手中的权力，而您是依莎贝拉，我会这样对您吗？不，我会让您知道什么样的人该当法官，什么样的人该进监牢。"

"你该知足，姑娘！"安哲鲁说，"判你弟弟有罪的是法律，不是我。就算是我的亲人、我的兄弟，甚至是我的儿子，结果也是如此。他明天必须死。"

"明天！"依莎贝拉说，"哦，这太突然了！饶了他吧，饶了他吧，他还没有准备好迎接死亡。就算我们杀只鸡做饭，还要挑时节呢。难道我们为上天献祭的东西，比献给凡俗如你我的东西，还要缺乏尊重吗？好心的大人，请您想一想，虽然很多人都这样做过，但是没有一个人因为我弟弟的罪名丢掉性命。您是第一个判这件事有罪的，他是第一个要为此受刑的。大人，请您走进自己的心房，问问您自己的心，对于我弟弟犯下的错误，它是怎么想的。如果它也有这种罪恶的天性，就像我弟弟那样，就不要让它去听从那个要剥夺我弟弟性命的声音！”

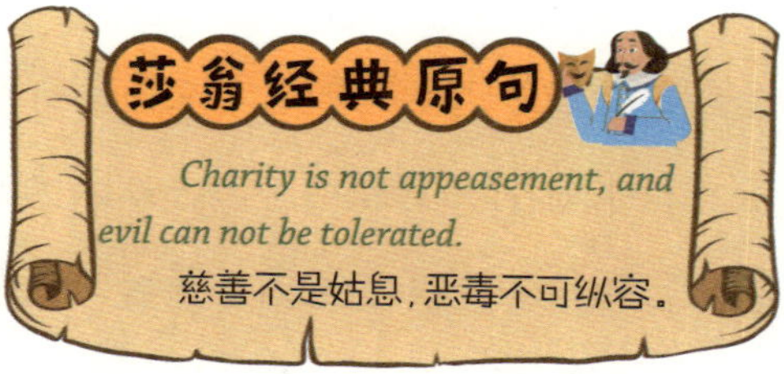

她前面说的所有话，都不如最后一句打动安哲鲁，因为依莎贝拉的美貌已经在他心里点燃了罪恶的热情，就像克劳狄奥犯下的罪行一样，他开始对那种不光彩的爱情萌生想法，内心的矛盾让他转身，背对着依莎贝拉。但是，她在身后哭喊着：“仁慈的大人，请您转过身来。想想，要我怎样贿赂您。好心的大人，请您转过身来！”

“怎么，你要贿赂我？”安哲鲁说。他没想到依莎贝拉竟然想要贿赂他，因此很是惊讶。

“是的，”依莎贝拉说，“我要用上天都想跟您分享的礼物贿赂您，不是金银珠宝，也不是随人喜恶定价的闪亮石头，我要把在日出前能上达天听的祈祷——发自纯真的灵魂，出自未曾沾染凡尘的贞洁少女的祈祷——献给您。”

“好吧，明天过来找我。”安哲鲁说。

为了让弟弟暂时保住性命，也为了能再有机会跟安哲鲁说上话，依莎贝拉让他保留了愉快的期待，希望最终能战胜他严厉的本性。她离开的时候，说着：“祝愿您平安！上天保佑您平安！”

安哲鲁耳朵里听着，心里想着：“天保佑我不要被你和你的贞洁吸引。”紧接着又被自己邪恶的想法吓了一跳，他心说：“这是怎么回事？这是怎么回事？难道我爱上她了？我竟然想再听她说话，欣赏她的双眸。我在做什么梦？人类狡猾的敌人，为了让圣人上钩，竟用圣人做诱饵。下流的女人从不曾搅动我的心神，这个贞洁的女人却完全征服了我。到目前为止，看到男人一片深情，我只会笑笑，不理解他们为什么会那样。”

当天晚上，内心罪恶的冲突让安哲鲁比他从严判处的囚犯还痛苦。善良的公爵，扮成修道士的样子，来监牢探望克劳狄奥，教导他怎样通过祈祷，去忏悔和祈求安宁。安哲鲁这边，却因为犹豫着要不要犯下罪恶，万分痛苦。他想将依莎贝拉引离那条圣洁、荣誉的道路，又为这暂未达成却想去实施的罪恶念头感到懊悔和害怕。最终，邪恶的念头占了上风。已至深夜，他想好了要为贿赂出价。他决定用一个依莎贝拉无法拒绝的条件，用她弟弟的性命做礼物，引诱这纯洁的姑娘。

第二天早上，依莎贝拉又来了，安哲鲁要求单独与她会面。见面之后，他对依莎贝拉说，如果她肯把贞洁献给他，像朱丽叶对克劳狄奥那样，他就饶过她弟弟的性命。

“因为，”他说，“我爱你，依莎贝拉。”

“我的弟弟，”依莎贝拉说，“也爱朱丽叶，你却告诉我，他应该去死。”

“但是，”安哲鲁说，“如果你同意晚上偷偷来与我相会，就像朱丽叶晚上离开她父亲的房子去找克劳狄奥那样，他就不用死了。”

这些话让依莎贝拉十分震惊，安哲鲁刚因为这样的过错判处她弟弟死刑，此刻却也要这样引诱她。依莎贝拉说：“我愿意为自己付出什么，就愿意为我弟弟付出什么。也就是说，如果被判死刑的是我，我会把锐利的鞭子抽在身上的印记当作佩戴的红宝石，把死亡当作一直想要躺上去的床，但是无论如何我都不会忍受这样的羞辱。”然后，她对安哲鲁说，她希望他说这些话，只是为了试探她的德行。

但是他说："相信我，我以我的名誉担保，我的话表达的就是我的真心。"

依莎贝拉听他用"名誉"这个词表达这么不名誉的意图，心里很生气。她说："哈！你又没有名誉，险恶用心倒多得是，拿什么来担保。我会把这件事宣扬出去，安哲鲁，你等着瞧吧！给我弟弟签署一张即时生效的特赦令，否则我就告诉全世界你是个什么样的人！"

"谁会相信你呢，依莎贝拉？"安哲鲁说，"我的名声从未被玷污过，我的生活一丝不苟，而且我确实出言反驳过你，这些足以推翻你的指控。你还是从了我，换取你弟弟的性命吧，不然他明天就要死了。至于你，随便怎么说，我的谎言也能压倒你的真相。明天答复我。"

"我该向谁申诉呢？我说了，有谁会相信呢？"依莎贝拉一边念着，一边朝关押弟弟的苦闷监牢走去。她到那里的时候，她的弟弟正和公爵虔诚地对谈，公爵穿着修道士的衣服，之前也去拜访过朱丽叶，他已经教导过这对犯了错的情人，帮他们正确认识了自己的错误。伤心的朱丽叶流着泪真诚悔悟，坦诚地表示，这件事更应该怪她，而不是克劳狄奥，因为那不光彩的请求，是她自愿同意的。

依莎贝拉走进关押克劳狄奥的牢房，说："愿平安降临，恩泽与陪伴常在！"

"是谁？"乔装改扮过的公爵说，"请进吧。这些祝福该受到欢迎。"

"我来这儿是想跟克劳狄奥说一两句话。"依莎贝拉说。

于是，公爵离开，就剩他们姐弟二人了。但是他让管控囚犯的狱吏给他找个能听到他们谈话的地方。

"姐姐，你带来什么好消息了吗？"克劳狄奥说。

依莎贝拉告诉他，明天就得准备去死了。

依莎贝拉在见过安哲鲁后，再次到监狱里探望弟弟。

创作者：威廉·霍尔曼·亨特（William Holman Hunt）

“没有办法挽救了吗？”克劳狄奥说。

“不，弟弟，”依莎贝拉回答说，“有办法。不过，你要是同意了，你的尊严就会被扒光，变成一具赤裸的行尸走肉。”

“告诉我怎么回事。”克劳狄奥说。

“哦，我害怕，克劳狄奥！”依莎贝拉说，“怕你更想活命，怕你对六七年短暂生命的重视程度，超过你永恒的尊严荣誉！你敢毅然赴死吗？死亡的痛苦大多出于忧虑。我们践踏的可怜甲虫，死亡时的痛苦和巨人是一样的。”

“你为什么要这样羞辱我？”克劳狄奥说，“你是认为这些温柔的言辞能帮我下定决心吗？如果我必须赴死，我会把黑暗当新娘，用我的双臂拥抱它。”

“说这话的才是我弟弟，”依莎贝拉说，“父亲地下有知，也会这样说！是的，你只能去死了。但是你能想到吗，克劳狄奥，那个表面上看着像圣人的摄政官说，如果我愿意把贞洁献给他，他就饶了你。他若是要我的性命，我会像个别针一样躺平，换你的解脱！”

“谢谢你，亲爱的依莎贝拉！”克劳狄奥说。

“明天准备迎接死亡吧。”依莎贝拉说。

“死是一件可怕的事。”克劳狄奥说。

“耻辱地活着是可憎的。”依莎贝拉说。

但是此刻，对死亡的思考，让克劳狄奥一贯的性情受到影响，只有等死的犯人才明白的恐惧涌上他的心头。他大声叫嚷起来：“亲爱的姐姐，让我活下去吧！你为了救弟弟犯下罪孽，上天不但会除去你的罪孽，还会把它变成一种美德。”

“唉，你这个没有信仰的懦夫！唉，你这个不知廉耻的恶棍！”依莎贝拉说，“你想用你姐姐的耻辱换取自己的性命吗？唉，呸，呸，呸！弟弟，我以为你是个有尊严的人，我以为你就是有二十颗脑袋，宁可交出二十颗脑袋，也不会让你的姐姐受这样的屈辱。”

“不是的，你听我说，依莎贝拉！”克劳狄奥说。

克劳狄奥本想为自己的软弱，为了活命不惜让姐姐贞洁受辱辩护一下，但是公爵进来打断了他。公爵说：“克劳狄奥，你和你姐姐的交谈，我都听到了。安哲鲁从未打算玷辱她。他说那些话，不过是想考验一下她的品行罢了。她确实是个有尊严的姑娘，她这样大义凛然地拒绝，正是安哲鲁最乐意看到的。他不可能赦免你。所以，你还是靠祈祷度过最后的时光，准备好赴死吧。”

克劳狄奥对自己的软弱十分懊悔，说：“求我的姐姐宽恕我吧！我对生命不再留恋，我会请求早点儿解脱。”然后，克劳狄奥就退下，为他的过错羞愧、懊悔去了。

此刻只剩公爵和依莎贝拉，他称赞她对贞洁的坚守，说：“上天不但给了你美貌，还给了你美德。”

“唉，”依莎贝拉说，“我们那位善良的公爵不知道被安哲鲁骗成什么样子呢！如果他回来，我能跟他说上话，我一定会把安哲鲁是怎么治国的告诉他。”依莎贝拉不知道她此刻就已经在向公爵告发安哲鲁了。

公爵回说：“这样做当然没有问题。但是，照目前的情形，安哲鲁会推翻你的指控。因此，不妨仔细听听我的建议。我相信，你可以为一个委屈的可怜小姐，做一件主持正义的好事，既可以将你弟弟从法律的怒火中解救出来，也不会使你无比高贵的身体受到玷污，在外的公爵回来知道这件事，也会感到十分满意的。”

依莎贝拉说，只要不是错事，让她做什么她都敢去做。

“高尚的人总是勇敢的，他们向来无所畏惧。”公爵说。然后，他问依莎贝拉，是否听说过玛利安娜这个人，她是在海中溺亡的伟大战士弗莱德里克的妹妹。

“我听人提起过这位小姐，”依莎贝拉说，“提到她的名字，人们说的都是夸赞的话。”

“这位小姐，”公爵说，“是安哲鲁的未婚妻。但是，她的嫁妆也在那条她哥哥殒命时搭乘的船上，随船沉入了海底，这位可怜的小姐受到了多么沉重的打击呀！她不但失去了无比高尚又受人尊敬的哥哥，而且这当哥哥的一直非常爱玛利安娜，两兄妹感情极好，还因为财产随船沉了，失去了丈夫的爱，就是那个表面上看上去一本正经的安哲鲁，他假装发现这位高尚的女士做出了不光彩的行为（真实的原因是她的嫁妆没了），就不理她了，让她整日落泪，也不给她一点儿安慰。按理说，他的无情无义应该浇灭她的爱意，结果就像河道受阻似的，水流反而更汹涌了，玛利安娜还像刚动心时那样深爱着她残忍的丈夫。”

随后，公爵清楚地讲述了他的计划。公爵让依莎贝拉去见安哲鲁大人，同意按照他说的，半夜去找他，这样她就能得到赦免克劳狄奥的许诺。然后，由玛利安娜替她去赴约，让玛利安娜在黑暗中替依莎贝拉献身给安哲鲁。

“好姑娘，”乔装改扮的修道士说，“这件事你不必害怕。安哲鲁本就是她的丈夫，让他们好合，无罪可言。”

依莎贝拉对这个计划很满意，离开照公爵的指示去办了。公爵则去把他们的计划告知玛利安娜。在这以前，公爵曾以修道士的身份，去拜访过这位不幸的姑娘，用信仰指引她，给了她很多友善的安慰，他在某次探访时从她的口中得知了这个悲伤的故事。如今，她已将这位修道士视作圣人，欣然同意按他说的去做。

依莎贝拉见过安哲鲁之后，就回到了玛利安娜的家，她们约定好了在那儿与公爵会面。公爵说：“你好啊，来得正是时候。那位好摄政官那儿有什么消息？”

依莎贝拉把自己是怎么处理这件事的，讲述了一遍。“安哲鲁，”她说，“有一座花园，四周都是砖墙，西侧有一个葡萄园，得穿过一道门才能到葡萄园。”然后，她拿出两把钥匙给公爵和玛利安娜看，钥匙是安哲鲁给她的。她接着说：“这把大钥匙是开葡萄园门的，另一把是开葡萄园和花园中间那道小门的。我答应他，深夜去拜访，他已经保证会饶恕我弟弟的性命了。我已经认真留心过那个地方了。他又偷偷摸摸、鬼鬼祟祟地带我走了两趟。”

“你们没约定什么必须遵守的暗号吗？”公爵说。

“没有，”依莎贝拉说，“只说好等天黑了再去。我告诉他，时间可以，但是不能久留。我让他以为，有个仆人跟我一块儿来的，那个仆人以为我是来给弟弟求情的。”

公爵称赞依莎贝拉安排得谨慎周到。她转头对玛利安娜说：“你跟安哲鲁分开的时候，不必多说什么，只低声温柔地对他说‘别忘了我弟弟！’”

当天晚上，玛利安娜在依莎贝拉的指引下，来到约定地点。按照依莎贝拉的构想，这样做既能保全弟弟的性命，又能保全自己的尊严，因此很是欣喜。但是，对于她弟弟的生命安全，公爵还是有些担心，于是他半夜又去牢里了。结果这一去，果然救了克劳狄奥的命，否则当天晚上他就得人头落地。公爵刚迈进监牢，残忍的摄政官就传令下来，凌晨五点对克劳狄奥行刑，还要把人头送到他面前验看。公爵劝说狱吏不要急着处决克劳狄奥，早上牢里死了个人，可以把他的人头交上去，瞒过安哲鲁。狱吏一直以为公爵就是个修道士。为了说服狱吏，公爵拿出一封自己的手写信，上面盖着公爵的印章。看过之后，狱吏认为这位修道士肯定是接到了公爵的密令，因此同意先不杀克劳狄奥，砍掉那个死人的脑袋，带去给安哲鲁看。

然后，公爵又以自己的名义给安哲鲁写了一封信，说出了一些意外，他已经终止行程，第二天早晨就会返回维也纳，让安哲鲁在城门口迎接他，顺便交出职权。公爵还命他公告天下，如果臣民遭遇不公想要上告，可以在他进城的街道当面陈情。

依莎贝拉一早来到监牢，公爵已经在那里等她了，为了保守秘密，公爵认为最好先对她说克劳狄奥已经被斩首了。因此，当依莎贝拉问起安哲鲁有没有赦免她弟弟时，公爵说："安哲鲁已经让克劳狄奥从这世上解脱了。他的头被砍下来送到安哲鲁那里去了。"

悲痛欲绝的依莎贝拉哭喊着："哦，不幸的克劳狄奥，悲惨的依莎贝拉，不公平的世界，最恶毒的安哲鲁！"

假扮的修道士用语言劝慰她，见她心情平复了一些，就说公爵要回来了，还告诉她如何去控告安哲鲁；还说，如果控告的过程中，一时不大顺利，也不必害怕。让依莎贝拉充分理解之后，他就离开去找玛利安娜了，也指导了她该怎么做。

然后，公爵换下修道士的衣服，穿上自己的袍服，进入维也纳城。一群忠诚的臣民聚在一起，热烈欢迎他的归来。安哲鲁在那儿等他，正式上交了权力。

这时，依莎贝拉以原告的身份来到公爵面前，说："最高贵的公爵，请您主持正义！我是克劳狄奥的姐姐，我的弟弟因为引诱了一个年轻姑娘，被判处斩刑。我恳求安哲鲁大人宽恕我的弟弟。我无须向您陈述我怎样求他，怎样给他下跪，他怎样回绝我，我又怎样答复，这样讲起来就太过冗长了。我现在要满心悲痛地讲述这件事卑劣的结局。安哲鲁说除非我愿意献身于他，否则他就不会放过我弟弟。我内心挣扎了很久，姐弟亲情战胜了我的道德，我向他屈服了。

可是，第二天一大早，安哲鲁背弃了他的承诺，我那可怜的弟弟，还是被他下令砍掉了脑袋！”

公爵假装不相信她的讲述，安哲鲁说，她弟弟确实受到了法律的审判，一定是她弟弟的死让她伤心过度，神经错乱了。

这时又有一个人前来告状了，来的正是玛利安娜。玛利安娜说：“高贵的公爵，正如光明从天降，真相可言明，真相中有判断，道德中有真相，我是这个人的妻子。公正的大人，依莎贝拉说的不是实话，因为她说她跟安哲鲁共度的那一晚，是我跟他在花园的房子里一起度过的。我说的若是真话，就让我毫发无损地站起来，否则就让我变成一个大理石像永远动不了。”

然后，依莎贝拉说她已经把真相告诉洛度维克修道士，公爵假扮修道士时用的是这个名字，请他出来做证。依莎贝拉和玛利安娜一直在遵照公爵的指令行事，公爵的意图是，在全维也纳城的公众面前，公开证明依莎贝拉的清白。但是安哲鲁一点儿也没想到，她们讲述的故事不一致，出于这个缘故，他想利用她们相互矛盾的证词，洗清依莎贝拉对他的指控。于是，他摆出一副无辜蒙冤的样子说：“到现在为止，我只不过觉得可笑。但是，大人，我有些忍耐不了了，我觉得有大人物在背后操纵着两个神志不清的可怜女人，她们不过是受人指使罢了。大人，让我设法问出这背后的阴谋。”

“好的，但愿如此，”公爵说，“照你的意思重重惩罚她们吧。爱斯卡勒斯大人，你也陪安哲鲁大人坐下来，帮他查出这件事的真相。我已经派人去找那位指使她们的修道士了。他来了之后，照你认为最适当的办法，惩罚中伤你名誉的人。我先离

莎翁经典原句

Truth is truth, to the end of reckoning.

真理是永远蒙蔽不了的。

开一下，但是安哲鲁大人，在这个诽谤的案子判定之前，你不能离开。”

于是，公爵就离开了，安哲鲁能代为审理和裁定自己的案子，心里自然很高兴。可是公爵只离开了一会儿，他脱下贵族的袍服，换上修道士的装束，以这副打扮重新回到安哲鲁和爱斯卡勒斯面前。善良的老爱斯卡勒斯以为安哲鲁被人诬告，就对这位假修道士说：“说吧，先生，是你指使这两个女人来诽谤安哲鲁大人的吗？”

修道士回答说：“公爵在哪儿？我的话要说给公爵听。”

爱斯卡勒斯说：“我们就代表公爵，你对我们说吧。要公正客观。”

“我至少会大胆地讲。”修道士反驳说。然后他责备公爵竟然把依莎贝拉的案子交给她指控的那个人审理，直率地说出了很多腐败的执政情况，他说，这都是他以一个旁观者的身份在维也纳亲自观察到的。爱斯卡勒斯威胁他，如果敢反对国家，指责公爵的执政，就大刑伺候，然后下令把他押入监牢。紧接着，在场众人无不惊诧，安哲鲁头脑一片混乱，原来修道士卸下了伪装，大家愕然发现他就是公爵本人。

公爵首先点名依莎贝拉，对她说：“过来，依莎贝拉。你的修道士现在是你的君主了，我的装束虽变了，我的心却没有改变。我仍然愿为你效劳。”

“哦，请原谅我，”依莎贝拉说，“我本是您的奴仆，竟不知您是君主，那样使唤您，劳烦您。”

公爵说，他更需要得到依莎贝拉的原谅，没能制止她弟弟的死刑——他不打算现在告诉她克劳狄奥还活着，想进一步考验她的德行。

此刻，安哲鲁已经知道公爵在暗处目睹了他的恶行，于是对公爵说：“哦，我令人敬畏的君主，如今我已得知您如神明般洞察了我的所作所为，如果我还觉得您会被我蒙蔽，那我真是罪上加罪了。仁慈的君主，不要再延长我的耻辱，让我在我自己主持的审判中招认我自己的罪行吧。我只求你能马上判我死刑，立即执行。”

公爵回说：“安哲鲁，你的罪行显而易见。我就判你在斩杀克劳狄奥的断头台上，接受同样的刑罚吧。至于安哲鲁的财产，玛利安娜，你因他成了寡妇，就用来安置你的生活，再去挑一个更好的丈夫吧。”

“哦，亲爱的大人，”玛利安娜说，“我不要别人，不要一个更好的丈夫。”她跪下来，就像依莎贝拉当初跪着恳求饶过克劳狄奥的性命那样，这个善良的妻子恳求公爵宽恕她忘恩负义的丈夫。她说：“仁慈的君主，善良的大人！亲爱的依莎贝拉，帮帮我！你跪下来帮我求情，我愿生生世世为你效劳。”

公爵说：“你这样要求她有悖常理。依莎贝拉若是跪下为他求情，她弟弟的鬼魂会破开坟墓，咆哮着把她抓走。”

玛利安娜坚持说：“依莎贝拉，好心的依莎贝拉，你只要跟我跪着，举起手，不必开口！话都由我来说。人们说好男人都是在错误中千锤百炼形成的，大部分人犯过一些小错会变得更好。我丈夫也会如此。哦，依莎贝拉，你愿意陪我下跪吗？”

公爵继续说：“安哲鲁必须以死为克劳狄奥抵命。”但是，当善良的公爵看见依莎贝拉在他面前下跪时，他感到非常满意。因为他一直期待依莎贝拉能做出仁慈又值得敬重的行为。依莎贝拉说：“无比宽仁的殿下，您就当我弟弟还活着，随您想怎么处置这个有罪之人吧。我有些许觉得，在他没有看向我之前，处事还算真诚。既然如此，就饶过他的性命吧！我弟弟的所作所为，依法追究确实犯了死罪。”

对于这位为敌人请命的高尚原告，公爵给出了最令她满意的答复，让她见到了她已经开始在心中哀悼的弟弟。公爵派人去请克劳狄奥的时候，他正躺在监牢为自己的命运担忧呢。公爵对依莎贝拉说："把你的手交给我，依莎贝拉。可爱的人，看在你的份上，我决定赦免克劳狄奥。你是我的人，他就是我的弟弟了。"

此时，安哲鲁才意识到自己的性命保住了。公爵见他眼中又恢复了一些光彩，对他说："好吧，安哲鲁，你要爱你的妻子。是她让你得到宽恕的。为你感到高兴，玛利安娜！好好爱她，安哲鲁！她已得到我的认可，我知道她是个品行端正的人。"

安哲鲁想起他短暂掌权的那段时间，曾经多么铁石心肠，此刻却感受到了仁慈的美好。

公爵下令克劳狄奥与朱丽叶结为夫妇，再次提出要迎娶依莎贝拉，她品行端正、行为高尚，赢得了公爵的心。依莎贝拉还没有正式成为修女，可以自由结婚。而且高贵的公爵扮成卑微的修道士时，为她做了很多事，令她非常感激，她满心欢喜地接受了这个请求。依莎贝拉当上维也纳公爵夫人之后，以她高尚的品德给大家树立了优秀的榜样，全城的年轻女士们全都改头换面。自那以后，再没有人犯过朱丽叶那样的过失了，朱丽叶和克劳狄奥夫妻俩也已洗心革面。仁慈的公爵和他亲爱的依莎贝拉携手执政多年，他不只是最幸福的丈夫，也是最幸福的君主。

一起涂色吧

第十二夜

玛丽·兰姆

奥西诺

伊利里亚公爵

西巴斯辛

薇奥拉的哥哥

薇奥拉（西萨里奥）

西巴斯辛的妹妹

船长

薇奥拉的好友

安东尼奥

西巴斯辛的好友

奥丽维娅

伯爵小姐

梅萨琳的年轻兄妹，西巴斯辛和他妹妹薇奥拉，是一对龙凤胎，（让人们觉得很神奇）他们从小就十分相像，如果不是因为穿着不同，两兄妹根本无法分辨。他们在同一个时辰出生，又在同一个时辰遭遇致命的危险。当兄妹二人一起乘船出海时，他们的船在伊利亚海岸失事了。在一场凶猛的风暴中，他们乘的船撞上礁石后四分五裂，船上只有少数人侥幸逃脱，活了下来。船长和几名水手没有随船沉没，他们爬上一艘小船，带上薇奥拉，安全靠岸。靠岸之后，可怜的姑娘并没有为自己获救感到庆幸，而是为她哥哥的遇难感到伤心。船长言之凿凿地安慰她说，船沉的时候，他看见薇奥拉的哥哥把自己绑在一根结实的桅杆上，而且之后一直看见他在波浪上起伏，后来隔得太远了，才看不见。闻言，薇奥拉大感安慰，开始思考自己在这陌生的国度，该如何安身。她问船长，对伊利里亚是否有所了解。

“哎呀，我非常了解，小姐，”船长说，“我出生的地方离那儿不过三小时的路程。”

“这里是谁的领地？”薇奥拉问。船长告诉薇奥拉这里是奥西诺公爵的辖地，这位公爵的为人和他的地位一样高贵。薇奥拉说，她听父亲提到过奥西诺，那时候公爵还没成婚呢。

“现在也是，”船长说，“最起码前一段时间还没有，一个月之前，我从这儿离开的时候，大家都在谈论（你知道，人们就喜欢谈论大人物们的事）奥西诺在追求美丽的奥丽维娅呢，那是一位品行端正的姑娘，她的父亲是一位伯爵，一年前去世了，把她留给她亲爱的哥哥照顾，结果没过多久她哥哥也死了。他们说，因为她们兄妹的感情非常深，她发誓再也不见男人也不和男人接触了。”

薇奥拉也在为失去哥哥伤心难过，就想和这位正深切哀悼哥哥的小姐一起生活。她问船长，能不能把自己引荐给奥丽维娅，说她愿意去服侍这位小姐。但是船长回答说，这件事很难办到，因为自从她哥哥死后，奥丽维娅小姐不允许任何人进她家，就连公爵也不例外。薇奥拉紧接着又想到了一个计划，她打算穿上男装，去给奥西诺公爵当侍童。一个年轻姑娘要穿上男装，扮成男孩，实在是很奇怪的想法。但是，薇奥拉现在孤苦无助，她这么年轻，样貌又十分出众，孤身一人在异国他乡，倒也情有可原。

她从船长的行为举止上看出

知道百科

在16世纪的欧洲，对于女性才华的赞美有着超前的革命性。玛丽·伊格尔顿就曾指出当时欧洲对女性才华的压制和惧怕：“一个颇有才气的姑娘，只要敢用自己的才华舞文弄墨，就会本能的反对和阻碍。”与当时社会的压迫不同的是，该剧对女性的才华大加赞美。剧中女性角色的学识口才、把握全局、分析和思考的能力无疑有悖于男性中心的公论，抢回了女性应有的话语权，对男权社会形成了威胁。此剧中，从人性角度探究了当时女性的生存环境，呼吁男女平等，实现了女性自我意识和价值。这些思想不仅受到人文主义思潮的影响，更是剧作家曲折人生在剧中的呈现。

他是个正派的人，而且对她的安危表现出了友善的关心，就放心地把自己的计划告诉了他。船长果然乐意帮她。薇奥拉给了他一些钱，请他去给她置办一套合适的装束，她指定的衣服，颜色和样式都跟她哥哥西巴斯辛平时穿的一样。她穿上男装之后，看起来和她哥哥一模一样。从下文可以看到，西巴斯辛也得救了，由于薇奥拉和她的哥哥被其他人错认成对方，引发了一些误会。

薇奥拉的好朋友，也就是船长，在宫里有些关系。这位漂亮姑娘摇身变成男人之后，被带到奥西诺面前，取了个假名，叫西萨里奥。公爵对这个英俊少年的谈吐，以及文雅的举止十分满意，就让西萨里奥当他的侍童，这正好是薇奥拉希望得到的差事。薇奥拉对她的新差事尽职尽责，在主人面前显得既伶俐顺从，又正直忠诚，很快成为奥西诺公爵最宠信的侍从。奥西诺把他爱上奥丽维娅小姐的事，全吐露给西萨里奥了。奥西诺说，他追求这位小姐很久了，一直没成功，她拒绝他为她效劳，而且看不起他，不准他出现在她面前。这位小姐对他冷漠无情，高贵的奥西诺却因为对她的爱，把以前最喜欢的户外活动和一切男人们的运动都放弃了，整日垂头丧气消磨时光，听着音调和缓、气氛温暾、谈情说爱的颓废音乐。他之前常与那些智慧、有学识的大人们来往，如今也疏远了，和年轻的西萨里奥一聊就是一整天。那些严肃的朝臣自然会认为，对于他们曾经高贵的主人——伟大的奥西诺公爵来说，西萨里奥不是一个适合陪伴左右的侍从。

对于年轻姑娘来说，给年轻英俊的公爵当知己，是一件危险的事。薇奥拉很快发现，做公爵的知己会让她伤心，奥西诺把奥丽维娅让他承受的痛苦都告诉了薇奥拉。薇奥拉此刻感同身受，因为她爱上了奥西诺。而且她无法理解，奥丽维娅为什么会对她无与伦比的君主如此不理不睬，她认为谁看了公爵都会发自内心地称赞。于是，她稍微有些大胆地暗示奥西诺，他爱上了一个对他可贵的优点视而不见的小姐，真是可惜。她又说：“大人，如果有一位小姐像您爱奥丽维娅那样爱你（或许确有其人），如果您不能回报她的爱，您不是也会告诉她，您不爱她，她不是也会对这个答案不满吗？”

但是，奥西诺不认同这个道理，他认为不可能有任何女人会像他那样爱上一个人。他说，没有哪个女人有这么大的胸怀，可以装下这么多的爱，因此把别的女人对他的爱和他对奥丽维娅的爱相比，是不公平的。虽然薇奥拉一向非常尊重公爵的想法，此刻她还是忍不住认为他的看法不是很正确，因为她觉得自己心中对奥西诺的爱，就不比他对奥丽维娅的少。于是，她说：“啊，但是我知道，大人……”

“你知道什么，西萨里奥？”奥西诺问。

薇奥拉回答说：“我十分了解陷入爱情的女人对男人的感情。她们的心和我们一样真诚。我父亲有一个女儿，她爱上了一个男人，就好像……如果我是女人，我或许会爱上您。”

“她都经历了什么？”奥西诺说。

“什么都没经历，我的大人，”薇奥拉回答说，“她从来没有把她的爱说出口，一直藏在心里，就像一条藏在花骨朵中的虫子，以她粉红的面颊为食。她因相思而憔悴，她就那么忧郁地坐着，像‘忍耐’化作的丰碑，笑对悲伤。”

公爵打听这位小姐是不是害相思病死了，对于这个问题，薇奥拉没有正面回答。因为几乎可以肯定，这个故事是她为了借机说出自己对奥西诺隐秘的爱情，释放她正承受的无法言喻的悲伤，故意编造的。

他们正说着话，一个被公爵派去找奥丽维娅的人走了进来。他说：“祝您愉快！大人，那位小姐不让我进门，她通过侍女回复您说：七年以内，风雨都见不到她的脸。她要像修女那样戴上面纱，为了悼念她死去的哥哥，要用她的泪水冲刷她的卧房。”

莎翁经典原句

A savage jealousy that sometimes savours nobly.

蛮性的嫉妒有时也带着几分高贵的气质。

听完这番话，公爵惊叹道：“啊，她的心灵多么美好，为了回报死去哥哥的爱，就能这样，而当华丽的爱情金箭射中她的心房时，她将会爱得多么热烈呀！”然后，他对薇奥拉说：“你懂的，西萨里奥，我已经把心里的秘密全都告诉你了。好孩子，你去奥丽维娅家吧。别让她拒绝你，你就站在她的门口，告诉她，你会一直站到脚底生根，直到让你见到她。”

“大人，如果我能跟她说上话，接下来该怎么做呢？”薇奥拉说。

“嗯，接下来，”奥西诺回答说，“让她知道我对她爱得多么热烈。把我对她的真挚感情完完全全地说给她听。让你去传达我的苦恼再合适不过了，跟那些只会板着脸的人相比，她肯定更愿意见到你。”

随后，薇奥拉就去了。但是，为公爵去求爱这件事，她打心眼儿里是不情愿的，去求一位小姐嫁给她想嫁的人，她怎么会情愿呢。不过，既然已经接下了这个任务，她就会忠实地去完成。没过多久，奥丽维娅就听说，门外有个年轻人，坚持要进来，与她见上一面。

“我告诉他，”仆人说，“您病了。他说他知道您病了，所以才来跟您谈谈。我告诉他您睡了。他好像知道我要这么说，就说那就更要跟您说一说了。小姐，我该怎么跟他说呢。看来不管怎么拒绝，他都不打算放弃，不管您肯不肯见他，他一定要跟您说上话。”

对于这个不容拒绝的送信人，奥丽维娅有些好奇，想让他进来，见上一见。她用面纱遮住脸，说要再听一听奥西诺的使者有什么话要说，外面的人那样坚持，肯定是公爵派来的。薇奥拉进来之后，尽力装出一副男子的气概，作为大人物的侍童，她故意学着朝臣们的样子，说着文雅的话，她对蒙着面纱的小姐说：“最耀眼、最高雅、最无与伦比的美人，请您告诉我，您是这家的小姐吗？因为我若把这番话错说给别人听了，会觉得十分遗憾。因为这番话不只写得极好，我背下来也费了不少劲儿呢。”

“先生，你是从哪儿来的？”奥丽维娅说。

“除了我背诵的内容，我不会多说，”薇奥拉回答说，“您这个问题我没背过。”

“你是个滑稽演员吗？”奥丽维娅说。

“不，”薇奥拉回答说，“但我也不是我扮的这个人。”她的意思是，她其实是个女人，扮成了男人。然后，她又问奥丽维娅是不是这家的小姐。

奥丽维娅说她是。跟急着替她的主人传话相比，薇奥拉更想看看自己的情敌长什么样。于是她说：“好小姐，让我看看您的脸吧。”对于这个大胆的请求，奥丽维娅倒并不反对，因为这个让奥西诺公爵苦苦追求无果的傲慢美人，竟然对这个假扮的侍童——地位低下的西萨里奥——一见倾心。

当薇奥拉提出要看一看她的脸时，奥丽维娅说：“你是从主人那儿受了什么委托，要来跟我的脸交涉吗？”然后，她便把那要戴七年面纱的决定忘了，摘下面纱说：“我要拉开幕布，展示这幅画了。画得还不错吧？”

薇奥拉回答说：“您这张脸定是由名为‘美丽’的颜料画就的。只有大自然这只巧手才能描绘您脸颊白里透红的颜色。您要是将这幅画作埋进坟墓，不给人间留下副本，您就是这世上最残忍的女人。”

“啊，先生，”奥丽维娅回说，“我不会那么残忍。我可以为我的美貌列一份清单留给这个世界。两片红唇，颜色不深不浅；两只灰色眼眸，附一对眼睑；一根脖子；一个下巴；等等。你是被派到这儿来夸赞我的吗？”

薇奥拉回答说：“我看出您是一个什么样的人了，您非常骄傲，但是又很美。我的主人爱您。哦，虽然您是人间绝色，但是那份爱也该得到回应。奥西诺用崇拜，用眼泪，用雷鸣般的沉吟，用火焰般的叹息爱着您。”

“你的主人，”奥丽维娅说，“十分清楚我的心意。我不能爱他。我并不怀疑他是个品行极好的人。我知道他很尊贵，有身份，既年轻又纯洁。所有人都说他博学、有礼，还很勇敢。但是我不能爱他。他早就得到我的答复了。”

“我若是像我的主人那样爱您，”薇奥拉说，“我就在您的大门前，用柳木造一间小屋，呼喊您的名字。我会写上几首抱怨奥丽维娅的十四行诗，到深夜时分，把它们吟唱出来。您的名字会在山间回荡，我要大声呼喊，让‘奥丽维娅’的回声，像风儿们传递流言那般飘远。啊，你在天地万物间再也得不到安宁了，除非您愿意怜悯我。”

“你真是太能说了，”奥丽维娅说，“你是什么出身？”

薇奥拉回答说：“我的出身比命运好，但是我目前的地位也不算差。我是个绅士。”

奥丽维娅有些不舍地让薇奥拉离开，说：“去你的主人那儿告诉他，我不能爱他。让他不要再派人来了，除非他或许想派你来，告诉我他的答复。”

薇奥拉离开了，跟奥丽维娅告别的时候，称呼她“狠心的美人”。她离开之后，奥丽维娅回味着她说的话“我的出身比命运好，但是我目前的地位也不算差。我是个绅士”。然后，她大声说：“我敢保证他确实是。他的言谈、他的面庞、他的身形、他的举止和他的气度，清楚地表明他是个绅士。”然后，她心想西萨里奥要是公爵就好了。奥丽维娅发觉那个侍童牢牢地抓住了她的心，对于这突如其来的爱，她有些自责。但是，对自己犯下的错误，即便自责也是极轻微，且立不住的。这位高贵的奥丽维娅小姐，此刻已经把他和那侍童间的悬殊地位，以及女性品行的主要装饰——少女的矜持——全抛诸脑后了。她决定去追求年轻的西萨里奥。她派仆人带上一枚钻石戒指，追上西萨里奥，借口说这是他落下的奥西诺送她的礼物。奥丽维娅希望将这枚戒指巧妙地送给西萨里奥，借此透露一点儿自己的心思。薇奥拉确实猜疑起来。她清楚地知道奥西诺没让她带礼物给奥丽维娅，她开始回忆奥丽维娅的行为表现，处处透着爱意，并马上猜出，她主人的心上人爱上她了。

“哎呀！”她说，“这可怜的小姐，她的爱情也是一场空。乔装改扮也不是什么好事，害得奥丽维娅为我患上了相思病，最后也会像我对奥西诺那样，白白叹息，毫无结果。”

薇奥拉回到奥西诺的宫殿，对他的主人说，交涉没有成功，并把奥丽维娅的指示重复了一遍，让公爵不要再去打扰她了。但是公爵仍然抱有希望，认为有朝一日西萨里奥一定能说服她施舍几分怜悯，因此他让薇奥拉第二天再去见奥丽维娅。与此同时，为了打发这段无聊的时间，他命人唱了一首他喜欢听的歌。公爵说：“我的好西萨里奥，我昨天晚上听了这首歌，觉得它特别能平复我的情绪。你听听，西萨里奥，这首曲子古老又平淡。纺线女和编织女们坐着晒太阳，年轻的姑娘挥舞着骨针缝纫时，吟唱的就是这首歌。这歌很幼稚，但是我喜欢听，因为它描绘了天真无邪的古代爱情。”

过来吧，过来吧，死神，
让我在凄凉的柏棺中横陈；
飞走吧，飞走吧，灵魂，
残忍美丽的少女将我手刃。
为我备好白色尸布，上面插满紫杉！
死亡路我孤身独行，无人真心相伴。
不要花朵，不要花朵的香甜，
覆盖我黑色尸棺；
不要朋友，不要朋友的问候，
打扰我被埋的尸首。
为免万千哀叹，让我尸骨无处觅，
我的坟墓，不做真心情人洒泪地。

这首老歌的歌词勾动了薇奥拉的心，它用纯真质朴的话语描绘出了单相思的痛苦。薇奥拉的脸上，流露出了那首歌表达的感情。奥西诺察觉到她的悲伤，就对她说：“西萨里奥，我敢用生命打赌，虽然你还年轻，但是你的眼睛已经见过所爱之人的面庞。是不是，孩子？”

“可以这么说，请您原谅。”薇奥拉回答说。

“她是个什么样的女人？芳龄几何？”奥西诺问。

“和您一样的年纪，和您一样的肤色，大人。”薇奥拉说。听到这个答案，公爵笑了，这样一个俊秀少年，竟然爱上了一个比他大那么多、皮肤像男人一样黝黑的女人。其实，薇奥拉心里想的就是奥西诺，而不是一个和自己一样的女人。

薇奥拉第二次去见奥丽维娅的时候，发现没费什么事就见到她了。如果小姐喜欢跟英俊的送信人交谈，仆人们很快就会察觉到，因此薇奥拉刚到，大门就已经向她敞开，公爵的侍童就这样被恭敬地迎进了奥丽维娅的房间。薇奥拉对奥丽维娅说，她这次还是替主人来求爱的。奥丽维娅说：“我希望你不要再提他了。你若是替另一个人求爱，我倒是十分想听，纵有天宫仙乐也愿错过。”

这话说得已经很清楚了，但是奥丽维娅接下来的解释更直白，她坦率地表达了自己的爱意。她从薇奥拉的脸上看出了不高兴，还夹杂着几分困惑，就说：“哦，他嘴角的轻蔑和愤怒中，不管流露出多少不屑一顾，看起来都那么英俊！西萨里奥，我以春日的玫瑰，以贞操、荣誉和一颗真心起誓，我爱你，虽然你很骄傲，凭着春天的玫瑰，凭着贞操、信誉和真理，我向你发誓：我爱你。尽管你是那样骄傲，我却无法用智慧和理智，掩盖住我的热情。”

这位小姐的求爱是不可能成功的。薇奥拉急忙离开，威胁说再也不会替奥西诺来求爱了。对于奥丽维娅的示爱，她的回答明确且坚定：永远不会爱上任何女人。

莎翁经典原句

Those who are good at making patterns literally are easy to be frivolous.

善于在字面上翻弄花样的，很容易流于轻薄。

薇奥拉刚离开那位小姐没多久，就有人对她发起挑战。被奥丽维娅拒绝过的一位追求者，听说那位小姐喜欢上了公爵派来的送信人，就要和他决斗。可怜的薇奥拉该怎么办呢？她男人的外表底下，其实是一颗女人的心，看一眼自己的佩剑都觉得害怕。

奥丽维娅向女扮男装的薇奥拉表达爱意，薇奥拉脸上流露出不高兴的神色，还夹杂着几分困惑。

创作者：弗雷德里克·理查德（Frederic Richard）

见可怕的对手拔出佩剑向她靠近，薇奥拉心想干脆坦白承认自己是个女人算了。但是一个路过的陌生人救了她，这下她既不必害怕决斗，也无须担心当街败露身份带来的尴尬羞耻了。那人走过来，就像与她相识很久，是她的挚友一样，对她的挑战者说："如果这个年轻人冒犯了你，由我一力承担。如果是你冒犯了他，我就要为他教训教训你。"

薇奥拉还没来得及感谢他，也没来得及问他为什么仗义相助，她这位新朋友就遇到了惹不起的对手。几个官差以公爵的名义，迅速将他逮捕，要他为几年前犯下的事负责。那人对薇奥拉说："这都是为了找你。"紧接着，那人开口要薇奥拉的钱袋，说："现在我需要钱，只能开口讨回我的钱袋，最让我感到难过的，不是我现在的处境，而是我不能再为你效劳了。看你吃惊的样子，轻松点儿。"

他的话确实让薇奥拉感到吃惊，于是她表示，自己不认识他，也没拿过他的钱袋。但是，看在他刚才出手相帮的善意上，她愿意送上一笔小钱，这已经是她的全部财产了。这个陌生人此刻突然激动起来，指责她忘恩负义，没有良心。他说："你们现在眼前的这个年轻人，是我把他从死神的口中拉回来的，要不是为了他，我才不会到伊利里亚来，也不会因此落入危险。"

但是，官差一点儿也不想听犯人的抱怨。他们催着他说："这和我们有什么关系？"那人被押走的时候，一直管薇奥拉叫"西巴斯辛"，责骂西巴斯辛不顾朋友，直到走远了才听不见他的骂声。薇奥拉听那个人管自己叫"西巴斯辛"，虽然官差匆匆把他带走了，没来得及问他为什么这样称呼自己，但是她猜想，应该是那人把她错认成自己的哥哥了，才会出现这么让人摸不着头脑的情形。她开始期待，那人当初救的是自己的哥哥。事实正是如此。那个陌生人名字叫安东尼奥，是一位船长。西巴斯辛在风暴中把自己绑在桅杆上，一直在海上漂浮，快要筋疲力尽的时候，安东尼奥把他救到自己的船上。两人建立起深厚的友谊，安东尼奥决定，无论西巴斯辛去哪儿，他都会相伴左右。当年轻的西巴斯辛说他对奥西诺的宫廷感兴趣时，安东尼奥虽然知道自己曾在海战中重伤过奥西诺公爵的侄子，如果他去伊利里亚会有生命危险，还是陪西巴斯辛来了。他如今成为阶下囚，就是因为这个缘故。

安东尼奥和西巴斯辛刚上岸，没过几个小时就遇到了薇奥拉。他把自己的钱袋交给西巴斯辛，说看到想要的东西，就放心用里面的钱去买。西巴斯辛去城里游逛的时候，安东尼奥说在旅店等他。但是，到了约定的时间，西巴斯辛没有回来，安东尼奥这才冒险出来找他。薇奥拉穿的衣服和她哥哥一模一样，相貌也完全相同，安东尼奥拔剑是想保护当初救下的少年，结果（他以为的）西巴斯辛不认他，还说没拿过他的钱包，难怪他会骂西巴斯辛忘恩负义了。

安东尼奥被带走之后，薇奥拉担心再有人来找她决斗，就赶紧回家了。她刚离开，向她挑战的那个人以为她又回来了，其实是薇奥拉的哥哥西巴斯辛刚好路过此处。那个挑战者看见西巴斯辛，就说："先生，咱们又见面了。接招。"说着，挑战者就给了他一拳。

西巴斯辛可不是个懦夫，他连本带利地还了回去，随后抽出佩剑。

这时，一位小姐出现，打断了他们的决斗，原来是奥丽维娅从家中出来了。她错把西巴斯辛认成西萨里奥，把他请到自己的家中，为他遭遇的野蛮攻击而深表难过。虽然这位小姐的彬彬有礼和那个陌生仇敌的无理挑衅，都让西巴斯辛觉得莫名其妙，但他十分乐意去这位小姐家中做客。奥丽维娅发现西萨里奥（他以为这人是西萨里奥）更能察觉她的殷勤了，心中十分高兴。当初她向西萨里奥示爱时，西萨里奥脸上满是轻蔑和愤怒，奥丽维娅还为此抱怨过。这两个人长得虽然一模一样，但她在这张脸上却看不到当初的轻蔑和愤怒。

西巴斯辛对这位小姐表现出的爱意，一点儿也不觉得反感。他似乎很乐意接受，但是他不明白这份爱意从何而来，他觉得奥丽维娅可能精神不太正常。但是，他注意到她是这座华府的女主人，无论是她自己还是家中的事务都打理得井井有条，除了她突如其来的爱意，其他方面的表现都很正常，于是就欣然接受了这位小姐的求爱。奥丽维娅见西萨里奥心情不错，担心他改变心意就说家中有一位牧师，他们可以马上结婚。西巴斯辛表示赞成，结婚仪式结束后，他要跟妻子分开一会儿，打算把自己刚交上的好运，告诉他的朋友安东尼奥。与此同时，奥西诺来拜访奥丽维娅了，他刚到奥丽维娅家，官差就押着犯人安东尼奥来见公爵了。薇奥拉陪在她的主人奥西诺身旁。安东尼奥看见薇奥拉，仍然以为她是西巴斯辛，他把自己如何将这个少年从海难中搭救上来的事，对公爵说了，又把他确实对西巴斯辛做过的种种善行讲述了一遍，最后抱怨说，他跟这个不知感恩的少年日日夜夜在一起，整整三个月。这时，奥丽维娅从她的宅邸中走出来了，公爵没心思继续听安东尼奥的讲述了。他说："伯爵小姐出来了。天仙下凡了！但，你这家伙说的都是疯话。三个月以来，这个少年一直在我身边。"然后，他命安东尼奥退到一旁。但是，奥西诺那位天仙般的伯爵小姐，很快让公爵也像安东尼奥那样，开始指责西萨里奥忘恩负义，因为他听到奥丽维娅对西萨里奥说的全是些情意绵绵的话。公爵发现自己的侍童在奥丽维娅心中有这么高的地位，就威胁西萨里奥，要让他尝尽可怕的报复。离开的时候，他让薇奥拉跟着他，说："跟我来，小伙子。我想好要怎么收拾你了。"虽然，公爵似乎妒火中烧，打算把薇奥拉立即处死，但是她的爱让她勇敢了起来，她说，如果能减轻主人的痛苦，她乐意去死。

但是，奥丽维娅不想就这样失去自己的丈夫，她哭着说："你要去哪儿，我的西萨里奥？"

薇奥拉回答说："我要跟他去，我爱他超过我的生命。"

奥丽维娅大声宣布，西萨里奥是她的丈夫，阻止他们离开，她还派人叫来了牧师。牧师声称，不到两个小时前，他刚为奥丽维娅和这个年轻人主持了婚礼。薇奥拉百般否认，说她没和奥丽维娅结婚，却是徒劳的。奥丽维娅和牧师的证词让奥西诺以为，他的侍童抢夺了他比生命还看重的珍宝。但是想到一切已经无可挽回，他就告别这个不忠的情人和她的丈夫——那个年轻的伪君子。他警告薇奥拉再也不要出现在他面前，这时（在他们看来是这样）奇迹发生了！另一个西萨里奥走进来，称奥丽维娅为自己的妻子。这位新来的西萨里奥是西巴斯辛，奥丽维娅真正的丈夫。这两个人的相貌、声音、衣着全都一模一样，大家的好奇稍稍平复之后，两兄妹开始你一言我一语地互相提问。薇奥拉几乎不敢相信她的哥哥还活着，西巴斯辛也无法理解，为什么他本以为已经死去的妹妹，会穿着男人的衣服出现在自己面前。薇奥拉当即表明，她就是他的妹妹薇奥拉假扮的。

由于兄妹俩的样貌太过相像引发的误会全都澄清之后，大家开始笑话奥丽维娅竟然犯了这样一个好笑的错误，爱上了一个女人。奥丽维娅发现跟自己结婚的是哥哥而不是妹妹时，对于这笔交易，没有表现出任何不快。

奥丽维娅已经嫁人，奥西诺的希望永远破灭了，他无果的爱情也随着他的希望瞬间消散了。现在他脑子里只有一件事，他最宠爱的年轻人西萨里奥，变成了一位漂亮小姐。他一直盯着薇奥拉看，他记得自己一直觉得西萨里奥很好看，他心想薇奥拉若换上女装一定十分动人。然后他又想起，她经常说爱他，那时他把这话当作一个忠实侍童对主人的效忠。但如今，他想其中一定还有别的意思，因为她说过很多好听的话，那时不明所以，现在全都涌上他的心头，很快他全都想起来了，他决定娶薇奥拉为妻。奥西诺对薇奥拉说（他还是忍不住，像以前那样叫她西萨里奥和孩子）：“孩子，你跟我说过一千次，你永远不会像爱我一样爱一个女人，你不顾柔弱，自贬身份，忠心服侍我，既然你已经管我叫了这么长时间的‘主人’，现在你就做你主人的女主人，奥西诺真正的公爵夫人吧。”

奥丽维娅曾经非常不礼貌地拒绝了奥西诺的心意，此刻她察觉到公爵的心意正朝薇奥拉身上转移，就邀请他们去自己家里，提议让早晨为她和西巴斯辛主持婚礼的那位好心牧师，就在当天，也为奥西诺和薇奥拉主持了一场一模一样的婚礼。就这样，同一天出生的兄妹二人在同一天结了婚，拆散他们的风暴和船难，也让他们迎来了无尽的好运。薇奥拉成为伊利里亚公爵奥西诺的妻子，西巴斯辛当上了富贵的伯爵小姐奥丽维娅的丈夫。

一起涂色吧

少年读
莎士比亚戏剧
故事集

[英] 查尔斯·兰姆 [英] 玛丽·兰姆 著
董乐乐 译

4

Tales from Shakespeare
for Children

航空工业出版社
北京

内容提要

本书的翻译版本为备受赞誉的兰姆姐弟版，收录了莎士比亚最著名的20部戏剧，囊括了莎士比亚在各创作时期的不同类型的作品，具有一定的代表性，基本反映出了莎士比亚戏剧的创作面貌。全书一共四册，每册五个故事，精选故事插图，同时精心设置“知道百科”和“莎翁经典原句”“人物涂色”作为故事的补充板块，令阅读莎士比亚戏剧的体验变得更加有趣。

图书在版编目（CIP）数据

少年读莎士比亚戏剧故事集. 4 /（英）查尔斯·兰姆，（英）玛丽·兰姆著；董乐乐译. -- 北京：航空工业出版社，2023.9

ISBN 978-7-5165-3446-5

Ⅰ. ①少… Ⅱ. ①查… ②玛… ③董… Ⅲ. ①戏剧文学－故事－作品集－英国－中世纪 Ⅳ. ①I561.33

中国国家版本馆CIP数据核字（2023）第142267号

少年读莎士比亚戏剧故事集4

Shaonian Du Shashibiya Xiju Gushiji · Si

航空工业出版社出版发行

（北京市朝阳区京顺路5号曙光大厦C座四层　100028）

发行部电话：010-85672688　010-85672689

唐山楠萍印务有限公司印刷　　全国各地新华书店经售

2023年9月第1版　　2023年9月第1次印刷

开本：710×1000　1/16　　字数：64千字

印张：5.5　　定价：140.00元（全4册）

前言

威廉·莎士比亚（William Shakespeare），英国文艺复兴时期剧作家、诗人，被誉为“人类文学奥林匹斯山上的宙斯”。由于他的作品实在太过伟大，虽引无数学者去探索，却无人敢自称“征服”了莎士比亚。

本套《少年读莎士比亚戏剧故事集》精选莎士比亚剧作中最著名的作品，在力求保留原作语言之美的基础上，以原作中蕴含的品质教育为经线，以晶莹如珠玉的词句为纬，突出了主要人物及其矛盾，略掉次要的情节，完整保留了莎剧的精华，情节跌宕起伏，使其更加适合儿童阅读，让孩子更加轻松地阅读莎士比亚剧作，以此来了解西方文化。书中简化人物关系，附有人物关系图，帮助孩子快速抓住人物主线和故事脉络，扫清阅读障碍。精选名家油画、水彩画，一秒进入戏剧的瑰丽幻境，实现艺术和文学的高度融合，带给孩子艺术和文学的双重体验。精选富有哲思的人物妙语，给孩子智慧的启迪和力量。“知道百科”带你深入探索戏剧背后的秘密，不一样的视角成就更有趣的互动。“一千个读者眼中有一千个哈姆雷特”，人物涂色板块让孩子们画出自己眼中的“哈姆雷特”，让剧中人物在自己手中活起来。

我们愿读者在此书中感受到从灵魂到语言上的全面熏陶，教给孩子们美好的、高贵的品质，在莎翁独创的富有诗意的梦境之中自在遨游。

少年读莎士比亚戏剧故事集

CONTENTS 目录

雅典的泰门

查尔斯·兰姆

艾西巴第斯

雅典军官

弗莱维斯

泰门的管家

泰门

雅典的贵族

文提狄斯

泰门的负心
友人之一

路库勒斯

泰门的负心
友人之二

路歇斯

泰门的负心
友人之三

辛普洛涅斯

泰门的负心
友人之四

雅典的泰门大人，拥有富可敌国的财富。他生性慷慨，不知节制为何物。

尽管他的财富多的数不尽，但是由于他花钱如流水，虽能惠及各种各样、各个阶层的人，财富的增长却也因此跟不上流出的速度。他的桌上总是摆满了奢侈的筵席，他的宅邸日日迎来送往，大门朝所有在雅典的人敞开。他坐拥巨额财富，性情又这样洒脱慷慨，因此赢得了所有人的爱戴。心怀不同思想、不同倾向的人，都想为他效劳，无法抗拒泰门大人仁慈的行为和慷慨的精神的吸引，也会（违背他们的本性）接受他真诚的款待。

如果一个诗人写了一部作品，想要一篇推荐给世人的序言，只需把自己的作品献给泰门大人，诗集定能畅销，而且还能获得一笔礼金，同时成为泰门大人府上的座上宾。如果有一位画家有一幅作品想出售，只要拿给泰门大人，假装要征询他的意见，根本无须推销，这位慷慨的大人就会买下它。如果一个珠宝商有一块贵重的宝石，或者绸缎商有些华丽昂贵的衣料，由于价钱太高无法脱手，泰门大人的宅邸就是一个永不闭市的市场，他们手里的货物或珠宝无论叫价几何，都能在这里卖出去。如此一来，他的房子里满是用不到的商品，除了占地方和显得阔绰，没有任何用处。他本人更是行动不便，整天被一群无聊的访客围着，撒谎的世人、画家、坑蒙拐骗的商人、贵族、贵夫人、穷酸的侍臣、想奔前程的人，挤满他家的厅堂，在他的耳边低声说着夸张的奉承话。如果他是神，谄媚就是这些人的献祭。

在这些整日来访的门客中，有些年轻人出身很不错（虽有家财，却无法支撑他们过度挥霍），被债主送进大牢，泰门大人把他们赎了出来。这些浪荡青年从那以后就缠上了他，仿佛他们志趣相投，他必然会受这些不务正业的败家子的欢迎。这些人的财富虽不及他，却发现学着他的样子挥霍浪费，大手大脚地花他的钱倒也不难。在这些围着他嗡嗡飞的苍蝇中，有个叫文提狄斯的，欠了债，这笔债本不该由泰门来还，不久前他还是把那人欠的总共五塔伦特（希腊货币名）给还上了。

在络绎不绝的宾客中，最引人注意的莫过于那些送礼献宝之人。如果泰门看中了一条狗或一匹马，或者是谁家一件不值钱的家具，那人就算交上大运了。只要是泰门开口赞过的，无论是什么，第二天早晨那件东西，一定会和物主的恭维之词一道送到泰门大人的面前，感谢泰门大人笑纳，并为这礼物配不上泰门大人而道歉。这条狗，或这匹马，或者无论什么东西送过去，一定能得到泰门的赏赐，泰门的回

知道百科

泰门坐拥万贯家财。他或宴请宾朋，或替人还债，或送人珠宝、马匹，慷慨大方，乐善好施，任何人在他那里总是有求必应、满载而归。泰门身为豪门贵族，但他并不贪图富贵，在他心目中最神圣的东西就是友谊和感情。但泰门的思想与他生活的那个社会是水火不容的。当时社会践行的是唯利是图的道德伦理，人与人之间的关系已被金钱所取代，金钱成了主人公命运的晴雨表。利己主义盛行，私欲高度膨胀，这同泰门对人类友好、和谐生活的理想社会愿望之间产生了尖锐的冲突，注定了泰门的悲剧。

礼绝对不会被比下去，可能是二十条狗，或是二十匹马，肯定比收到的礼物贵重得多。那些假装送礼的人心里很清楚，他们那些虚伪的礼物，其实就是用一笔钱做本金，迅速挣回一大笔利息。最近，路歇斯大人干过这种事。这位狡猾的大人注意到泰门在某个场合夸赞过几匹披着银质马具的乳白色骏马，就把它们送给泰门当礼物了。还有一位名叫路库勒斯的大人，听说泰门称赞过一对猎犬，说它们身形好、速度快，就假装要免费送给他当礼物。对于这些礼物，随和的泰门都是欣然笑纳，他从来没有怀疑过这些献礼之人是否心存狡诈。

有时，这些家伙的做法更直接，手段粗糙，几乎不加掩饰，喜欢轻信他人的泰门依然盲目相信。他们会故意夸赞泰门过去买的或新近购入的某个东西，用几句廉价又毫无创意的漂亮话，从这个耳根子软、心也软的大人那里，得到这件他们称颂的礼物。有一天，泰门就这样把他自己胯下的一匹栗色骏马，送给了一个卑鄙的大人。因为那位大人说，这马英姿飒爽，跑得也快。泰门知道，一个人若不是非常想要一样东西，是不会夸得那么恰如其分的。泰门大人常以自己的想法揣度朋友，而且喜欢送东西给别人，就算是手握江山，他也会分给这些所谓的朋友。

泰门的财产并非全都进了这些无耻谄媚者的腰包。他也会做高尚的、值得称赞的事。泰门的一个仆人，爱上了一个雅典富人家的女儿。由于那姑娘的财富和身份都远高于这位仆人，仆人根本不可能娶到这位小姐。这位年轻小姐的父亲提出会把女儿嫁给所持财产与他所给的嫁妆相符的男方，泰门大人就慷慨地送给了仆人三塔伦特。但是，他的大部分财产还是用到那些无赖、寄生虫身上了，他不知道那些所谓的朋友全是虚情假意，就因为他们成天围着他，他就觉得那些人一定爱他。因为他们对他笑，奉承他，他就坚定地以为他的所作所为得到了那些智慧、善良之人的认可。当和那些谄媚者、假朋友欢宴时，他们打着祝他健康、成功的名号，喝着最昂贵的酒，把他的家资吃干喝净，这时他还没有察觉到朋友和谄媚者的差别。在他那双被蒙蔽的双眼看来（为这番景象感到骄傲），这么多亲如兄弟的人，花钱的时候不分彼此（尽管花的全是他的钱），是一件可贵又让人舒心的事。

他就这样，花钱如流水般地挥洒着爱心，好像财神普路托斯是他的管家一样。他花钱的时候不管不顾，对自己花了多少钱完全没有概念，既不操心何以为继，也没想过稍微节制一下自己的纵情挥霍。他的财富并非取之不尽，再这么无底线地挥霍下去，肯定会散尽家财。但是，谁会告诉他呢？那些谄媚者？他一直闭着眼睛，他们才开心呢。泰门忠实的管家弗莱维斯想让他认清状况，把账本摊在他面前，流着泪恳求他、规劝他看一看自己的财务状况，在其他时候，作为一个仆人去要求主人，是有不恭之嫌的。泰门对此一直敷衍，然后把话题转到别的事务上。家境由盛而衰的人，最不肯听人规劝，他们不愿意相信自己的处境，不愿意相信他们的真实状况，决不肯相信自己已经败落了。这位善良、忠诚的管家，天天看着泰门的大宅中挤满主人花钱供养的喧嚣食客，酒鬼们把酒洒得满地都是，每个房间都亮着灯，到处都是音乐和欢宴的嘈杂声。他时常自己躲在某个没人的角落，眼泪比酒桶中的酒水流得还快。他看着主人疯狂地挥霍家资，心想，这些恭维全是钱财带来的，等钱财散尽，这些恭维的声音会很快消散的。恭维声会随着筵席而来，也会随着筵席而散。

莎翁经典原句

Mean eyes have seen the foot above the head.

眼光浅近的人往往会把黑白混淆起来。

那一天终于来了，泰门再也不

能对管家的话充耳不闻了。手上不能没钱，当他让弗莱维斯卖几块地换钱的时候，弗莱维斯说他的大部分土地已经卖了，或者送人了，这位忠实的管家之前已经说过好几次了，只是他不肯听。管家告诉泰门，他现在拥有的财产，甚至不及债务的半数。泰门大吃一惊，忙说："从雅典到拉斯第孟都有我的土地。"

"唉，我的好大人，"弗莱维斯说，"就算是世界，也是有边际的。您张嘴就送人，家财散得能不快嘛！"

泰门安慰自己，他从来没拿钱做过坏事，若说他散尽家财是愚蠢之举，但他也是为了朋友，并没有浪费到自己的恶习上。他让好心的管家放心（管家已经在落泪了），他有这么多高贵的朋友，肯定不会缺钱花。这位昏头昏脑的大人相信，他只需要派人去借，像用自己的钱一样，用大伙儿（大家全都得过他的馈赠）的钱度过困境就好。他似乎对眼下的考验十分自信，高高兴兴地派人去找路歇斯、路库勒斯和辛普洛涅斯，过去他送给他们的礼物数不胜数。还有文提狄斯，不久前泰门帮他还了债，他才得以从监牢放出来，后来他父亲死了，大笔财产全都落到他手上，完全有能力回报泰门。泰门让文提狄斯把当初替他还债的五塔伦特还回来，向几位高贵的大人各借五十塔伦特。他毫不怀疑地认为，不要说五十塔伦特，如果他有需要，就算翻上五百倍，那些人也会心怀感激地如数奉上的。

仆人第一个找上的是路库勒斯。这个卑鄙的大人，梦了一晚上的银盘银杯，听说泰门的仆人来了，他龌龊的思想马上认定，泰门派人给他送上让他梦想成真的礼物来了。但是，当他得知事情的真相时，泰门需要钱用，知道泰门缺钱了，他们的友情细若游丝的品质就显露出来了。他信誓旦旦地一再对仆人说，他早就料到泰门会败光家产，有好几次，中午去泰门府上吃饭他就提醒过泰门这事，晚餐的时候又去劝泰门少花些钱，但是他三番五次地上门提醒，泰门根本不听。实际上，他天天去（就像他说的）泰门家飨宴，而且多次接受过价值更大的慷慨馈赠。但是，他说他专程去规劝泰门，或者善意地提醒和指责泰门过于挥霍这事，绝对是卑鄙无耻的谎言。随后，他又做出了同样卑鄙的行为，给了仆人一点儿贿赂，让仆人回去告诉泰门，路库勒斯不在家。

派去见路歇斯大人的送信人，也没什么收获。这位满嘴谎言的大人，肚子里装的全是泰门的酒肉，泰门送的贵重礼物让他富得流油，当他得知风向变了，那个不断喷发金钱的源泉断流了，一开始还有点儿不敢相信。确认之后，他就装出一副遗憾的表情，说真是倒霉，昨天刚花了一大笔钱（完全是谎言），现在手头上非常拮据，不能为泰门大人效力。他说自己简直是个畜生，搞得自己没有能力帮助这样好的一位朋友。还说，无法满足这位高贵绅士的请求，是最让他感到痛苦的事之一。

有人会认为，只要跟他同桌共饭过的，就都是他朋友吗？谄媚者就有这种属性。大家都记得泰门待路歇斯就像父亲待儿子一样，用自己的钱包维持他的信用。泰门帮他付过仆人的工钱；路歇斯为了面子认为必须有座豪宅，就连这些血汗劳工的钱也是泰门出的。可是，他把忘恩负义的本质一亮出来，

莎翁经典原句

Gold! Yellow, shining, precious, gold!This thing, with just a little bit, can make the black white and the ugly beautiful; wrong becomes right, lowly becomes noble, old people become teenagers, cowards become warriors.

金子！黄黄的、发光的、宝贵的金子！这东西，只有这一点点，就可以使黑的变白的，丑的变美的；错的变对的，卑贱变得尊贵，老人变成少年，懦夫变成勇士。

就成了毫无人性的怪物！路歇斯如今不承认泰门给过他那么多好处，说一个善良的人施舍给乞丐的钱财，都比泰门给他的多。

泰门派去辛普洛涅斯，以及每个唯利是图的大人那里讨钱的仆人，带回来的答复都差不多，这些所谓的朋友们不是闪烁其词，就是直接拒绝。就连已经出狱，刚富裕起来的文提狄斯也拒绝了泰门的请求。当初他遇到困难，泰门不是借给他，而是慷慨地送给了他五塔伦特。

泰门富裕的时候，人们怎么取悦他、求着他；现在他穷了，那些人就怎么躲着他、避着他。当初那些人大肆称赞他慷慨、大方、乐于助人，现在全都不知羞耻地指责他的慷慨是愚蠢，他的大方是挥霍。实际上，泰门真正的愚蠢就在于他拿这群卑鄙的禽兽当朋友，而他们却拿他当猎物。如今，泰门富丽堂皇的宅邸被他们厌弃了，人们经过时会刻意回避，露出厌恶的表情。如今，里面没有欢宴，也没有嘈杂的宾客，外面却被愤怒吵嚷的债主、放高利贷的、敲诈勒索的人团团围住，他们有的要求泰门履行契约，有的讨要利息，有的追讨抵押借款，这些人言行恶劣，让人难以忍受。他们铁石心肠，不容拒绝，就算想让他们宽限些时日也不行，泰门的宅邸成了围困他的监牢，进不去，出不来。

泰门（看起来）已深陷绝望，落到无可挽回的地步，可是大家突然惊讶地发现，西山落日竟然焕发出了让人难以置信的新光彩。泰门大人再次宣布要大摆宴席，把过去常来往的宾客全邀了来——各位大人、夫人们，以及雅典所有的头面人物和各界名流。路歇斯、路库勒斯大人、文提狄斯、辛普洛涅斯，还有一干人等都来了。他们发现（他们这样以为）泰门大人是在装穷考验他们，就后悔当初没看穿他的计谋。他们虚情假意地辩称，泰门大人派人找他们的时候，就是那么不凑巧，没能帮上这位可敬的朋友，说是为此感到难过、懊悔，这次特意前来效劳。泰门让他们不要把这种小事放在心上，他已经全都忘了。这些卑鄙、谄媚的大人们，在他遇到困难的时候，不肯借钱给他，如今他又富贵了，却想继续沾光。他们就是这样一群趋利避害的小人。这时，热气腾腾的筵席伴着乐声摆在众人面前。破产的泰门老爷不知从哪儿弄来钱置办了如此奢华丰盛的筵席，让宾客们有些赞叹，有些人怀疑自己所见是否为真，不敢相信自己的眼睛。一声令下之后，菜肴全部被揭开，泰门的意图也随之揭晓。人们期待在盘中看到，往日泰门奢靡的餐桌上供应的珍馐佳肴，盘子里的东西却与他们的期待不符，而与泰门的贫穷相符——盘子里只有一些冒着热气的温水。这些东西正配得上那些只肯出一张嘴的朋友们，他们的表白就像蒸汽，他们的心就像那些温吞的水，滑滑溜溜。泰门对这些吃惊的宾客致辞说："开饭，无耻的人们，舔吧。"客人们还在惊诧中没缓过神来，泰门就开始往他们脸上泼水，接着抓起杯盘碟盏往他们身上扔。这群高贵的男男女女慌手忙脚地挤着往外跑，现场一片混乱，泰门追着他们，口中叫着最适合他们的称呼："软滑媚笑的寄生虫！戴着礼貌假面的害虫！面善心毒的狼！假装温顺的狗熊！贪财的小丑！吃肉喝血的朋友！浪费时间的苍蝇！"他们躲避着他往外挤，比进来的时候还急切。有人挤掉了袍子、帽子，有人仓皇间丢了首饰珠宝，所有人都想赶快摆脱这位疯狂的大人，逃离这场专为奚落他们置办的假筵席。

这是泰门筹办的最后一场宴会，然后他就和雅典，和人类社会永别了。在那之后，他只身来到森林，远离他憎恨的城市和所有人，希望那个令他厌恶的城市墙倒屋塌，把所有人都压死。希望人类历经的所有灾难——战争、暴行、贫穷、疾病——永远纠缠城里的居民，祈求公正的诸神给所有的雅典人带去混乱，无论老少、贵贱，一个也不放过。他怀抱着这样的祈祷，走进深林，在这

泰门在看清一众宾客的真实嘴脸后，假意筹办宴会邀请他们，在宴会上用水泼他们、用杯盘碟盏扔他们，以此来揭露他们的真实嘴脸，发泄自己的愤怒。

原创者：约翰·莫伊尔·史密斯 (John Moyr Smith)，原为多色石版画，本幅为临摹作品。

里他会发现，最凶残的野兽都比人类仁慈得多。他脱光衣服，不想保留一丝人的模样，然后挖了个洞穴住在里面，像野兽一样独行。他以野生植物的根茎为食，饮生水解渴，躲避同类的面孔，宁愿选择和比人类更无害更友善的野兽为伍。

泰门孤独地在荒无人烟的森林中生活着，直到有一天，他正在挖掘植物的根茎——他就靠这东西勉强为生——他的铁锹被什么沉甸甸的东西卡住了，挖出来一看，是金子。金子就这样在大地之母的怀抱中沉睡，直到它偶然间被泰门的铁锹挖到，才重新得见天日。

这是一笔巨大的财富。如果泰门的思想还和过去一样，这笔钱足够用来找回他的朋友和谄媚者们。但是泰门恨透了这个虚伪的世界，看到金子都觉得恶心。他本打算再将这些金子重新埋回去，但是想到金子给人类带去无尽的灾难，想到由它引发的抢劫、压迫、不公、贿赂、暴力和凶杀，心中很是满意（他对人类已经恨之入骨）。这时，一队士兵从森林中经过，正好走到他洞穴的附近，是雅典军官艾西巴第斯麾下的队伍。艾西巴第斯因为厌恶雅典的元老们（雅典人素来以不知感恩、忘恩负义出名，时常招致他们的将军和盟友们的厌弃），就起兵反抗，带领从前守卫雅典贵族们的那支得胜之军，掉过头来攻打他们。泰门当然愿意看见他们这么干，就把金子献给军中的将领，让将领分发给手下的士兵，他不求别的，只求将领能带领征讨大军攻陷雅典，杀光、烧光城中的居民。闭上眼睛、堵上耳朵，不看、不听，不要心生怜悯。不要让少女、婴孩或母亲的哭声妨碍他将城中居民赶尽杀绝，一定要在这次征讨中彻底击败他们。当艾西巴第斯攻打雅典的时候，泰门祈祷诸神也不要放过这个讨伐者。

他就这样凄凉孤独地活着。有一天，他惊讶地发现有个人恭敬地站在他的洞穴门口。原来是他那位诚实的管家弗莱维斯。他对主人的敬爱和牵挂，引领他找到了主人简陋的住所——他还想服侍自己的主人。弗莱维斯看到了自己的主人，曾经高贵的泰门，竟落得这样凄惨的下场，赤裸着身子，与野兽为伍，过着和野兽一样的日子，几乎看不出他过去的影子。善良的仆人心绪翻涌，站在那儿说不出话来。等到终于能开口了，他又因为声音哽咽，让人听不清。泰门好半天才认出他来，或者说才发现谁（与他阅历过的人类完全相反）会在困境中前来服侍他。由于弗莱维斯是人的样貌形态，泰门就怀疑他是个背叛者，怀疑他的眼泪是假的。但是这位善良的仆人用很多事例证明，他的忠诚是真实的，让他的主人明白，他纯粹是出于对旧主的感情和职责才来的。因此泰门不得不承认这个世界上还有一个诚恳的人。但是，由于弗莱维斯是人的样貌，泰门看见人的面孔、听见人的声音就觉得厌恶，因此泰门也不愿看见他。这世上唯一诚恳的人，因为是个人，也不得不离开。弗莱维斯心地比普通人仁慈、善良，也抵消不了泰门对人类可憎的身形外貌的厌恶。

比可怜的管家地位更高的访客，也来打搅泰门野性又宁静的隐居生活。雅典城里那群不知感恩的大人们，此刻十分懊悔当初对高贵的泰门那样不公。因为艾西巴第斯像一头愤怒的野猪，猛烈地攻打着城墙，美丽的雅典时刻有灰飞烟灭的危险。那些健忘的人们这时才想起泰门大人先前的英勇和他的军事才干，泰门过去曾经是他们的将军，是一个勇猛且精通军事的战士。人们认为在所有雅典人中，只有他能对付这支给他们造成严重威胁的军队，击退艾西巴第斯的疯狂进攻。情势紧急，元老会派出代表去拜访泰门。他们身处危难了，就来找泰门；泰门身处危难时，他们却不管不顾。他们似乎以为泰门会以德报怨。

不久前，泰门被他们的忘恩负义逼得离开了雅典，如今他们诚挚地流着泪恳求他去拯救那座城。他们提出要给他财富、权力、地位，弥补过去对他造成的伤害，让他重新获得大家的尊敬和爱戴。只要他愿意回去拯救他们，他们愿意把自己的生命和财产全都交给他。但是，赤裸的泰门，憎恨人类的泰门，已经不再是泰门大人，不再是慷慨的贵族，不再是精英勇士，不再是他们战争中的盾甲和平时的装饰了。如果艾西巴第斯杀害他的国人，泰门毫不在乎。他要洗劫美丽的雅典，泰门会为此感到高兴。泰门就是这么对他们说的。

这就是他的全部答案，元老们除了失望地哭泣，再无他法。只是，他们离开的时候，泰门请他们给国人们带句话，告诉他们要想解除悲伤、焦虑，躲避残忍的艾西巴第斯震怒的后果，还有一条路可走，由于他对亲爱的国人们还有很深的感情，想在自己死前再为他们做些好事，因此可以告诉他们该怎么办。这些话让元老们稍微打起了一点儿精神，他们希望泰门对雅典城的好感又回来了。然后，泰门对他们说，在他的洞穴旁边有一棵树，不久之后就会把它砍掉，他邀请雅典的朋友们，无论高低贵贱，谁要是想躲避灾难，在他砍掉这棵树之前，可以过来在这棵树上吊死，这样就能避开灾难了。

在他对人类展现的所有高尚的恩惠中，这是他最后一次施恩了，这也是他的国人最后一次见到他。没过几天，一位士兵经过一处海滩，那里离泰门常出没的树林不远，他在海岸交界的地方看到一座墓碑，这是憎恨人类的泰门的坟墓。碑文说：“他生前憎恨所有活着的人，如今已死，希望一场瘟疫消灭世间所有卑劣的人类。”

泰门是通过暴力手段自行了断的，还是仅仅因为厌恶生命、憎恨人类，让他走向了生命的终结，已不得而知，但是所有人都说他的墓志铭写得十分妥帖，死后也能贯彻到底。他死后正如他活着时一样憎恨人类。有些人认为，他选择海边作为自己的葬身地，另有深意，广阔的大海永远在他的坟墓旁哭泣，就像在鄙视伪善的人类而匆匆流下的两行浅泪。

一起涂色吧

罗密欧与朱丽叶

查尔斯·兰姆

埃斯卡勒斯
维洛那亲王

帕里斯
亲王的亲戚

茂丘西奥
亲王的亲戚，罗密欧的朋友

蒙太古伯爵
蒙太古家族长老

凯普莱特伯爵
凯普莱特家族长老

朱丽叶
凯普莱特的女儿，罗密欧的恋人

罗密欧
蒙太古的儿子

蒙太古夫人
罗密欧的母亲

凯普莱特夫人
朱丽叶的母亲

提伯尔特
朱丽叶的堂哥

罗萨兰
凯普莱特的侄女

劳伦斯
修士

班伏里奥
蒙太古的侄子

凯普莱特家族和蒙太古家族是维洛那城的两大家族。两个家族一直以来纷争不断，日积月累结下了死仇，就连双方的远亲、仆从也被牵扯到两家的仇怨之中。

凯普莱特伯爵筹备了一场盛大的晚宴，邀请了很多漂亮的女士和显贵的客人参加，只要不是蒙太古家族的人，所有前来的宾客都会受到热烈的欢迎。罗密欧倾慕的女孩罗萨兰也会出席凯普莱特家的宴会，而罗密欧，正是蒙太古伯爵的儿子；如果蒙太古家族的人在这场宴会上露面，一定会有危险，但是罗密欧的朋友班伏里奥劝说这位年轻的少爷戴上面具去参加宴会，这样他就有机会遇见罗萨兰，把她和维洛那城的上等美女们放在一起比一比，（班伏里奥说）他就会发现自己眼中的天鹅不过是

知道百科

罗密欧与朱丽叶的这一爱情悲剧，相传发生在意大利维洛那城。部分学者援引但丁的《神曲》作为佐证，但此说难以定论。不过，古罗马时代确实流传着关于一对情侣生死相恋的民间传说，在口口相传的过程中，故事和细节逐渐得到补充和丰富，逐渐演变为后来的罗密欧与朱丽叶的传奇。

一只乌鸦。罗密欧决定听从朋友的劝告，去参加宴会，但他并不认为班伏里奥的话是对的，想去仅仅是出于对罗萨兰的爱。作为一个春心萌动的青年，罗密欧真诚而热情，他因为自己的爱情夜不能寐，一个人孤单地想着她。罗萨兰却对他不屑一顾，对于他的爱，甚至从未回馈一点儿礼貌、一丝情意。班伏里奥想让自己的朋友多见识几位女士，多参加聚会，治好他的相思病。于是，年轻的罗密欧、班伏里奥和他们的朋友茂丘西奥一起戴着面具，出席了凯普莱特家的晚宴。凯普莱特老爷礼貌地对他们表示了欢迎，并对他们说，只要是脚上没长茧子的姑娘，都会愿意和他们跳舞。这位老人心情很是轻松愉悦，于是他们跳起舞来。忽然，罗密欧被一个跳着舞的绝色美女击中了，灯火好像因为她的缘故更亮了似的，夜色中，她的美貌就像黑人身上佩戴的昂贵珠宝；她美到脱俗，简直不似世间凡人！就像一只与乌鸦群同行的白鸽（他是这样说的），她的美冠压群芳，光彩照人。罗密欧将这番赞美的话脱口而出时，正巧被凯普莱特的侄子提伯尔特听见，提伯尔特一下就听出那是罗密欧的声音。提伯尔特是个暴脾气，他无法容忍一个蒙太古家的人戴着面具混进来，轻蔑地嘲笑（这是他的用词）他们隆重的晚宴。他顿时变得怒不可遏，想冲上去把年轻的罗密欧打死。但是他的叔叔，凯普莱特老爷不允许他在此刻伤害罗密欧，一方面是出于对宾客的尊重，另一面是因为罗密欧一直表现得像个得体的绅士，维洛那城的人都称赞他心地善良，说他是个有教养的年轻人。提伯尔特不得不强压怒火，努力克制自己，但是他发誓，下次一定让这个卑鄙的蒙太古青年为他的无礼闯入付出代价。

莎翁经典原句

He jests at scars that never felt a wound.

没有受过伤的人，才会讥笑别人身上的伤痕。

舞会结束，罗密欧望着那位姑娘站过的地方；因他戴着面具，似乎小小的无礼也可获得宽恕，他冒昧地上前拉起了姑娘的手，举手投足间极尽温柔，他称那手为圣地，若因他的触碰玷污了圣地，那他就是个羞愧的朝圣者，想亲吻它赎罪。

“好一个朝圣者，”姑娘回答说，“你的朝拜也太过谦卑有礼了，圣人的手，朝圣者可以触碰，不可亲吻。”“那圣人和朝圣者不是也有嘴唇吗？”罗密欧说。“是呀，”姑娘说，“嘴唇是用来祈祷的。”“哦，我亲爱的圣人，”罗密欧说，“那就请你倾听我的祈祷，成全它，不要让我陷入绝望。”

他们正说着这些隐喻、透着爱意的话时，姑娘被人叫走，去她母亲身边了。罗密欧打听她的母亲是谁，才发现这位让他如此心动的、美得无与伦比的姑娘，是年轻的朱丽叶，蒙太古家的大仇人凯普莱特大人的女儿和继承人。

他在无意中爱上了自家的仇敌。这件事让他十分困扰，却无法阻止他的爱意。朱丽叶发现跟他交谈的绅士，是蒙太古家的罗密欧时，几乎夜不能寐，因为不单是罗密欧想着她，她也在短时间内对罗密欧燃起了冲动的热情。她觉得，爱情的诞生着实神奇，她爱上了敌人，自己的情感应该安放在自己爱的人那里，但是从家庭方面考虑，她本应憎恨他。

到了午夜时分，罗密欧和他的同伴一起离开了。但是伙伴们很快发现他不见了，因为他已经把心留在那栋房子里，人又怎么能走开呢，他跳墙进到了朱丽叶屋后的果园。他在那儿回味着新近萌生的爱情，没过一会儿，朱丽叶的身影出现在窗边，她超凡的美貌就像日出东方时乍现的晨曦。在罗密欧眼中，照在果园中的轻柔月光，都在这轮旭日光辉的映衬下，变得黯淡了。朱丽叶以为这里没有别人，她深深地叹了口气，紧接着喊了一声：“啊！”罗密欧听见她的声音，万分惊喜，他低声说：“啊，再说点儿什么吧，光明的天使。”朱丽叶没有听见他的低语，不知道有人在偷听，当晚的奇遇让她心中充满了新生的热情，她叫着爱人的名字（她以为罗密欧不在现场）。“啊，罗密欧，罗密欧！”她说，“你在哪儿呢，罗密欧？为了我，别认你的父亲，抛弃你的姓名吧。你若是不肯，只要发誓爱我，我就不要凯普莱特这个姓氏了。”

受到这样的鼓舞，罗密欧很是欣喜，本想开口，又想听听她还会说些什么。这位姑娘继续自言自语（她以为没人在听）地倾吐着自己的情感，嗔怪罗密欧是蒙太古家的罗密欧，希望他不叫这个名字，或者把这个讨厌的名字换掉，因为那个名字并不是他的一部分，丢掉这个名字他就能完全得到她了。听到这些充满爱意的话，罗密欧再也压抑不住了。他想跟她对话，就像刚才那些话不是朱丽叶想着他，而是当着他的面说的那样，他想听她称呼自己“亲爱的”，或者任何她喜欢的称呼，因为既然那个名字让她不满意，那他就不再是罗密欧了。朱丽叶听到花园里有男人的声音，一开始不知道是谁在夜色中躲在暗处，偶然发现了她的秘密。情人的听力是如此之好，当罗密欧再次开口，朱丽叶的耳朵马上就听出来那个人是年轻的罗密欧。她劝诫罗密欧，爬果园的墙进来万一被发现会非常危险，万一被她家里人发现他是蒙太古家的人，他们会杀了他。

“唉！”罗密欧说，“你的眼眸强过他们的二十把剑。姑娘，你只要温柔地看上我一眼，我就能抵挡住他们的敌意。我宁愿死在他们的仇恨之下，得不到你的爱的生活是可憎的。”

“你怎么会到这里，”朱丽叶说，“谁指引你来的？”

“是爱情指引我来的，”罗密欧回答说，“我不是领航员，可是就算你离我很远，就算我们远隔重洋，我也会冒险去追寻。”

朱丽叶无意中表白了对罗密欧的爱意，一想到这件事已经被他发现，不禁脸上泛起了红晕，只是因为夜色，罗密欧没有看出她面容的变化。她很想把那些话收回来，但那是不可能的。她也想像一位谨慎持重的小姐那样，恪守教条，和情人保持距离，假装羞怯或冷漠，疏远她们最爱的人，这样她们的情人才不会觉得她们太轻浮。这些刁难能提升被追求者的价码。但是，朱丽叶已经没有拒绝、拖延的空间了，求爱过程中，姑娘们惯用的推拉手段，她全都用不了了。她做梦也没想到，当时罗密欧就在附近，他已经亲耳听到她的表白了。由于情势不同，她就坦率直白地承认了罗密欧听到的都是她的真心话，还称呼他为“俊美的蒙太古”（就算是令人厌恶的姓氏，爱也能让它变得动听起来），她请求罗密欧不要因为她轻易答应，就认为她轻浮，或不端庄，（若是有错）就把错归结到今夜的偶遇上吧，若非如此，他怎会意外得知她的心思。她补充道，虽然按女性的传统来说，她的言行举止不够稳重，但是跟那些人的矫揉造作比起来，她要比那些人真诚得多。

罗密欧让苍天见证，他从来不认为这位可敬的小姐，有任何不值得尊敬的地方，朱丽叶打断他，求他不要发誓。虽然她喜欢他，但是她不想今晚就缔约盟誓，她觉得那样太操之过急、太欠考虑、太突然了。但是他很急切，希望当晚就跟她交换爱的誓言。朱丽叶说，在他没开口之前，她就已经说过了（指的是罗密欧偷听到的那段告白）。可是她要把说出口的话收回来，为的是享受再次说出口时的快乐。两人正说着情话，朱丽叶被她的乳母叫走了。但是，她又匆匆回来跟罗密欧说了三四句话，大概意思是，如果他的爱确实发自真心，想娶她，她明天会派人给他送信，定好他们结婚的时间，她要把自己的命运交托给他，就算去天涯海角也会跟随自己的丈夫。他们正商量的时候，乳母又叫了她一声，朱丽叶回到屋内又返回来，又进去又出来，因为她不想让罗密欧离开她。罗密欧和她一样，也不想离开，因为夜晚的互诉衷肠，在情人的耳朵里，是全世界最动听的音乐。最后，他们还是依依分别了，相互祝愿对方今夜能好好休息。

他们分开的时候，天已经破晓，罗密欧满脑子里想的都是他的情人，还有那幸福的相会，根本不想睡觉。他没回家，去附近的修道院找修士劳伦斯去了。这位善良的修士已经开始他的祷告了，见到年轻的罗密欧这么早来修道院，准确地猜出是青春的爱恋让他一夜无眠。他把罗密欧的不眠归咎于爱情，完全正确。但是当罗密欧说出，他刚刚爱上了朱丽叶，希望修士帮助他们完婚时，修士睁大眼睛，举起双手，不明白罗密欧的情感怎么突然转移了，因为罗密欧对罗萨兰的爱，以及他对她轻视的抱怨，劳伦斯全都参与其中。但是罗密欧回说，修士也时常责备他对罗萨兰的爱太糊涂，她不会爱上他，他和朱丽叶互相爱慕，这样看来修士在某种程度上是赞成他的。这位好心的修士与凯普莱特和蒙太古关系都很好，一直为他们的仇怨感到遗憾，他经常去调解两家的争执，但是没起作用。修士心想，罗密欧和朱丽叶缔结婚姻，或许能弥合双方的裂痕。一方面想达到这个目的，另一方面他非常喜欢年轻的罗密欧，并不会拒绝他的任何请求，于是老人家同意为他们主持婚礼。

如今，罗密欧真的很幸福，朱丽叶按照之前的约定派了个送信人去见罗密欧，那人把罗密欧的计划告诉了她，他们早早来到了劳伦斯修士的一间小隔室，在那里携手缔结了神圣的婚姻，善良的修士祈祷上天祝福他们的婚姻，希望通过年轻的蒙太

莎翁经典原句

Too swift arrives as tardy as too slow.

太快和太慢，结果都不会美满。

古和年轻的凯普莱特的结合，埋葬两家长久以来的恩怨纷争。

婚礼结束之后，朱丽叶急匆匆地回到家，她在家中期盼着夜晚早早到来，因为罗密欧跟她约好，晚上在昨晚见面的果园与她相会。等待的时间似乎十分漫长。

当天中午的时候，罗密欧的朋友班伏里奥和茂丘西奥走在维洛那的大街上，碰到一群凯普莱特家的人，暴脾气的提伯尔特走在最前头。在老凯普莱特大人的宴会上，要跟罗密欧打架的，就是这位气冲冲的提伯尔特。这人看见茂丘西奥，张嘴就指责他跟蒙太古家的罗密欧过从甚密。茂丘西奥和提伯尔特一样，也是个脾气火爆、年轻气盛的人，说了些狠话回击他的指责。虽然班伏里奥一直在极力劝解，希望平息他们的怒气，两个人还是吵了起来。这时，罗密欧正好路过，暴怒的提伯尔特把矛头从茂丘西奥转向罗密欧，口口声声叫他“恶棍”。罗密欧完全不想和提伯尔特吵架，因为他是朱丽叶的亲戚，而且朱丽叶跟他感情很好。此外，这位蒙太古家的青年天性聪慧温和，从未参与家族的争端，而且他亲爱的姑娘就姓凯普莱特，现在这个姓氏不是引发他怒火的信号，而是消解他愤怒的灵丹妙药。他想跟提伯尔特讲道理，和善地称呼他“好凯普莱特”，虽然他是蒙太古家的人，仿佛叫出凯普莱特这几个字，能给他带来某种隐隐的快乐。但是，提伯尔特多恨地狱，他就多恨蒙太古家的人，他根本不想听什么道理，直接拔出了武器。茂丘西奥不知道罗密欧隐秘的动机，不理解他为什么要跟提伯尔特讲和，于是就把他眼下的克制当作某种可耻的屈服，他故意用轻蔑的话语激怒提伯尔特，想要继续他们刚才的争吵。提伯尔特和茂丘西奥打了起来，罗密欧和班伏里奥想把他们拉开，但是没能成功，直到茂丘西奥受了致命伤倒地不起，眼见茂丘西奥就这样死了，罗密欧再也压制不住心中的怒火，二人也动了手，最后罗密欧手刃了提伯尔特。这场血腥的厮杀发生在正中午，维洛那城的中心，消息迅速传开，市民蜂拥而至，其中就包括老凯普莱特和老蒙太古，还有他们的夫人。过了一会儿，亲王也来了，他与被提伯尔特杀死的茂丘西奥是亲戚。长久以来，他的管辖之地时常因为凯普莱特和蒙太古两家的争斗不得安宁，于是他决定用法律严惩那些不法之徒。班伏里奥目睹了这场打斗，亲王命令他陈述始末。他照做了，在不伤害罗密欧的前提下，最大限度地还原了事实，言谈间尽量为朋友开脱。凯普莱特夫人因为自家的亲戚提伯尔特被杀，非常伤心，不顾一切地想要报复，她敦促亲王一定要严惩凶手，不要听班伏里奥的陈述，因为他是罗密欧的朋友，而且也是蒙太古家的人，肯定会偏袒凶手。就这样，她控告了自己的新女婿，但是她还不知道凶手是她的女婿，朱丽叶的丈夫。另一边，蒙太古夫人为她孩子的命苦苦恳求，她辩称，罗密欧虽然杀了提伯尔特，但他是出于正义，不该受到惩罚，因为提伯尔特先杀了茂丘西奥，违法在前。面对两位妇人的激烈呼喊，亲王不为所动，他细细查明真相，宣布了判决：将罗密欧驱逐出维洛那。

对于年轻的朱丽叶来说，这个消息太过沉重了，她几个小时前刚成为新娘，这判决就像是告诉她，这段婚姻永远地结束了。她听到消息的时候，先是生罗密欧的气，因为他杀害了她亲爱的堂兄。但是到最后，爱情占了上风，因为罗密欧杀死她堂兄而流的伤心泪，变成了庆幸丈夫还活着的开心泪，因为完全有可能是提伯尔特杀了罗密欧。然后她又因为罗密欧遭到驱逐，流下了伤心的泪水。

在那场打斗之后，罗密欧就躲到了劳伦斯修士的密室，他在这里听到了亲王对他下的驱逐令，在他看来，驱逐比死亡还糟糕。在他眼中，维洛那的城墙外面没有世界，看不见朱丽叶他就活不下去。朱丽叶在哪儿，哪儿就是天堂。善良的修士本想用哲理化解他的悲伤，但是这个狂乱的年轻人什么也听不进去，简直像疯了一样。他心爱的姑娘派人送信来了，他才稍稍恢复了一点儿理智。修士趁机劝告他，刚才表现出的软弱太不男人了。他已经把提伯尔特杀了，难道还要杀了自己，杀了亲爱的妻子吗？他若死了，要她怎么活？修士说，一个男人的高贵，如果没有勇气支撑，就是个蜡壳。他杀了人，亲王只宣布将他驱逐，没有判处死刑，施法已经很宽容了。他杀了提伯尔特，本来是提伯尔特想杀他，其中有些运气的成分。朱丽叶在这世上活着，还成了他亲爱的妻子，他已经是最幸运的人了。正如修士所言，对于他指出的所有幸事，罗密欧完全不予理会。修士让他当心，因为自暴自弃的人一般都死得很惨。罗密欧的心情稍微平复之后，修士建议他当晚偷偷去跟朱丽叶告别，然后从那里启程直接去曼多亚，到了之后就在那等着，修士会找机会将他们的婚姻公之于众，他们两家很可能因为这件喜事和解。他丝毫不怀疑，到时亲王会被打动，从而宽恕他，这样他就能摆脱离别时的悲伤，带着二十倍的喜悦回来了。罗密欧被修士这些明智的建议说服，别过修士就去找他的朱丽叶了，他打算当晚跟她在一起，天亮就上路只身前往曼多亚。善良的修士答应，会隔三差五给他带信过去，把家里的情况告诉他。

罗密欧与他亲爱的妻子一起度过了那个晚上。他是从之前听到她坦白爱意的那个果园，偷偷爬进朱丽叶卧房的。那是一个充满欢乐和狂喜的夜晚，但是那晚的欢愉和这

莎翁经典原句

What's in a name? That which we call a rose by any other name would smell as sweet.

名字有什么关系呢？玫瑰不叫玫瑰，它依然芳香。

对情人相处的快活，被明日的分离和昨日的惨事冲淡了。不受欢迎的拂晓似乎来得太快，她觉得那声音是那么不和谐，又那么讨厌。从东方升起的曙光，也明白无误地告诉这对爱侣，是分开的时候了。罗密欧心情沉重地跟亲爱的妻子告别，他保证每天每个小时都会从曼多亚写信给她。罗密欧从朱丽叶卧房的窗户爬下来，他站在地上的时候，朱丽叶的头脑中满是悲伤不祥的预感，在她眼中，此时的罗密欧就像一具身处坟墓中的死尸。罗密欧的脑海中也产生了同样的担忧。但是，他不得不赶紧离开，因为如果天亮之后，他在维洛那城内被发现，就要被处死。

这对不幸的恋人，他们的悲剧才刚刚开始。罗密欧离开没几天，老凯普莱特大人就给朱丽叶挑了个对象。他给朱丽叶挑选的丈夫是帕里斯伯爵，一位勇敢、年轻又高贵的绅士，老凯普莱特做梦也没想到，自己的女儿已经嫁人了。

对于父亲的提议，朱丽叶既害怕又苦恼。她恳求父亲，自己还小，没到结婚的时候，再加上提伯尔特刚死，实在打不起精神笑对新夫。而且提伯尔特的葬礼刚结束，哀思未散，凯普莱特家的人就为婚礼大肆欢庆，也有失体统。朱丽叶提出各种理由反对婚事，但是有一个最实在的理由，她没说，那就是她已经结婚了。凯普莱特大人对她的借口充耳不闻，不容置疑地命令她做好出嫁的准备，下周四就要她和帕里斯完婚。他找的这位女婿富有、年轻、高贵，维洛那城最高傲的姑娘也会乐意成为他的妻子，他觉得朱丽叶的拒绝是一种假装出来的羞怯，他当然不能容忍女儿自毁前程。

情势危急，朱丽叶只能去求那位帮助过他们的修士，她每次遇到难处都会来找他。修士问她，是否下定决心孤注一掷。朱丽叶回答说，自己亲爱的丈夫还活着，她宁可活着躺进坟墓，也不会嫁给帕里斯。修士让她先回家，表现出高兴的样子，跟家里人说同意按她父亲的意思，嫁给帕里斯，到了第二天晚上，也就是婚礼前夜，把修士给她的一个小瓶子里的东西喝掉，喝下之后的四十二小时之内，人会全身冰凉像死了一样，新郎早上过来接她的时候，就会以为她已经死了。按照本地风俗，会敞着棺椁将她运送到家族墓地埋葬。如果她能褪去女人的胆怯，同意这个有些可怕的计划，喝下药水四十二小时（药效确定）后一定会醒过来，就像做了一场梦一样。在她醒来之前，修士会把事情的发展告知她的丈夫，他可以趁夜把她接走，带去曼多亚。爱，以及对嫁给帕里斯的恐惧，让年轻的朱丽叶鼓起勇气，去施行这次可怕的冒险。她接过修士手中的药瓶，答应会照他说的做。

从修道院出来之后，朱丽叶遇到了年轻的帕里斯伯爵，她适当隐藏内心的想法，答应做他的新娘。对凯普莱特大人和他的妻子来说，这是令人愉快的消息。这件事就像给老人注入了青春的活力，朱丽叶之前拒绝嫁给伯爵让老凯普莱特非常不高兴，现在她愿意听话，就又是他心爱的女儿了。为了即将到来的婚礼，这家人忙碌起来。

星期三晚上，朱丽叶喝下瓶中的药水。她心中并非没有顾虑，修士当初为她和罗密欧主持了婚礼，她担心修士为了避免受到指责，给她的是毒药。但是她又想到，大家都知道修士一直是个虔诚的人。她还担心，罗密欧还没到她就醒了，周围全是凯普莱特家的尸骨，满身是血的提伯尔特，就在尸衣中腐烂，不知道那可怕的地方，会不会把她吓得精神错乱。她又想起那些恐怖的故事，据说鬼魂会在他们尸体埋葬的地方游荡。但是，她对罗密欧的爱，以及对帕里斯的厌恶，令她将瓶中的液体一饮而尽，随后就失去知觉了。

一大早，年轻的帕里斯就来了，他要用音乐唤醒他的新娘，卧房中一片死寂，没有活生生的朱丽叶，只有一具失去生命的尸体。他的满腹憧憬瞬间破灭，家里从上到下一片混乱。可怜的帕里斯哀悼着他的新娘。最让人心痛的是老凯普莱特夫妇的哀哭，他们只有这一个可怜又可爱的孩子，给他们带来无限的欢乐和安慰，就在这对爱女如命的夫妇马上要看到女儿登上新的台阶（他们这样认为），嫁给一个有前途的优秀对象时，残忍的死神把她带走了。事到如今，为婚礼做的准备，全都转作他用，改办葬礼了。喜庆的婚宴变成悲伤的丧席，新婚颂歌改成沉痛的哀歌，轻快的乐器换成忧郁的丧钟；本来打算撒在新娘步道上的鲜花，现在也没浪费，全撒在她的尸体上了。来主持婚礼的牧师，改为主持她的葬礼，她还是去了教堂，只是被抬去的，没有为生者增添欢乐的希望，而是令人沮丧地增加了死者的名单。

坏消息总是比好消息传得快。劳伦斯修士派出的送信人还没到曼多亚的时候，罗密欧已经收到了朱丽叶的死讯。此时此刻的他不知道那葬礼是假的，朱丽叶的死亡也是假的。不久之前，罗密欧还觉得分外开心轻松呢。他晚上做梦，梦到他死了，他的妻子来找他，发现他已经死了，就亲吻他的嘴唇，给他传送生的气息，然后他就活过来了，还成了皇帝！就在这时，从维洛那城来了个送信人，他觉得肯定有好消息传来，正好符合他梦里的预兆。但是，事实与他梦里的美好情景正相反，他的妻子死了，无论怎么亲吻，她也活不过来了。他命人备马，决定当晚去维洛那，他要见见躺在坟墓中的妻子。不好的想法，会迅速溜进绝望之人的思想，他想起曼多亚有一个贫穷的药剂师，不久前他还刚经过那家店铺，那人看起来像个贫苦的乞丐，更让人知道他已穷苦至极的是，他曾经说过：“曼多亚的法律规定，卖毒药是死罪。但如果有人需要毒药，这里有个可怜的穷苦人一定会卖给他。”罗密欧想起这些话，去找那个药剂师，他先是假装顾虑不敢卖，等罗密欧拿出金子，贫穷使他不再犹豫，马上把毒药卖给了罗密欧。药剂师告诉罗密欧，只要吞下毒药，就算他比二十个人还强壮，这药也会迅速夺去他的生命。

罗密欧带着毒药前往维洛那，他要去朱丽叶的墓穴，再看他亲爱的妻子一眼。也就是说，他看到爱妻之后，就会吞下毒药，陪在她身旁，永远长眠。他到维洛那的时候已是午夜，在墓地的正中间找到了凯普莱特家的古墓。他备好火把、铁锹和铁撬棍，就在他准备撬动墓门的时候，一个声音打断了他。那人称呼他“卑鄙的蒙太古”，让他马上停止这非法的勾当。说话的是年轻的帕里斯伯爵，他晚上来到朱丽叶的墓穴，想撒些鲜花，在这个本该成为他新娘的姑娘坟前，哭上一场，没想到在此时遇到了罗密欧。他不知道罗密欧和死者的关系，只知道他是蒙太古家的人，（他认为）所有凯普莱特家的人都是不共戴天的仇人，他推测，罗密欧半夜前来，是要做出侮辱尸体的可耻行为。于是，帕里斯愤怒地要他住手。而且罗密欧是个罪犯，按维洛那的法律，在城里发现他，就要把他处死，帕里斯必须得抓住他。罗密欧劝帕里斯离开，用葬在一旁的提伯尔特警告帕里斯，不要激怒他，逼他动手杀人，他不希望头上再增加一条罪名。但是伯爵对他的警告不屑一顾，把他当个犯人，伸手就要抓他，罗密欧反抗，两个人打了起来，帕里斯倒地身亡。罗密欧借着灯光，想看看他杀死的是谁，这才发现此人正是想娶朱丽叶的帕里斯（他是从曼多亚到这来的路上得知的），他拉着那死去青年的手，就像帕里斯的不幸使他们成了同伴，他说要把帕里斯埋入一个胜利的坟墓，也就是朱丽叶的坟墓。他已经打开了墓穴。他的妻子就躺在那儿，似乎死神也无力改变她的面容和气色，她还是美得那样无与伦比。朱丽叶躺在那儿，不仅没有丝毫死气，相反还有几分娇艳，因为她本来就是吞下假死的药水，陷入昏睡。她旁边躺着的是身着染血尸衣的提伯尔特，罗密欧看见他，冲着他的尸体乞求原谅，而且因为朱丽叶的缘故，称呼他“堂兄”，说会帮他杀死仇敌。罗密欧亲吻了朱丽叶的双唇，和她告别。然后他从疲惫的身躯上卸下背负的不幸，吞下了药剂师卖给他的毒药。这毒药是会致命的真毒药，和朱丽叶的假死药不同；朱丽叶的药效马上就要过了，醒过来可能会抱怨罗密欧来得太晚或太早。

修士承诺她会醒来的时间到了，他已经得知自己派去曼多亚的送信人，路上不顺耽搁了，信没有送到罗密欧手上。于是修士就自己带着铁镐和提灯来了，想把朱丽叶放出来。他来到凯普莱特家的墓地，发现已经有灯光，然后又看见附近有剑和血，紧接着看到罗密欧和帕里斯双双躺在墓室中，已经没了气息，大吃一惊。

他还没想明白惨剧是如何发生的，朱丽叶就从昏迷中醒过来了。她看见一旁的修士，想起自己身在何处，以及她怎么会在这儿之后，就要找罗密欧，修士听到外面有声音，就让她先离开这个死亡长眠之地，说是一股他们无力抵抗的力量打破了他们的计划。外面的声音吓得修士落荒而逃。朱丽叶看见爱人手里紧握着一只杯子，就猜到他肯定是被毒药夺去了生命，若是那毒药还有残留，她一定会吞下的。她亲吻爱人余温尚存的嘴唇，想吮吸沾在他唇上的毒药。外面的声音越来越近，她迅速拔出随身佩戴的匕首刺向自己，死在她忠实的爱人罗密欧身旁。

这时，守夜人来到此地。帕里斯伯爵的侍童刚才看到他的主人和罗密欧打斗起来，就去喊人，消息在市民中散开，混乱的呼喊遍布维洛那城的大街小巷。信息不全的谣言传到相关人的耳朵里，喧闹声吵得蒙太古大人和凯普莱特大人从床上爬起来，和亲王一块儿去查询骚乱的原因。修士已经被几个守夜人抓住了，他正从墓地出来，浑身颤抖，哀叹连连，形迹可疑地抹着眼泪。凯普莱特家的墓园挤满了人，关于这桩离奇的惨剧，亲王让修士把他知道的说出来。

修士当着蒙太古和凯普莱特两位老大人的面，把两家儿女的爱情悲剧，以及他参与促成他们的婚姻，想借此解决两家长久以来的纷争，让他们和解的事，一五一十地讲述了一遍。他还说，死在这里的罗密欧，是朱丽叶的丈夫，死在这里的朱丽叶是罗密欧忠实的妻子，把他们完婚的始末告诉众人。他说本来想找个合适的机会，把他们已经结婚的事公布出去，可是时机未到，就有人向朱丽叶提亲，她为了避免犯重婚罪，就吞下了使人昏睡的药剂（他建议的），让大家以为她死了。同时他写信给罗密欧，让他来把朱丽叶接走，他到的时候药效正好要过了，不幸的是，送信人没把信送到罗密欧手上。接下来的事，修士就不知道了，他自己来这个死人待的地方，是想把朱丽叶放出来，结果发现帕里斯伯爵和罗密欧都死了。看见帕里斯和罗密欧打斗的侍童，还有从维洛那城就一直跟随罗密欧的仆人，补充了其他情节，钟情的罗密欧给过仆人一封信，让仆人在他死后交给他的父亲，他在信中为修士说了好话，坦白了他与朱丽叶的婚姻，恳求父母的原谅，把他从贫穷的药剂师那里买毒药，打算去墓地永远与朱丽叶同眠的事也说了。所有的事情都与修士讲述的相符，洗脱了他杀人的嫌疑，证实他的确是出于好意，只是计划太过玄妙，又太不易察觉，最终造成了意料之外的后果。

亲王转向蒙太古和凯普莱特两位老大人，责备他们之间的仇恨既野蛮又不明事理，让他们看看，上天因为他们的罪行降下灾难，通过他们子女的爱情，惩罚他们无端的仇恨。两家的旧仇终于化解，他们同意把他们的仇恨埋入子女的坟墓。凯普莱特大人提出，让蒙太古大人和他握手言和，称呼他“兄弟”，仿佛两个家庭因为年轻一代的婚姻结成了亲戚。他说，他不想从女儿的夫家得到什么，只想和蒙太古大人握握手（作为和解的象征）。但是，蒙太古大人说，他愿意给得更多，他要为朱丽叶塑一座纯金的雕像，只要维洛那城还在，就不会有任何雕像比真诚忠实的朱丽叶雕像更富丽精美。凯普莱特大人回敬说，他也要替罗密欧铸一座像。两位可怜的老大人，争着向对方表达更大的敬意，只是一切都太迟了。他们过去的愤怒和敌意太过极端，两个孩子的惨死（作为他们争吵和纷争的可怜牺牲品），才消除了这两个贵族家庭之间的仇恨和妒意。

由于罗密欧和朱丽叶双双殉情，消除了这两个贵族家庭之间的仇恨和妒意，蒙太古家族与凯普莱特家族和解。

创作者：威廉·荷加斯（William Hogarth）

一起涂色吧

哈姆雷特

查尔斯·兰姆

克劳狄斯

丹麦国王，哈姆雷特的叔叔

葛特露

丹麦王后，哈姆雷特的母亲

霍拉旭

哈姆雷特的朋友

哈姆雷特

丹麦王子，丹麦前任国王的儿子，现任国王的侄子

奥菲利娅

波洛涅斯的女儿

马西勒斯

卫兵

波洛涅斯

御前大臣

雷欧提斯

波洛涅斯的儿子

丹麦国王哈姆雷特突然去世，王后葛特露成了寡妇，可是丈夫去世还没超过两个月，她就嫁给了国王的弟弟克劳狄斯，当时人们无不认为王后的举动过于轻率，甚至应该说过于无情，或者心肠太坏。因为无论是样貌还是思想，这位克劳狄斯和王后的先夫没有一点儿相似之处，这人不仅面目可憎，而且性情也相当卑劣。有些人难免怀疑，他偷偷杀害了他的哥哥，也就是原来的国王，目的是迎娶寡嫂，登上丹麦的王位，这样就可以排挤掉年轻的哈姆雷特——已故国王的亲儿子，王位的合法继承人。

年轻的王子十分敬爱已故的父亲，几乎把父亲当偶像来崇拜，王后的草率举动给他造成很大冲击。他本身是个品格高贵、行事体面的人，母亲的可耻行为让他既伤心又恼火。父亲过世的悲伤，以及母亲再婚的耻辱，让年轻的王子陷入深深的忧郁，他欢乐的心情和俊美的外表也随之隐去了。他平时对读书的乐趣如今也放弃了，适合年轻人的贵族活动和娱乐，变得让他无法接受了。他越来越厌倦这个世界，这个世界对于他来说，就像一座长满野草的花园，美丽的花朵全都被拔除了，只剩野草在疯长。他觉得最痛苦的不是他本来是王位的合法继承人，现在却要被排除在外。虽然对于高尚的王子来说，这是一种伤害，也是一种侮辱。但是让他最受打击，让他再也感受不到任何快乐的是，他的母亲竟然就这样忘记了他的父亲，一位那么好的父亲！而且父亲曾经那样爱他的母亲，是一位十分温柔的丈夫！她也一直表现得像个敬爱丈夫、顺从丈夫的妻子，与丈夫十分亲昵，仿佛她对丈夫的感情只会越来越深。如今还不到两个月，或者是在年轻的哈姆雷特看来还不到两个月，她就移情别恋了，嫁给了自己的叔叔，她丈夫的弟弟，这本就是一桩十分不合适，也不合法的婚姻。一方面是她如此快速地爱上了别人，更过分的是她匆匆再婚，实在有失体面，而且她选择了一个不配做国王的人，与她共享王位和床榻。对于这位高尚的年轻王子来说，这件事对他精神的打击，以及给他心中带来的阴霾，比丢掉十个王国还严重。

他的母亲葛特露和国王，想方设法转移他的注意力，结果也是徒劳。他在王宫里一直穿着黑色的衣服，悼念他的父王，从来没有换过，即便是他母亲再婚的大喜之日也是这身打扮，在那（对于他来说）可耻的日子，他拒绝参加任何庆祝或

知道百科

《哈姆雷特》是莎士比亚所有戏剧中篇幅最长的一部，也是莎士比亚最负盛名的剧本，具有深刻的悲剧意义。复杂的人物性格以及丰富完美的悲剧艺术手法，代表着整个西方文艺复兴时期文学的最高成就。同《麦克白》《李尔王》和《奥瑟罗》组成了莎士比亚“四大悲剧”，《哈姆雷特》被称为莎士比亚四大悲剧之首，不仅是在于作品最后的悲惨结局，同时还在于作品带给人们沉重的反思，对哈姆雷特命运的反思，对当时文艺复兴时期社会背景的反思。这部戏剧作品反映了人文主义思想和英国黑暗封建现实之间的矛盾，揭露出封建的地主阶级与资产阶级之间争夺权力的罪行。而主人公哈姆雷特最后的结局，则是整个时代发展的必然趋势。

欢宴的活动。

最让他感到困扰的是，他不确定父亲是怎么死的。克劳狄斯说，父亲是被毒蛇咬伤中毒而亡。但是年轻睿智的哈姆雷特怀疑，坐在王位上的克劳狄斯就是那条毒蛇。

他的推测究竟是对是错？他应该怎样看待自己的母亲？他的母亲是否参与了谋杀？她对这件事是同意了，还是知晓，或者一无所知？这些疑问始终困扰着他，让他心烦意乱。

一则流言传到年轻的哈姆雷特耳中，说是站岗的卫兵见到了鬼魂夜半时分在王宫前面的平台出没，那鬼魂和他已故的父王一模一样，已经连续出现两三天了。鬼魂出现的时候，每次都是从头到脚穿着铠甲，大家都知道死去的国王穿过这样的铠甲。而且看到鬼魂的人（其中就包括哈姆雷特的知己好友霍拉旭），对鬼魂出没的时间和样貌行为的描述完全一致。他们都说，十二点的钟声刚过，鬼魂就会现身，他的面孔看起来十分苍白，神情上悲伤多于愤怒，胡须看起来十分威严，乌黑中有几缕银丝，和他们过去看到的国王一样。他们和他说话，他不回答。但是他们认为，有一次那鬼魂抬起头，做出了说话的动作，好像是有话要说。但是，当时已是早晨，公鸡啼鸣，鬼魂就匆忙退缩，在他们面前消失了。

莎翁经典原句

Doth all the noble substance of a doubt to his own scandal.

一小块污点能抹杀一个人所有优点。

听了他们的描述，年轻的王子感到十分震惊，他们说的前后一致，彼此呼应，让人很难不相信。于是他判断，那些人看到的，就是他父亲的鬼魂。他决定当晚和卫兵一起站岗，这样就有可能见到那鬼魂。按他自己的分析，鬼魂不会平白无故地出现，一定是有事相告，虽然到目前为止还未开口，但是很可能会对他说。他焦急地等待着夜晚快快来临。

总算到了夜晚，他和霍拉旭，还有一个叫马西勒斯的卫兵，一起登上鬼魂习惯出没的平台。当天夜里十分寒冷，空气像刀削一样刺骨。哈姆雷特和霍拉旭，还有其他守卫谈论着当晚的寒冷，霍拉旭突然发声，打断他们的谈话，说鬼魂来了。

哈姆雷特看见父亲的鬼魂，突然觉得又惊又怕。一开始，他不知道那是一个善灵还是恶灵，也不知道他是要行善还是作恶。后来他的勇气渐渐凝聚起来。父亲（他认为那就是他的父亲）看向他的目光惹人心疼，似乎想跟他交谈，而且各个方面都和他父亲活着的时候一样，年轻的哈姆雷特忍不住开了口。他叫了国王的名字："哈姆雷特，国王，父亲！"然后恳求鬼魂告诉他，为什么要离开坟墓，大家都知道他已在坟墓安静长眠，为什么又回来，在月光下造访人间。他求鬼魂让他们知道，他们是否该做些什么，好让他的灵魂得到安息。鬼魂示意哈姆雷特跟他走，他们单独去一个更僻静的地方。霍拉旭和马西勒斯劝年轻的王子不要去，他们怕那是个恶灵，要引他去附近的海边，或某处危险的崖顶，然后露出狰狞的面貌，把王子吓得失去理智。但是他们的忠告和恳求没能改变哈姆雷特的决定，他不在乎自己的性命，不怕丢掉它。至于他的灵魂，他说，灵魂既然不灭，一个鬼魂又能对他的灵魂做什么呢？他觉得自己像狮子一样强大，他们虽竭力想要抓住他，却被他挣脱了，鬼魂引他到哪儿，他就跟到哪儿。

只剩他们俩的时候，鬼魂打破了沉默，说他就是王子的父亲，已故的国王哈姆雷特。他说自己是被残忍杀害的，紧接着把自己被害的经过告诉了王子。老国王说，凶手是他的弟弟克劳狄斯，哈姆雷特的叔叔，目的是夺去他的妻子和王位，果然和王子之前的怀疑一致。老国王像往常一样，午后在花园小憩，他那大逆不道的兄弟趁他睡着的时候，偷偷走到他身边，把有毒的天仙子汁倒进他的耳朵，那东西能把人毒死，会像水银一样，顺着血管流遍全身，把血液烧干，使皮肤上长满像硬壳一样的疱疹。他就这样在睡梦中，被自己的弟弟夺走了生命，还有王位、王后。鬼魂对哈姆雷特说，如果他真的爱自己亲爱的父亲，就去找那卑鄙的凶手，为父报仇。鬼魂对儿子哀叹道，他的母亲竟如此失德，背叛与她宣誓过的第一任丈夫，嫁给杀害亲夫的凶手。但是，老国王又嘱咐哈姆雷特，无论怎样向他那个卑鄙的叔叔复仇，都不要伤害他的母亲，让上天去审判她，让她去受良心的针刺。哈姆雷特答应会按鬼魂的指示去办，鬼魂就消失了。

莎翁经典原句

Brevity is the soul of wit.

言贵简洁。

只剩哈姆雷特一个人的时候，他下定决心，要把自己从书本中或生活中学到的一切，立即全部忘掉，从此以后什么都不想，只想着鬼魂对他说的话和让他做的事。关于对话的细节，哈姆雷特只告诉了他的好朋友霍拉旭一人。他叮嘱霍拉旭和马西勒斯，对当晚的所见所闻一定要严格保密。

因为见到鬼魂受到惊吓，再加上之前精神就十分虚弱、沮丧，哈姆雷特的思绪几乎陷入混乱的状态，无法理智地思考问题。他担心这种情况继续下去，会引人注意，如果克劳狄斯怀疑他在谋划反抗的事，或者怀疑哈姆雷特知道了父亲的真正死因，就会心生戒备，于是他做了一个让人意想不到的决定，他要从现在开始伪装自己，表现得就像他真的疯了一样。他想的是，如果他的叔叔认为他没有能力认真谋划任何事，就不会再怀疑他，这样一来他内心的不安就能被隐藏起来，用假装的疯癫掩饰过去。

从那时起，哈姆雷特在衣着、言谈和行为举止方面，故意表现的失态、怪诞，由于他装疯装的太像，国王和王后都被蒙骗了。他们不知道鬼魂出现的事，又觉得因为父亲亡故就伤心成这样，理由不够充分，就猜测他是因为爱情才发疯的，而且他们以为他们知道那姑娘是谁。

在哈姆雷特陷入忧郁之前，他深爱着一个叫奥菲利娅的美丽姑娘，她是御前大臣波洛涅斯的女儿。哈姆雷特给她写过信，也送过戒指，多次向她表达爱意，用体面的方式向她求过爱。奥菲利娅相信他的誓言，也相信他的求爱是真诚的。由于他最近深陷忧郁，就忽略了她。自从打定主意要装疯开始，他就故意对她表现得无情，甚至粗鲁。但是，奥菲利娅是个好姑娘，她不但没有责备哈姆雷特对她不好，还劝服自己，他只是头脑里生了病，才不像以前那样重视自己，他的无情并非出自本心。她将哈姆雷特曾经的高贵思想和杰出的认知能力，比作声音甜美的铃铛，这铃铛能奏出最悠扬的音乐，但是由于深深的忧郁压迫着他，铃铛受损了，如果摇得走调了，或者动作粗暴，就会发出令人厌烦的刺耳声音。

哈姆雷特要找杀死他父亲的凶手报仇，虽然这件危险的事和求爱时的轻松愉快不相称，或者说爱情对他来说太没有意义了，他不允许自己陷入这种关系中，但他还是会忍不住涌出柔情，想起奥菲利娅。有一次他又想起奥菲利娅，觉得自己对这位温柔的姑娘太过残忍，就给她写了一封信，信中洋溢着热情，而且用词十分夸张，完全符合他假装的疯癫状态，但是又有动人的柔情掺杂其中，让这位可敬的姑娘知道，在他心底仍然深爱着她。哈姆雷特对奥菲利娅说，她可以怀疑星星不是火，可以怀疑太阳不会动，可以怀疑真理其实是谎言，但是永远不要怀疑他的爱……这样夸张的用语非常多。奥菲利娅恭恭敬敬地把这封信交给她的父亲，老人家觉得他应该把此事告知国王和王后，他们就是从那

莎翁经典原句

The true greatness is not reckless actions, but when honor is in danger, even for the sake of a small straw, one must strive generously.

真正的伟大不是轻举妄动，而是在荣誉遭遇危险的时候，为一根稻秆之微慷慨力争。

时开始怀疑哈姆雷特是为爱而疯的。王后倒是希望，是奥菲利娅的善良和美丽让哈姆雷特失了心性，为了他们两个的荣誉，她希望奥菲利娅的高尚品德能让哈姆雷特恢复理智。

但是，哈姆雷特的疯病比她想得严重，仅是这样无法治愈。他曾见过父亲的鬼魂，那鬼魂始终萦绕在他的脑海中，向凶手复仇的神圣使命没有完成，他就不可能得到安宁。每拖延一个小时，对他来说都是有悖父命的罪过。只是，国王周围总是有卫兵环绕，想要他的命并不是一件容易的事。或者有王后，也就是哈姆雷特的母亲在场，她总是陪在国王身边，让哈姆雷特无法动手。不仅如此，篡位者是他母亲的丈夫，难免让他有些同情，削弱了他复仇的决心。对于哈姆雷特这样一个性情温和的人来说，仅仅是杀死同类这个行为，本身就很可怕，令他厌恶。他长时间重度抑郁，加上精神沮丧，也会让他摇摆不定，让他无法将计划付诸执行。再者，他总是忍不住心生顾忌，他看见的那个鬼魂到底是他的父亲，还是一个恶灵，只是为了迎合他幻化成了父亲的样子，利用他的弱点和他的抑郁情绪，让他去杀人。他决定再找些切实的根据，不能只相信自己的眼睛，或者说不能相信鬼魂现身这件事，因为那很可能是幻觉。

就在他犹豫不决的时候，几个演员来到宫中，哈姆雷特以前十分喜欢他们，尤其喜欢听其中一个演员的悲情演说，那段演说描述了特洛伊国王老普里阿摩斯之死，还有王后赫卡柏的悲伤。哈姆雷特对老朋友们的到来表示欢迎，想起之前那段演说给他带来的欢乐，于是就让那位演员再重演一遍。那位演员生动地演绎出了老国王被残忍杀害时的场景，大火烧毁城市和人民，以及老王后的痛苦疯癫，光着脚在王宫里来回奔跑，本该戴着后冠的头顶只有一块破布，本该穿着华服的身上，只匆匆抓了一条毯子遮羞。演员演绎得十分生动，站在一旁看戏的，都像是看到了真实的场景，纷纷落泪。不仅如此，演员们也声音嘶哑，流出了真实的眼泪。看到这一幕，哈姆雷特想到，如果这位演员只是为了一段虚构的台词，就能投入这么深的感情，为从未见过的，已经死了好几百年的赫卡柏落泪，那他自己是多么迟钝啊，他有动情的真实动机和理由，一个真正的国王，一位亲爱的父亲被人杀害了，却没能深深打动他，一直以来他都提不起复仇的精神，就这么糊里糊涂地把这深仇大恨抛诸脑后！他看着演员和台上的表演陷入沉思：一出影射生活的好戏，对观众的影响非常大。他想起，有个凶手，看了一出谋杀的戏，受舞台场景和相似环境的影响，当场就承认了自己所犯的罪行。哈姆雷特决定，让这演员们在他叔叔面前演一段戏，在舞台还原他父亲被害时的场景，他会仔细观察叔叔的反应，一定能从表情上看出现在的国王到底是不是凶手。为此他命演员们去准备一出戏，他要邀请国王和王后来看戏。

戏剧讲述的是维也纳公爵被害的故事。这位公爵名叫贡扎古，他的妻子叫白普蒂丝妲。戏中演绎了公爵的近亲琉西安纳斯，为了获得公爵的财产，在花园将其杀害，凶手如何在短时间内得到了贡扎古妻子的爱。

国王不知道这出戏是给他设下的陷阱，戏剧开演的时候，便和王后还有一众朝臣一起来看戏。哈姆雷特坐在他旁边，认真观察他的表情。戏剧以贡扎古和他妻子的一段对话开始，妻子说了很多表达爱意的话，说如果贡扎古不在，她绝不会嫁给第二个丈夫，如果她再婚就会受到诅咒，还说除了那些谋杀亲夫的恶毒女人，没有女人会再嫁。哈姆雷特注意到，他的叔叔听到这段话时，脸色变了，国王和王后的脸色都像嚼了苦艾一样难看。当琉西安纳斯按照故事的发展，去毒害在花园睡觉的贡扎古时，由于剧情和国王对前任国王做出的恶毒行为太过相像——他也是在花园毒害了自己的哥哥——这位篡位者的良心受到巨大冲击，让他无法继续坐着把戏看完，于是国王突然唤人提灯，要回寝宫，假装突然身体不适——在某种程度上他确实觉得不舒服，起身离开了剧场。国王离场，戏也就结束了。如今哈姆雷特看到的，足以证实鬼魂所言非虚，而且并不是幻觉。就像一个人本来心中有很大的疑问，或者心中有顾忌，突然都解决了一样，哈姆雷特的心情也因此感到轻松。他对霍拉旭赌咒说，他愿意赌一千磅，鬼魂的话全是真的。现在哈姆雷特已经可以确定，他叔叔就是杀害他父亲的凶手。他还没想好该用什么方法复仇，他的王后母亲就派人叫他去隔室，说要私下跟他谈谈。

莎翁经典原句

To be, or not to be: that is the question.

生存还是毁灭，这是个问题。

王后派人去叫哈姆雷特，实际上是国王的意思。国王让王后告诉她的儿子，他刚才的行为让他们非常不高兴，国王想知道他们谈话的全部内容，他认为母亲定会偏袒儿子，不会将哈姆雷特的话完全上告，国王觉得那些话很重要，就命令年迈的御前大臣波洛涅斯躲在王后隔室的帘子后面，藏起来偷听他们的对话。波洛涅斯本身就是一个在宫廷的诡计和规则中成长起来的人物，他十分乐意通过拐弯抹角的狡诈手段，探知一些事情。

哈姆雷特前来见他的母亲，她把他的行为举止从头到尾批评了一番，还说他大大冒犯了他的父亲，指的是现在的国王，他的叔叔。因为她嫁给克劳狄斯了，所以就称他为哈姆雷特的父亲。哈姆雷特听她用“父亲”这个亲昵又高贵的名号称呼那个恶棍，那个杀害了他亲生父亲的凶手，十分生气，他尖刻地回答道：“母亲，你才是大大冒犯了我的父亲。”

王后说，他的回答纯属胡说八道。哈姆雷特说：“你既那样说，我理应这样答。”

王后问他，是不是忘了在和谁说话。

“哎呀！”哈姆雷特回答道，“我倒希望我忘了。您是王后，您丈夫弟弟的妻子。您是我的母亲。我真希望您不是。”

“你不可以这样跟我说话，”王后说，“既然你对我毫无尊重，我就叫那些能跟你交流的人来。”于是她就想出去派人去请国王和波洛涅斯过来。

但是哈姆雷特不让她走，现在只有他们母子俩，他想试试，能不能通过他的话语让母亲对她那堕落的生活有些许认知。于是，他抓住王后的手腕，牢牢地控制住她，让她坐下来。哈姆雷特严肃的态度，让她感到害怕，担心他疯病发作会伤害她，就大嚷大叫起来。紧接着，帘子后面也有声音传出来，“救命！快来救王后！”哈姆雷特听到有旁人呼救，就认定藏在帘子后面的是国王，他拔出剑来，朝声音传出来的地方刺去，就像在刺一只跑到那儿去的老鼠，直到那人不再出声，哈姆雷特推断那人已经死了。但是，他把尸体拖出来才发现，那人根本不是国王，而是年老的御前大臣波洛涅斯，他躲藏在帘子后面是想窃听他们母子的谈话。

“哦，天哪！”王后惊呼道，“你干了一件多么鲁莽、残忍的事呀！”

“确实很残忍，母亲，”哈姆雷特回答说，“但是没你坏，你杀死国王，嫁给他的弟弟。”

事情已经发展到这个地步，哈姆雷特想停止也不可能了。他当时只想跟母亲把话说清楚，于是就继续说下去了。虽然对于父母的错处，子女应当以温情相待，但是在这件事上，为人母的犯了大罪，做儿子的也可以对母亲说些严厉的话，只要那些话不是为了责骂她，而是为了她好，让她摆脱邪路。此时，高尚的王子说着动情的话，罗列着王后犯下的重罪，她将已故国王，他的父亲，彻底遗忘，在这么短的时间内就嫁给了先夫的弟弟，而且那人还是众人眼中的凶手。她跟第一任丈夫盟过誓，如今却做出这样的行为，足以让人对女人的所有誓言产生怀疑，让人认为所有的美德都是伪装出来的，结婚誓言还不如赌徒的赌咒发誓，信仰也可以是玩笑和单纯的文字游戏。哈姆雷特说，她做了一件让上天蒙羞、大地厌弃的事。他拿出两张画像，第一张是先王，她第一任丈夫的；第二张是现任国王，她第二任丈夫的，他让她看看，这两个人的差别。他的父亲眉宇间尽显慈悲，气宇不凡，似天神一般！他卷曲的头发像阿波罗，前额像朱庇特，眼睛像玛尔斯，身姿像刚降落到通天高山上的墨丘利！他说，这个人曾是她的丈夫。然后又让王后看那个将其取而代之的人。这人样貌猥琐，正因如此他才想杀害他完美的哥哥。

哈姆雷特想让王后用她的眼睛看一看她的灵魂，她看到了，那灵魂既黑暗又畸形，王后感到心痛羞愧。哈姆雷特问她，怎么能跟那种人继续生活下去，做他的妻子，他谋害了她的第一任丈夫，像盗贼一样用无耻的手段窃取了王位。就在他说话的时候，他父亲的鬼魂，进入他们所在的房间，鬼魂的样子和先王活着的时候，以及和哈姆雷特上次见到的时候一样。哈姆雷特吓了一跳，问他有什么吩咐。鬼魂说，他是来提醒哈姆雷特，不要把替他报仇的诺言忘了，因为哈姆雷特似乎把这事忘了。鬼魂又让哈姆雷特将现在的情形告诉他母亲，否则伤心、害怕可能会要了她的命。说完就消失了，只有哈姆雷特看见了鬼魂，他把鬼魂站立的位置指给他母亲看，给她描述自己看到的情形，王后怎样都无法察觉到鬼魂的存在。听他跟鬼魂对话的时候，王后吓得瑟瑟发抖，因为在她看来，对面什么都没有。王后认为这又是他神经错乱造成的。但是哈姆雷特求她不要再去逢迎她那邪恶的灵魂了，认为他父亲的鬼魂重返人间，是他发了疯，而不是因为她自己犯了错。他让母亲感受他的心跳，是有节律地正常跳动，和疯子的不一样。哈姆雷特哭着求她，向上天坦白她的过往，让她以后不要再跟国王同流合污，不要再做他的妻子。如果她能尊重怀念他的父亲，做出一个母亲的样子，他也会像个儿子一样，祈求上天保佑她。王后答应会按哈姆雷特说的做，母子之间的对话就此结束。

哈姆雷特这时才有心思考虑自己刚才一时鲁莽杀害了谁。他发现那人是奥菲利娅的父亲波洛涅斯，就把尸体拉开，此刻他的思绪已经稍稍平静下来，不禁为自己所做的事落下泪来。

波洛涅斯不幸惨死，给了国王把哈姆雷特驱逐出王国的借口。国王感受到哈姆雷特的威胁，很想把他处死，但是王子很受人民爱戴，又怕因此引起民愤，而且王后虽然犯了很多错，但是她还是爱王子的，那毕竟是她的儿子。于是，这个狡猾的国王，假装是为了哈姆雷特的安全考虑，免得波洛涅斯的死给他惹上麻烦，就派两个朝臣护送他乘船去英格兰。彼时的英格兰是臣服于丹麦，要向丹麦纳贡的。克劳狄斯让他们二人带信给英廷，信中编造了一些理由，要求英廷只要哈姆雷特一登陆英国海岸，就将他杀死。哈姆雷特察觉到会遭人背叛，趁夜半时分，偷偷拿到信，巧妙地擦掉自己的名字，把两个朝臣的名字写上，让他们代他去死，然后把信封好放回原处。不久之后，船只遭到海盗的攻击，因此爆发了一场海战，作战过程中，哈姆雷特想要表现自己的勇敢，就握着剑孤身登上了敌船。结果他自己乘坐的船却像个懦夫一样，趁机逃跑了。两个朝臣不顾他的死活，抛下他逃往英格兰了，由于哈姆雷特之前改掉了信上的名字，这两个人因此得到了应有的报应。

王子落入海盗之手，海盗们却待他很客气。他们知道被俘之人的身份，希望王子能在朝廷上对他们有所帮助，报答他们的这份好意，就把哈姆雷特带到最近的丹麦港口，送他上岸。哈姆雷特在那儿给国王写了封信，告知国王，机缘巧合之下，他又被带回自己的国家了，还说第二天会去拜见国王陛下。他回到家之后，首先看到了令他悲伤的情景。

他看到的是一场葬礼，埋葬的是他曾经深爱的情人，年轻美丽的奥菲利娅。她可怜的父亲惨死之后，这位年轻小姐的心智就变得不正常了。她父亲是被人杀害的，而杀害她父亲的，正是她深爱的王子，这件事对年轻的姑娘打击太大，没过多久她就完全失去理智了，她把花送给宫廷里的女人们，说这是为她父亲的葬礼准备的花，她唱着讲述爱情和死亡的歌，有时也会唱一些完全没有意义的歌，就像完全不记得在她身上发生了什么一样。

溪边有一棵柳树斜着垂向水面，潺潺流水中映出柳叶的倒影。有一天，她趁人不注意，来到小溪边，用雏菊、荨麻、野花和野草编了一个花环，想爬上树把花环挂在柳树枝上，结果树枝折断，这个年轻漂亮的姑娘和花环，还有她采的花花草草一起落入水中，衣服托着她漂了一阵，期间她还唱了几段古老的曲调，就像对自己的危险遭遇一无所知，或者说，就像她天生就是活在水里的生物一样。但是没过多久，她的衣服浸水湿透之后，就变重了，把她从悦耳的歌声中，拖入了混沌可怕的死亡。

哈姆雷特回来的时候，她的哥哥雷欧提斯在给这个美丽的姑娘举行葬礼，国王、王后，以及一众朝臣全部在场。哈姆雷特不知道发生了什么，就站在一旁，不想打断仪式。他看到她的坟墓上撒满了鲜花，这是少女葬礼的风俗，王后亲自撒花，边撒边说："美好的花，献给美好的人！我本想用鲜花装点你的婚床，可爱的姑娘，但如今只能撒向你的坟墓。你本该做哈姆雷特的妻子。"

哈姆雷特又听到奥菲利娅的哥哥说，愿紫罗兰长满她的坟墓，然后看见雷欧提斯悲痛欲绝地跳进了奥菲利娅的坟墓，让侍从们用土在他的身上堆出一座山，把他和奥菲利娅一起埋葬。哈姆雷特对这位美丽姑娘的爱又回来了，他无法忍受一个哥哥表现得如此悲伤，因为他认为，四万个哥哥的爱，都不及他对奥菲利娅的爱。然后，哈姆雷特现身了，他也跳进雷欧提斯刚才跳入的坟墓，

奥菲利娅在父亲死后失去理智，在往树上挂花环的过程中失足落水溺毙。

创作者：约翰·埃弗里特·米莱斯（John Everett Millais）

也像他一样发狂，可能比雷欧提斯还疯狂。雷欧提斯认出他就是害死父亲和妹妹的哈姆雷特，就像对待死敌一样，一把抓住他的咽喉，直到侍从们将二人拉开。葬礼结束之后，哈姆雷特为自己跳进坟墓的行为道歉，因为那看起来像是他故意挑衅雷欧提斯。他说，他只是无法容忍有人对奥菲利娅的死，比他更悲伤。一时间，两个高贵的青年似乎就此和解了。

但是国王，也就是哈姆雷特那邪恶的叔叔，想利用雷欧提斯父亲和妹妹的死给他带去的悲伤和愤怒，设计害死哈姆雷特。他唆使雷欧提斯打着息事和解的旗号，向哈姆雷特发起挑战，两人进行一场友好的剑术比试。哈姆雷特接受了挑战，双方约定好比试的日子。比试当天，宫里所有的人都来观战，雷欧提斯受国王的指使准备了一把毒剑。由于哈姆雷特和雷欧提斯都是出了名的剑术高手，朝臣纷纷不惜血本下注。哈姆雷特选了一柄钝头剑，他完全没想到雷欧提斯会背后使诈，因此并没有检查雷欧提斯的兵器。按照比剑的规则，应该用钝头剑或未开刃的钝剑，结果雷欧提斯用的是开了刃的尖头剑，而且还涂了毒药。一开始雷欧提斯没太认真，让哈姆雷特得了些便宜，国王就故意夸大他们之间的差距，为哈姆雷特的胜利喝酒庆祝，还在他身上加大投注。可是，几个回合之后，雷欧提斯状态越来越好，用他的毒剑给了哈姆雷特致命一击。哈姆雷特很是气愤，但是他并不知道阴谋的全貌，两人激烈交战的时候，他手上那把不会伤人的剑和雷欧提斯的剑互换了，他用雷欧提斯的剑刺中了剑原本的主人，雷欧提斯因此自食其果。就在这时，王后厉声尖叫，说她中毒了。原来她无意间喝下了国王给哈姆雷特准备的一碗水，国王想的是，比剑会热，哈姆雷特会要水喝。国王忘记提醒王后这碗水不能喝，结果王后喝下，当场就死了，临死前用最后一口气说出，她是被人毒死的。哈姆雷特怀疑这其中必有阴谋，就下令把门都关起来，他要揪出凶手。雷欧提斯对哈姆雷特说，不必找了，他就是那个叛徒。哈姆雷特刚才刺了他一剑，他觉得自己就要死了，就坦白了他的阴谋，讲述了他自食其果的来龙去脉。他告诉哈姆雷特，剑尖有毒，哈姆雷特也只有半个小时的命了，因为此毒无药可解。他请求哈姆雷特原谅他，并在死前说出国王是背后的主谋。哈姆雷特得知死期将至，见剑上还有毒液残留，于是突然扑向他卑鄙的叔叔，用剑刺穿他的心脏，实现了对父亲的鬼魂许下的诺言，父亲让他做的事已经完成，他已经杀死那个卑鄙的凶手，成功复仇。

哈姆雷特感觉自己呼吸渐弱，生命在消散，他转向自己的挚友，见证了这场悲剧的霍拉旭，用最后一口气告诉霍拉旭，一定要活下去，把他的故事传遍世界（因为霍拉旭当时要自杀，打算陪王子一起死）。霍拉旭保证，他作为全程参与其中的见证者，一定会把事情的真相告诉全世界。哈姆雷特那颗高贵的心，就这样停止了跳动。霍拉旭和前来观赛的人流着泪，把这位好王子的灵魂交托给天使们去守护。哈姆雷特是一个富有仁爱之心的王子，因为他高尚又高贵的品格深受爱戴。如果他活着，一定会成为最具国王风范、最符合众人期待的丹麦国王。

一起涂色吧

奥瑟罗

查尔斯·兰姆

蒙太诺
塞浦路斯总督

勃拉班修
苔丝狄蒙娜的父亲

凯西奥
奥瑟罗的副官

奥瑟罗
威尼斯军队的将军，摩尔人

苔丝狄蒙娜
奥瑟罗的妻子

伊阿古
奥瑟罗的旗官，爱米莉亚的丈夫

爱米莉亚
伊阿古的妻子

勃拉班修是威尼斯的元老，他身家富裕，还有一个漂亮的女儿，温柔善良的苔丝狄蒙娜。由于这位小姐各方面的品行都极好，未来还能继承大笔财产，因此追求者非常多。但是，在众多本地同族追求者中，她一个也没看上，因为这位高贵的小姐不注重男人的外表，更注重思想。她挑选对象的时候，抱着不同于常人的想法——只找受人敬仰的，绝不找能让人效仿的，就这样选中了一个摩尔族的黑人。她的父亲十分喜欢这个人，常邀请他来家里做客。

苔丝狄蒙娜挑选的这个情人，似乎不是个恰当的人选，但这也不能全怪苔丝狄蒙娜。这位高贵的摩尔人，名叫奥瑟罗，除了是个黑人之外，具备所有会让最高贵的小姐为之动情的品质。他是一位战士，勇敢的战士。而且因为在与土耳其的多次血战中表现出色，被晋升为威尼斯军队的将军，十分受国人的敬重和信赖。

莎翁经典原句

Keep up your bright swords, for the dew will rust them.

收起你们明晃晃的剑，它们沾了露水会生锈的。

奥瑟罗还是个旅行者，苔丝狄蒙娜（像所有的姑娘们都喜欢的那样）喜欢听他讲述他的冒险故事。他会从最早的经历开始谈起。讲述他经历的战役、围攻和遭遇战；讲述他在陆地、海上的凶险遭遇；讲述他闯入攻破口，或迎着炮火行军时险些丧命的经历；还有他也曾被张狂的敌军俘虏，被卖做奴隶，如何忍辱负重最后逃脱的事。他讲述这些经历的时候，还会加入一些在其他国家见到的新奇事物：广阔的荒野、怪奇的洞穴、矿场、岩石、耸入云霄的山峰。他还提到未开化的民族，吃人肉的食人族，还有非洲有个部落，部落的人的头都长在肩膀下面。这些旅行故事特别吸引苔丝狄蒙娜，若是听的时候因为家务事被打断，她就会以最快的速度赶紧把那件事处理好再回来，耳朵继续贪婪地倾听奥瑟罗的讲述。

有一次，他利用一个时机，让苔丝狄蒙娜说出了一个期盼，希望他能把一生的故事全都说给她听，她已经听了很大一部分，但都是片段。奥瑟罗答应下来，他谈起年幼时经历的种种苦难，让她流下了许多眼泪。

听完他讲述的经历，苔丝狄蒙娜为他遭遇的痛苦叹了无数口气。她十分聪明地发了个誓，说他的经历离奇又悲惨，非常的悲惨，她真希望（她这样说的）自己从来没有听过，但是她希望上天给她一个这样的男人。然后她对奥瑟罗表示感

知道百科

苔丝狄蒙娜对奥瑟罗的爱情基础：对奥瑟罗的经历充满了崇拜，同情其遭遇，集合崇拜、怜悯的爱情是集情人与母亲一体的爱。她的爱情态度：爱得坦诚，自信，她确信她的倾心相恋一定会获得等倍的回报，她对爱情是始终如一、忠贞不二的，对奥瑟罗从不疑心，坦坦荡荡。爱情结局：苔丝狄蒙娜含冤而死。由此可以看出苔丝狄蒙娜和奥瑟罗爱情观的不同。可以说，从一开始，奥瑟罗与苔丝狄蒙娜的爱情就是在悬崖上跳舞，一不小心就会掉进深渊。苔丝狄蒙娜以为她的爱情固若金汤，她以为他爱的那个人也会对她始终如一，她的悲哀在于她没有看到被猜忌蒙了心之后的奥瑟罗的改变。

谢，对他说，如果他有个朋友爱上了她，只需要教那个朋友如何讲述他的经历，就能向她求爱了。这暗示既不算过于直白，也没有不得体，再加上她迷人的相貌和一脸的娇羞，奥瑟罗当然心领神会，他坦率地表达了自己的爱意，抓住最佳时机，让大方的苔丝狄蒙娜小姐同意偷偷嫁给他。

无论是因为奥瑟罗的肤色还是财产，勃拉班修都不可能接受他做自己的女婿。他给了女儿很大自由，但是内心一直期待，她能像威尼斯的高贵小姐们那样，不久之后给自己挑选一位元老层级，或有望成为元老的丈夫。但在这件事上，他没有看清事实。苔丝狄蒙娜爱上了一个摩尔人，虽然他是个黑人，但是他的英勇和人品，让她甘愿付出自己的真心和财产。她挑选的丈夫肤色特殊，除了她眼光独到，其他女士都不会挑选这样的人做自己的丈夫，她的心完全被这个男人征服了，愿意毫无保留地为他奉献，她的追求者们都是肤色白净的年轻威尼斯贵族，但是她更敬重奥瑟罗。

他们的婚礼虽然是私下举办的，但是没过多久，这个秘密就传到老勃拉班修的耳朵里去了，他在庄严的元老院议会上指控摩尔人奥瑟罗，说他用咒术和巫术（勃拉班修坚持这样认为）诱骗苔丝狄蒙娜的感情，没有得到女方父亲的同意，二人就结了婚，完全是以怨报德，辜负了他的款待。

此时情势特殊，威尼斯正急需奥瑟罗为国效力，有消息传来，土耳其已经装备好一支强大的舰队，正朝塞浦路斯进发，打算从威尼斯人手里重新夺回这个有力据点。事态危急，国家正指望奥瑟罗呢，大家都认为只有他能抵挡住土耳其对塞浦路斯的进攻。在这种情况下，奥瑟罗被传唤至元老院，在众元老眼中，他一方面是能挑起卫国重担的唯一候选人，另一方面又是一个被指控的犯人，而且按照威尼斯的法律他犯的是死罪。

老勃拉班修是一位高龄长者，又是元老，庄严的议会不得不耐心听取他的控诉。但是这位愤怒的父亲，凭着一些推测和陈述，就肆意指控，奥瑟罗为自己辩护的时候，只是坦率地讲述了他们相爱的过程。他没有使用任何话术，只是把我们前面提到的求婚过程重述了一遍，他讲述得如此坦荡（证明他所言非虚），坐在主审官位子上的公爵也不得不承认，他讲述的故事也能赢得公爵女儿的心，奥瑟罗求爱时的咒语、魔法，只不过是男人真心实意的求爱手段，他唯一使用的巫术就是讲述了一个动听的故事，让姑娘听得津津有味。

苔丝狄蒙娜小姐出庭，证实了奥瑟罗的陈述，坦承父亲给了她生命，让她受教育，承认自己该尽做女儿的义务，但是也要父亲承认，她对丈夫的义务排序更高，就像她母亲对他（勃拉班修）的义务也排在外祖父的前面。

这位年迈的元老无法再坚持他的控诉了，他怀着万分惋惜，把那个摩尔人叫到跟前，迫于无奈，将女儿交给了他。勃拉班修（对奥瑟罗说）如果他能留住女儿，他绝对会尽力让女儿远离奥瑟罗。他还说，真高兴自己只有这一个孩子，因为苔丝狄蒙娜的行为一定会让他变成专制的父亲，他会因为苔丝狄蒙娜的背弃给别的孩子戴上脚镣。

对奥瑟罗来说，艰苦的军旅生活就像普通人的吃饭、睡觉一样稀松平常，解决了眼前这个难题，他立马起身去指挥塞浦路斯的战斗了。苔丝狄蒙娜更喜欢丈夫去履行光荣的职责（虽然会有危险），不喜欢他像一般的新婚夫妇那样享乐放纵，浪费时光，所以欣然同意丈夫出征抗敌。

奥瑟罗和他的妻子刚登上塞浦路斯的海岸，就收到消息，一场大风暴吹散了土耳其的舰队，因此这座岛屿已经脱险，暂时不会受到攻击。但是，让奥瑟罗备受折磨的另一场战争，此时悄悄打响了。敌人挑拨他和他妻子的关系，令他产生猜忌，这个敌人（猜忌）从性质上来说比外国人或异教徒更加恶毒。在将军的一众朋友中，他最信任的是凯西奥。迈克尔·凯西奥是一位年轻的战士，一个佛罗伦萨人，他生性乐观多情，谈吐风雅，身上有很多讨女人喜欢的优点。他不仅样貌英俊，而且能言善辩。娶了年轻漂亮的妻子，稍微有了些年纪（奥瑟罗在某种程度上就处于这个阶段）的男人，最容易被这种人激起嫉妒心。但是奥瑟罗从来没嫉妒过别人，他本人品格高尚，也就不会怀疑别人会做出卑鄙的事。奥瑟罗和苔丝狄蒙娜恋爱的时候，还请凯西奥帮过忙，凯西奥算是他求爱过程中的中间人。因为奥瑟罗担心自己不会说那些讨女人喜欢的温柔话，他觉得他的朋友有这个本事，经常让凯西奥代表他去求爱（他是这么说的），这种天真的质朴，是勇敢的摩尔人身上的闪光点，而不是缺点。因此也难怪，除了奥瑟罗，温柔善良的苔丝狄蒙娜最喜欢、最信赖的人，就是凯西奥了（但是她是一个品行非常好的妻子，对两个人的感情完全不可同日而语）。他们俩结婚之后，她对迈克尔·凯西奥的态度还是像从前一样，常邀请他到家中做客，他说话很随意，经常滔滔不绝，奥瑟罗比较严肃，但是并没有因此感到不高兴。因为观察表明，严肃的人通常喜欢跟与他们性格相反的人相处，因为这些人可以减轻他们内心过分的压抑。苔丝狄蒙娜和凯西奥会一起说说笑笑，就像当初凯西奥帮朋友求爱时那样。

奥瑟罗最近将凯西奥提升为副官，这是一个最受信任的职位，通常由与将军最亲近的人担任。这次提升气坏了伊阿古，这位军官比凯西奥年长，认为自己比凯西奥更有资格担任副官，经常嘲笑凯西奥只适合陪伴女士们，说他对战术和在战场上排兵布阵，知道的还不如小女孩多。伊阿古恨凯西奥，也恨奥瑟罗，一方面恨奥瑟罗偏爱凯西奥，另外他毫无根据地怀疑这个摩尔人爱上了他妻子爱米莉亚，于是就因此轻率地仇视起奥瑟罗来。这些凭空想象出来的东西，让伊阿古在脑海中酝酿起了阴谋，他制订了一个可怕的复仇计划，他要将凯西奥、摩尔人和苔丝狄蒙娜一同毁灭。

伊阿古十分狡猾，他深入研究过人性，知道在所有折磨人心智的痛苦中（远比折磨人的身体更让人痛苦），嫉妒是最让人难以忍受，也是最能刺痛人的。如果他能成功引起奥瑟罗对凯西奥的嫉妒，这个复仇计划就太完美了，或许能要了奥瑟罗或凯西奥的命，或者两个都死，他才不在乎呢。

将军和他的妻子来到塞浦路斯，正好传来敌军舰队溃散的消息，这样一来人们相当于在岛上度假了。所有人都纵情吃喝取乐，酒水肆意流淌，众人为黑人奥瑟罗和他的夫人美丽的苔丝狄蒙娜的健康举杯。

当晚凯西奥负责带队值守，奥瑟罗命他约束士兵不要过量饮酒，不许打架斗殴，免得吓坏当地居民，或者让他们对新登陆的军队产生反感。伊阿古在当晚，开始将他处心积虑制订的阴谋计划付诸执行。他假装忠诚于将军、爱戴将军，怂恿凯西奥纵情饮酒（对于负责守卫的军官来说，这犯了大忌）。凯西奥一开始很坚决，但是面对诚恳直率的劝酒，他实在无法一直抗拒下去，伊阿古最知道怎么装出所谓的诚恳直率了。于是凯西奥开始一杯接着一杯地喝，伊阿古一直灌他酒，还给他唱劝酒歌，并不断赞美苔丝狄蒙娜，一再为她祝酒，说她是最高雅的女士。直到最后，凯西奥灌进嘴里的那个敌人，占据了他的理智，伊阿古派人故意挑衅他，凯西奥拔出剑来，正直的军官蒙太诺出面劝解他们，却在混战中受了伤。如此一来，骚乱开始扩大，伊阿古故意推波助澜，冲在前面大肆散布恐慌，敲响了城堡上的钟（明明只是醉酒打架的小事，却搞得像爆发了危险的叛乱一样）。钟声唤醒了奥瑟罗，他急忙穿上衣服，来到事发现场，质问凯西奥发生了什么。

凯西奥已经清醒过来，酒精的作用稍稍退却，但是因为内心惭愧，羞于启齿。伊阿古假装十分不愿意告凯西奥的状，好像是因为奥瑟罗坚持要了解真相，他才不得不把事情的经过述说一遍，他的话表面上看起来像是在为凯西奥开脱，实际上是在刻意加重他的罪责。奥瑟罗向来治军严明，最后不得不撤掉凯西奥的副官之职。

就这样，伊阿古的阴谋成功迈出了第一步。如今他已经削弱了他憎恨的对手，把他的副官从原位置上拉了下来。但是，以后他还要进一步利用这个糟糕的夜晚。

凯西奥从这次不幸的事件中完全清醒过来之后，对着那个被他当作朋友的伊阿古哀叹，当初真是愚蠢，竟然让自己变成野兽。他被撤职了，如何才能请求将军恢复他的职位呢？将军肯定会说他是个酒鬼。他真看不起自己。伊阿古故意说他犯的过错很轻，说他或世间任何一个男人，都会偶尔喝醉，现在只能尽力挽救。现在将军的妻子就是真正的将军，她说什么奥瑟罗都会听。伊阿古劝凯西奥最好请苔丝狄蒙娜替他向丈夫求情。苔丝狄蒙娜性情直爽又乐于助人，这种事肯定愿意帮忙，好让凯西奥重新得到将军的赏识。这样一来他和将军之间的情谊反而会更胜从前。如果不是为了促成邪恶的阴谋，这其实是个非常不错的建议，接下来大家就能看出其中的阴谋了。

凯西奥依照伊阿古的建议，去求苔丝狄蒙娜。只要态度诚恳，她是很容易被说服的。因此她答应凯西奥，会替他在丈夫面前求情，宁可死也不会对他的事置之不理。苔丝狄蒙娜立刻去办了，她求情的话既诚恳又极具智慧，奥瑟罗虽然很生凯西奥的气，却不能拒绝妻子。奥瑟罗说这事延后再办，这样就宽恕一个犯了错的人太快了，她不愿就此妥协，坚持明天晚上或者后天早上，最迟大后天早上，就恢复凯西奥的职务。然后她描述了凯西奥多么懊悔惭愧，他虽然有错，但这惩处太严厉了。奥瑟罗还在犹豫，他的妻子说："怎么！我的丈夫，我为凯西奥求个情，要费这么大劲吗，迈克尔·凯西奥，是替你求过爱的人，而且好几次我说了指责你的话，他可是站在你那边的！我认为我只是在请你做一件小事。要是我打算考验你的爱情，我会请你做一件大事。"

面对这样一位求情人，奥瑟罗什么也不能拒绝，只能请苔丝狄蒙娜给他一点儿时间，向她保证会再次重用迈克尔·凯西奥。

有一天，奥瑟罗和伊阿古走进苔丝狄蒙娜所在的房间，拜托她帮忙求情的凯西奥恰巧从另一边的门离开。满腹诡计的伊阿古像是在自言自语似的，低声说："真让我看不惯。"奥瑟罗没太注意他的话，确切地说，他马上跟妻子交谈起来，就把伊阿古的话抛诸脑后，但是后来又想起来了。他之所以想起来，是因为苔丝狄蒙娜离开之后，伊阿古似乎想满足自己的好奇心，问奥瑟罗，他向妻子求婚的时候，迈克尔·凯西奥是否知道他们俩的事。对这个问题将军给出了肯定的答案，还补充说，他追求妻子的过程中，凯西奥常做他们的中间人，帮忙联络。伊阿古眉头紧锁，仿佛刚刚发现了一桩恶性事件的线索，他大叫一声："这就对了！"奥瑟罗因此想起，伊阿古进屋看见凯西奥和苔丝狄蒙娜时说的那句话。他这时才开始觉得，那句话中别有深意。他认为伊阿古为人正直，心中对他充满爱戴和忠诚。一个虚伪的恶棍若是这般话里有话，肯定是有阴谋，但是一个忠诚的人如果这样说话，自然是因为遇到了什么大事。奥瑟罗让伊阿古把他知道的事说出来，他对这事有什么看法，无论多糟糕，都不妨直说。

伊阿古说："如果侵扰我心灵的想法，是让人难以启齿的呢，比如哪里的宫殿会没有脏东西呢？”伊阿古接着说，他看到的毕竟不是全貌，如果自己的这些见闻引起奥瑟罗的烦恼，那就太遗憾了。还说，知道他的看法，对奥瑟罗的安宁没有好处，就算人们稍稍有些怀疑，也不会彻底摧毁一个人的好名声。这些零零散散的暗示搞得奥瑟罗心烦意乱，伊阿古似乎十分在意奥瑟罗内心的安宁，劝他不要受嫉妒心的影响。这个恶棍假装提醒他不要猜忌，就这样用诡计，在毫无防备的奥瑟罗心中种下了猜忌的种子。

“我知道，”奥瑟罗说，“我的妻子相貌出众，喜欢交际和宴会，爱说话、唱歌、弹琴、跳舞。对于一个品行端正的人来说，这些都是正常的娱乐活动。除非有证据，否则我绝不会认为她对我不忠。”

伊阿古似乎很高兴奥瑟罗没有轻易怀疑他的妻子有问题，坦率地表示，他没有证据，但是凯西奥在的时候，请奥瑟罗留心她的行为举止。既不要嫉妒，也不要没有防人之心，因为他（伊阿古）是意大利人，比奥瑟罗更了解他们国家的女人。天知道威尼斯的已婚妇女们干了多少不敢让丈夫知道的事。然后他又拐弯抹角地说，苔丝狄蒙娜瞒着她父亲嫁给了奥瑟罗，而且办得滴水不漏，甚至让可怜的老人家以为奥瑟罗用了巫术。这段说辞深深刺激了奥瑟罗，似乎让他了解到了事情的根本，她能欺骗她的父亲，为什么就不能欺骗她的丈夫呢？

伊阿古请奥瑟罗原谅，不该拿这事刺激他。奥瑟罗假装并不在意，实际上伊阿古的话已经让他的心痛苦到开始颤抖，他请伊阿古离开，伊阿古连连道歉，好像特别不愿意对他所谓的朋友——凯西奥不利似的。紧接着伊阿古狠狠地直戳奥瑟罗的要害，提醒奥瑟罗，苔丝狄蒙娜拒绝了很多跟她般配的追求者，那些都是跟她肤色相同的本国人，最后却嫁给了他，一个摩尔人，这事很不正常，说明她是个任性的女人。等她的判断力恢复，很有可能会拿奥瑟罗和那些跟她同一个国家的，样貌精致、皮肤白净的意大利青年作比较。最后他建议奥瑟罗把和凯西奥和好的事，再往后推一推，这样就能看出苔丝狄蒙娜为他求情的心有多急切，从这点能看出好多事来。这个狡猾的恶棍，就这样布下了他害人的阴谋，他要利用一位无辜女士的仁慈加害于她，用她的善良编织一张罗网，让她落入陷阱。一开始他先怂恿凯西奥请她帮忙说和，然后再利用这件事实施诡计，去伤害她。

谈话结束之前，伊阿古求奥瑟罗，在有决定性的证据之前，要相信妻子的清白。奥瑟罗答应他不会冲动。但是从那一刻起，上当受骗的奥瑟罗再也不知道内心满足是什么滋味了。任何一种安眠药，都不能让他像之前那样享受香甜的睡眠。他对自己的职务感到厌烦，无法从军中的事务中得到快乐。他以前只要看到士兵、旗帜和列阵，就会精神振奋，听到鼓号声，或者战马嘶鸣，就会心潮澎湃、跃跃欲试，军人本该具备的荣誉感和雄心壮志，此时仿佛全都消失了。他那军人的热情和旧日的愉快，全都离他而去。有时他认为妻子是忠贞的，有时又觉得她不忠。有时他认为伊阿古为人正直，有时又认为他不正直。然后他开始希望自己从来不知道这些事。她就算爱凯西奥，只要自己不知道，又有什么坏处呢。这些纷乱的想法把他撕成了碎片，有一次他用手抓住了伊阿古的喉咙，让他拿出证明苔丝狄蒙娜有罪的证据，不然就是故意栽赃，威胁要把他处死。伊阿古装出一副愤怒的样子，好像他的忠诚被当成了恶意，问奥瑟罗是否见过妻子手上拿着一块有草莓图案的手帕。奥瑟罗说，那手帕是他送给苔丝狄蒙娜的第一件礼物。

莎翁经典原句

Our bodies are our gardens, to the which our wills are gardeners.

我们的身体就像一座园圃，
我们的意志是这园圃里的园丁。

“就是那块手帕，”伊阿古说，“我今天看见迈克尔·凯西奥拿它擦脸。”

“如果真像你说的那样，”奥瑟罗说，“我若是不疯狂报复，不生吞了他们，誓不罢休。首先，为了表示你的忠诚，我希望三天之内听到凯西奥的死讯。至于那个美丽的魔鬼（指他的妻子），我会回去，想办法给她个痛快。”

对于心中已经被嫉妒占据的人，虚无缥缈的琐事，也会成为无可置疑的证据。在凯西奥手上看到他妻子的手帕，竟足以让奥瑟罗要治他们二人的死罪，甚至不问问凯西奥手帕是怎么得来的。苔丝狄蒙娜从来没把那东西送给他，这位始终如一的夫人没有把丈夫送的东西给过任何男人，这样不正经的事她从来没干过。但是卑鄙的伊阿古，一刻不停地在心中筹划着他的阴谋诡计，伊阿古让自己的妻子（是个善良，但软弱的女人）从苔丝狄蒙娜那里偷来手帕，假装要照样子做一块，实际上却把它丢在了凯西奥必然会经过的路上，他捡到之后，给了伊阿古一个话柄，说那是苔丝狄蒙娜送给凯西奥的礼物。

奥瑟罗见到妻子之后，没过多久就假装头痛（他可能真的头疼），借她的手帕系在太阳穴上。她照做了。

“不是这块，”奥瑟罗说，“要我给你的那块手帕。”

那块手帕不在苔丝狄蒙娜那里（正如我们说过的，那块手帕被偷了）。

“怎么了？”奥瑟罗说，“这可不对。那块手帕是一个埃及女人送给我母亲的。她是个能读懂人心思的女巫。那个女巫告诉我母亲，手帕在她那里，她就能讨人喜欢，我父亲就会爱她。但是如果她把手帕丢了或送人了，我父亲对她的喜爱就会消失，他当初有多爱她，之后就会有多恨她。母亲临死前把那块手帕交给我，对我说，如果有一天我结婚了，就把它送给我的妻子。我照做了。你要好好保存，像对待自己的眼睛一样珍惜它。”

“这是真的吗？”心中惴惴不安的苔丝狄蒙娜问。

“是真的，”奥瑟罗继续说，“那是一块有魔力的手帕。有个女先知在世上活了二百年，在一次爆发先知之力的时候织造了它。吐丝的蚕是神蚕，用保存下来的少女木乃伊的心脏里取出来的颜料染的色。”

苔丝狄蒙娜听说那块手帕有如此神奇的作用，吓得都准备去死了，因为她已经察觉到手帕被她弄丢了，她害怕会因此失去丈夫的爱。紧接着奥瑟罗像是要做什么不顾后果的事，不停地要那块手帕，苔丝狄蒙娜拿不出来，想转移他的注意力，不让他继续想那些不开心的事。她用轻松愉快的口吻对丈夫说，在她看来，奥瑟罗揪着手帕不放，是故意拖着她，免得她又帮迈克尔·凯西奥求情。接着就开始夸赞凯西奥（正像伊阿古之前说过的），心烦意乱的奥瑟罗终于爆发，冲出了房间。虽然她并不愿意这么想，但是苔丝狄蒙娜开始怀疑，她丈夫是在嫉妒凯西奥。

她不知道自己做了什么让他吃醋的事，接着又怪自己不该责怪高尚的奥瑟罗，心想肯定是威尼斯传来了不好的消息，或者他是因为国事烦忧，脾气才不像之前那么好。她说：“男人不是神，我们不能指望他们结婚之后，能永远像新婚之日那样待我们。”对于奥瑟罗的无情，苔丝狄蒙娜怪自己不近人情，不该那样评判他。

奥瑟罗再次见到苔丝狄蒙娜的时候，他更加直白地指责她对自己不忠，爱上了别人，但是没提对方的名字。奥瑟罗落下泪来，苔丝狄蒙娜说：“哎呀！今天真是难过！你为什么哭啊？”奥瑟罗对她说，他能用坚强的意志扛住所有打击——贫穷、疾病和耻辱——但是她的不忠让他的心碎了。他管她叫麻草，看着好看，闻着香甜，但是碰到就痛。他希望她从来没出生过。他离开之后，这个无辜的女人呆住了，她不明白自己的丈夫为什么会莫名其妙地怀疑她，她只觉得昏昏沉沉的，想睡觉，便让仆人为她铺床，铺上新婚那夜的床单。她说大人教孩子事情时，会温柔地教导，从简单的事开始教起，奥瑟罗也该温和地责备她。因为她受责备的时候也是个孩子。这是这位温柔女士仅有的抱怨。

苔丝狄蒙娜躺在床上，认为她的丈夫会回来找她，由于劳心费神，她很快就睡着了。奥瑟罗走进卧房，心中充满了阴暗的想法，他想杀死自己的妻子。他看见她睡着了，就不想让她流血，不想在她白皙的皮肤上留下伤痕。但是他已经下定决心要她死，（他说）要是她继续活着就会继续像背叛他那样背叛更多男人。然后，他最后一次亲吻了她，那个吻太香甜了（他这么说），他忍不

苔丝狄蒙娜躺在床上，因为劳累，很快就睡着了。

创作者：鲁道夫·阿莫多（Rodolfo Amoedo）

住又亲了一次。奥瑟罗流下眼泪，但是他说，那是残酷的眼泪。

苔丝狄蒙娜被他吻醒了，她看着奥瑟罗，见他咬着下唇瞪着眼睛，她知道，丈夫这副模样肯定是想要谁的命。奥瑟罗让她准备去死，让她祈祷，因为他不想杀灭她的灵魂。这位无辜的妻子只能任他摆布，她祈求丈夫的怜悯，想知道自己到底做错了什么。奥瑟罗说出了凯西奥的名字，还有她送他手帕的事。这个清白无辜的女人正在为自己辩白，奥瑟罗突然不想继续听了，他用被子蒙住她，让她不能呼吸，直到她再也不需要呼吸了。

就在这时，凯西奥被带到了屋里，他受了伤，还在流血。原来是伊阿古派手下去暗杀他，但是那家伙没能成功杀死凯西奥（受伤了，但不致命）。伊阿古怕杀手泄露秘密，把杀手杀了。但是人们在杀手的口袋里找到了几封信，能证明伊阿古有罪，凯西奥是无辜的，并澄清了所有的疑问。凯西奥来求奥瑟罗宽恕，想问问有什么地方得罪了奥瑟罗，竟然派伊阿古来杀他。

事情的真相，对奥瑟罗来说如同雷击，他清楚地看到，自己和杀人犯没什么两样，他的妻子（可怜无辜的女人）一直对他忠贞不二。被揭穿的真相让他痛苦万分，无法承受，他拔剑刺向自己，倒在了他那亲爱的、被杀害的妻子身上，死了。

这些轻率的行为让在场的众人，既害怕又错愕，因为奥瑟罗名声很好，在他没有被恶棍的阴谋诡计俘获之前，他自身的高尚本性从来没让他对别人产生过猜忌，他一直是一个宠爱妻子的丈夫。他爱得不够智慧，却足够深刻。他那双男人的眼睛（知道自己错了之后），虽然不习惯为某些小事落泪，却因为爱情，像阿拉伯胶树滴落树胶那样，一直流泪不停。他死了之后，人们将他生前的荣誉和勇敢全都铭记于心。奥瑟罗的继任者用最严厉的法条惩处伊阿古，将他处以极刑，并把这位著名将军的死讯通报了威尼斯政府。

一起涂色吧

泰尔亲王佩力克里斯

玛丽·兰姆

安提奥克斯

希腊皇帝

萨利蒙

医德高尚、医术高超的绅士

利科丽达

玛丽娜的乳母

泰莎

佩力克里斯的妻子

佩力克里斯

泰尔亲王

玛丽娜

佩力克里斯的女儿

西蒙尼狄斯

泰莎的父亲，国王

克里翁

塔萨斯总督

狄奥妮莎

克里翁的妻子

拉西马卡斯

密提林总督

泰尔亲王佩力克里斯，自愿被逐出自己的领地。因为希腊皇帝安提奥克斯暗地里干了一件可怕的事，被佩力克里斯发现了。皇帝为了报复，威胁要对付他的臣民和泰尔城，为了避免灾祸，佩力克里斯离开了泰尔城。佩力克里斯将政府交托给既能干又正直的大臣赫力堪纳斯，便乘船离开了泰尔，心想等势力强大的安提奥克斯心中的怒火平息之后再回来。

亲王到的第一个地方是塔萨斯。听说塔萨斯城当时正闹饥荒，他就带了一批粮食去救灾，给这里的臣民带来了意料之外的帮助。塔萨斯的总督克里翁对他感激不尽。佩力克里斯到这儿之后没过多久，他忠诚的大臣就来信说，安提奥克斯已经知晓他的位置，派了密探来取他性命。收到信后，佩力克里斯不得不再次乘船出海。

船没走多远，就遇到了一场可怕的风暴，除了佩力克里斯，船上的人全都死了。海浪把他抛到一个未知的海岸，他身上的衣服都没了，光着身子在岸边徘徊，没过多久，他遇到了几个穷苦的渔夫。他们把他邀到家里，给他衣服和食物。渔夫告诉佩力克里斯，这个地方叫潘塔波里斯，他们的国王叫西蒙尼狄斯，大家都叫他好心的西蒙尼狄斯，因为他奉行和平，而且把国家治理得井井有条。

他还听说，西蒙尼狄斯国王有个年轻漂亮的女儿，第二天就是她的生日，宫里会举办一场盛大的比赛，为了获得泰莎公主的爱，各国王子和骑士都会前来一展身手。亲王听着他们的讲述，暗暗惋惜丢了他那套上好的盔甲，否则他也可以去和这些勇猛的骑士交交手。这时另一个渔夫带来了一套完整的盔甲，是他刚用渔网从海里捞到的，恰好是佩力克里斯的那套。佩力克里斯看见自己的盔甲，说：“感谢您，命运。我吃了这么多苦头之后，你给我送来了补偿，这套铠甲是我的父亲遗赠给我的，因此我对它有很深的感情，去哪儿都会带上它。”

到了第二天，佩力克里斯穿上从父亲那里继承来的铠甲，去往西蒙尼狄斯的王宫。他在比赛中一鸣惊人，轻松战胜了所有与他比武的骑士和王子们。当勇士们为了赢得国王女儿的爱情在宫廷比武时，如果一个人打败所有人脱颖而出，通常那位尊贵的小姐，会把她所有的尊敬都献给那位为她英勇而战的胜利者，泰莎也没有背弃这个风俗，她马上把那些被佩力克里斯打败的王子和骑士们全都打发了，向他表示尊重，把胜利的花环戴在他头上，将他加冕为当天的幸福之王。佩力克里斯第一眼看到这位美丽的公主，就深深地爱上了她。

好心的西蒙尼狄斯非常认可佩力克里斯的英勇和他高尚的品格。虽然西蒙尼狄斯不知道这位王族出身的陌生人是什么身份（因为

知道百科

《泰尔亲王佩力克里斯》是最早体现莎士比亚晚期传奇剧特色的作品。善良的主人公漂流海外，历经长途跋涉，经历了意想不到的灾祸，最后又获得意料之外的幸运，皆大欢喜，而邪恶势力也都得到应有的惩罚。这种大团圆结局体现了莎士比亚坚持的人文主义原则：生活中的美一定会战胜丑，一个人只要全心向善，坚守道德，坚持真理，最后定能获得幸福。

佩力克里斯害怕安提奥克斯再找到他，就说自己是泰尔来的平民），但是并不轻视他，当西蒙尼狄斯察觉到自己的女儿已经深深地爱上这个人时，欣然接受这位勇敢的普通人做自己的女婿。

佩力克里斯和泰莎结婚之后，没过几个月就收到消息，说他的敌人安提奥克斯死了。他长期不在泰尔，人民说要让赫力堪纳斯接替空置的王位。这个消息是赫力堪纳斯亲自通知佩力克里斯的，他是一个对自己的君主万分忠诚的臣子，不愿接受别人拱手相送的高位，就写信给佩力克里斯让他知道大家的企图，这样他就能回到故土，重新拿回属于他的权力。西蒙尼狄斯得知他的女婿原来是闻名天下的泰尔亲王，既惊讶又高兴。但是他也因为女婿不是平民百姓感到惋惜，眼见着如今不得不和自己欣赏的女婿，以及他最爱的女儿分开，他担心女儿在海上会有危险，因为泰莎正怀着孩子。佩力克里斯希望她暂时留在父亲身边，直到临盆。但是泰莎非常想和丈夫一起走，最后他们只能同意。

大海对不幸的佩力克里斯十分不友好，在他们离泰尔还很远的时候，海上又刮起了一场可怕的风暴，泰莎吓得病倒了，没过多久，乳母利科丽达怀里抱着一个孩子来见佩力克里斯，同时带来了一个悲伤的消息，小婴儿刚降生，他的妻子就死了。乳母把婴儿递给她的父亲说：“孩子太小了，不适合乘船长途跋涉。这就是您那已故的王后生下的孩子。”

佩力克里斯听说他的妻子死了，悲痛得说不出话来。他好不容易能开口了，就说：“哦，神啊，你为什么让我爱上你美好的恩赐，然后又将她夺走？”

“要坚持下去，好殿下，”利科丽达说，“我们死去的王后只留下这么一点儿骨血。为了您的孩子，您要坚强起来。这个小宝贝还指望着您呢。”

佩力克里斯把新生的婴儿抱在怀中，对孩子说：“愿你一生不遇波折，因为没有哪个孩子是在如此大风大浪中降生的！你是这世间的新客，刚来到这世上，失去的（指的是她母亲的死）就比世界能补偿给你的所有快乐都多。”

风暴仍在狂暴地咆哮。在水手之间流传着一个迷信的说法：如果尸体留在船上，风暴就永远也不会停歇。于是他们来到佩力克里斯面前，提出应该把王后的尸体抛入大海。他们说：“您的勇气如何，殿下？上天保佑您！”

“我有足够的勇气，”悲伤的亲王说，“我不惧怕这风暴。它已经对我使出最大的破坏力了。但是为了这个可怜的孩子，这个初次航海的小人儿，我希望风暴能停止。”

“殿下，”水手说，“必须让您的王后下船。风大浪高，船上有死人，风暴是不会消停的。”虽然佩力克里斯知道这个迷信的说法没有任何事实依据，但他还是顺从了大家的意见。

不幸的亲王最后去看一眼他亲爱的妻子，佩力克里斯看着他的泰莎说：“我亲爱的妻子，你经历了一场可怕的分娩。无情的自然完全把你忘了，我也没有时间按照传统的仪式，把你埋入坟墓，只能将你草草殓葬投入大海，本该为你的遗体树立丰碑，如今却只能让你被海水冲刷。唉，利科丽达，吩咐涅斯托去拿香料、墨水、纸、我的小箱子和珠宝来，让聂坎德把装缎料的匣子拿来。把孩子放到枕头上，利科丽达，快去办吧，我要代替牧师，为我的泰莎做送别祷告。”

他们搬来了一个大箱子，佩力克里斯把他的王后放进去（盖上丝绸裹尸布），在她身上撒满甜美的香料，旁边放上珍贵的珠宝，还有一张纸，上面写明她的身份，如果有人碰巧捡到这只盛放他妻子遗体的箱子，希望能将她安葬。然后他亲手将箱子投入水中。风暴停歇之后，佩力克里斯下令水手把船开到塔萨斯。他说：“婴儿坚持不到泰尔。我把她留在塔萨斯，那里的人会好好照顾她。”

第二天一大早，以弗所一位受人敬重的绅士萨利蒙和一位医术高明的医生站在海边，仆人们抬了一只箱子来见他，说是被海浪冲到岸边的。

“我从来没见过这么大的浪，”一个仆人说，“把箱子直接拍到岸上了。”

萨利蒙命人把箱子抬回自己家中，箱子打开之后，他惊讶地看到一个年轻可爱的女人。里面还有甜美的香料和值钱的珠宝，一看就知道这是个大人物，只是这送葬的方式有些奇怪。他又找了找，发现一张纸，这才得知，眼前的这具尸体曾经是一位王后，她的丈夫是泰尔亲王佩力克里斯。他对这新奇的遭遇赞叹连连，更同情那位痛失爱妻的丈夫，他说：“佩力克里斯，如果你还活着，一定悲伤得心都碎了。”然后，他仔细观察了泰莎的面容，她的样貌栩栩如生，一点儿也不像个死人。萨利蒙说：“他们太急着把她抛入大海了。”他不相信她已经死了。他命人生火，拿来柔和的甜酒，奏起轻柔的音乐，如果她活过来，这些东西或许能安抚她受惊的心灵。泰莎四周围着一群人，好奇地看着她，萨利蒙对那些人说：“先生们，我请你们给她空气。这位王后会活过来的，她在箱子里的时间不会超过五个小时。看，她吐出气息了。她还活着。”

莎翁经典原句

Morality and talent are assets far superior to wealth.

道德和才艺是远胜于富贵的资产。

泰莎根本没有死，只是生完孩子之后陷入了重度昏迷，所有人看见她那个样子，都以为她死了。如今经过这位好心绅士的精心照料，她又重返光明，重获新生了。泰莎睁开眼睛，说：“我在什么地方？我的丈夫呢？这是什么地方？”

萨利蒙把她的遭遇慢慢说给她听。他认为她已经恢复得差不多了，就把那封她丈夫写的信，还有那些珠宝拿给她看。她看着信说：“这是我丈夫的笔迹。

我清楚地记得我乘船在海上航行，但是我真的生下了孩子吗，我真说不准。既然我再也见不到我的丈夫了，我就去当修女，不再享受世间的欢乐。”

“夫人，”萨利蒙说，“如果您想去做修女，您可以到离这儿不远的狄安娜神庙修行。另外，如果您愿意，我有一个侄女可以随身服侍您。”泰莎怀着感激之情接受了这个提议。等她完全康复之后，萨利蒙就把她安顿到狄安娜的神庙，成了侍奉女神的修女。泰莎以为丈夫已经死了，以最虔诚的心修行度日。

佩力克里斯带着他的小女儿（因为她是在海上出生，他就给她取名玛丽娜）来到塔萨斯，打算把她留给塔萨斯的总督克里翁和他的妻子狄奥妮莎照顾。佩力克里斯心里想自己曾出手帮助过他们，他们一定会善待他的小女儿。克里翁见到佩力克里斯亲王，听闻他痛失爱妻，就说：“唉，您那位好王后，上天要是能让你带她来这儿，让我能一睹她的风采，该有多好啊！”

佩力克里斯回答说：“我们只能顺从天意。就算我像泰莎葬身的大海那样发怒咆哮，结局还是一样。我柔弱的孩子，玛丽娜，我请求你们善待她。我把这刚出生的婴儿托付给你们，恳求你们给她公主应得的教养。”然后他对克里翁的妻子狄奥妮莎说：“善良的夫人，您若抚养我的孩子，我便后顾无忧了。”

狄奥妮莎回答说：“我自己也有个孩子，我对她的疼爱一定不会比对您的孩子多，我的殿下。”

克里翁做出同样的承诺，说：“佩力克里斯亲王，您当初仗义相助，用粮食赈济我的人民，我们必会善待您的孩子。如果我疏失了对您孩子的照顾，我那些被您拯救的人民也会逼着我尽责的。”

佩力克里斯相信他的孩子一定会得到悉心照顾，就把她托付给克里翁和他的妻子狄奥妮莎，并让乳母利科丽达留下陪伴她。佩力克里斯离开的时候，小玛丽娜还不知道她失去了什么，但是利科丽达跟她的主人分别时，伤心得直哭。

“哦，不要哭了，利科丽达，”佩力克里斯说，“不要哭。好好照看你的小主人，日后你还要倚仗她呢。”

佩力克里斯平安回到泰尔，再次安安稳稳地坐上他的王位，他以为他的王后已经死了，其实她一直留在以弗所。克里翁养育玛丽娜的方式，完全符合她尊贵的身份。他让玛丽娜接受最好的教育，因此她才十四岁，在学问方面，就可以和当代学问最深厚的先生们比肩了。她唱起歌来像仙子，跳起舞来像女神，针线活也十分拿手，她仿佛能用一双巧手做出活生生的飞鸟、水果或鲜花，玛丽娜用丝绸做的花和天然的玫瑰一模一样，自然界中的两朵玫瑰彼此间都不会那么相像。她从教育中获得的所有高雅的魅力，让世人赞叹。克里翁的妻子狄奥妮莎，出于嫉妒，把她当成了不共戴天的敌人。因为她的女儿头脑迟钝，在玛丽娜擅长的领域，总是不能做得像她那样完美。狄奥妮莎发现，自己的女儿和玛丽娜年纪相同，接受同样的教育，却不能取得同样的成就，对比之下，完全没人在乎她的女儿。于是她想出了一个计划，打算除掉玛丽娜，幻想以后大家看不见玛丽娜，她女儿就能更受尊重。为了达到这个目的，她雇了一个人去杀害玛丽娜，专挑忠实的乳母利科丽达死去的时候，实施这个计划。她派去的人名叫里奥宁，是个非常坏的人。但是玛丽娜赢得了所有人的心，即便是这样的人，都无法说服自己对玛丽娜痛下杀手。他说：“她是个好姑娘！”

“那就更应该送她去与诸神为伴了，”玛丽娜残忍的敌人回答说，“她来了，正为她的乳母利科丽达的死哭呢。你决定服从我的命令了吗？”

里奥宁不敢不从，回答说：“决定了。”无与伦比的玛丽娜，就要因为这短短的一句话，早早离开人世了。玛丽娜手里提着一篮鲜花过来了，她说她每天都要在好利科丽达的坟上撒满鲜花。

她说："唉，我是个不幸的可怜人，在风暴中降生，生下来母亲就死了。对我来说，这个世界就像一场永不停歇的风暴，把我从爱我的人身边刮走。"

"玛丽娜，"狄奥妮莎故作友善地说，"你怎么独自落泪？我的女儿怎么没陪着你？不要为利科丽达伤心了。我会好好照顾你的。伤心无益，你的美貌都受损了。来，把你的花给我——海风会把它们吹坏——你去跟里奥宁走走吧。空气这么好，会让你打起精神来的。来，里奥宁，挽着她的胳膊，陪她散散步。"

"不，夫人，"玛丽娜说，"请不要让我夺走您的仆人。"因为里奥宁是狄奥妮莎的侍从。

"来吧，来吧，"这个狡猾的女人说，她想找个借口，让里奥宁和玛丽娜独处。"我敬爱的泰尔亲王——你的父亲，我也爱你。我们天天盼着你的父亲呢。我们告诉他，你已经出落成十足的美人，要是他来了之后，发现你伤心地变了样子，会以为我们没有好好照顾你。去吧，去散散步，像之前那样打起精神来。"

狄奥妮莎一再要求，玛丽娜只好说："好吧，我去，但是我其实不想去。"

狄奥妮莎离开的时候对里奥宁说："记住我刚才说的话！"这话十分骇人，因为意思是让里奥宁记住要杀了玛丽娜。

玛丽娜望向海边，她出生的地方，说："刮的是西风吗？"

"是西南风。"里奥宁回答说。

"我出生的时候刮的是北风。"她说。紧接着，狂风暴雨、她母亲的死亡、她父亲的悲伤，所有的事全部涌上心头，她说："利科丽达告诉我，我父亲从不害怕，他对水手大声喊着'勇敢点儿，好水手们！'缆绳磨破了他尊贵的双手，他紧紧抱着桅杆，顶着几乎把甲板撕裂的巨浪。"

“那是什么时候的事？”里奥宁问。

“我出生的时候，”玛丽娜回答说，“那样猛烈的风浪前所未有。”然后她描绘起那晚的风暴，水手们的行动，水手长的哨子，还有船主的喊叫，她说：“船上乱作一团。”

利科丽达经常对玛丽娜讲述她出生时的悲惨故事，这些事会永远留在她的脑海中。可是，说到这儿的时候，里奥宁打断了她，让她祷告。“什么意思？”玛丽娜问，她虽然不知道是怎么回事，却已经害怕起来。

“如果你需要一点儿时间做祷告，我可以给你，”里奥宁说，“但是时间不要太长。诸神的耳朵很灵敏，而且我已经发誓，要赶快完成我的任务。”

“你要杀我吗？”玛丽娜问，“唉，为什么？”

“这是我女主人的意思。”里奥宁回答说。

“她为什么要杀我？”玛丽娜问，“在我的记忆里，我从来没有伤害过她。我从来没有对这世间的活物，说过一句难听的话，做过一件恶毒的事。我犯了什么错？”

杀手回答说：“我的任务是杀你，不是给你讲道理。”他刚要动手，一群海盗恰巧在此时登陆，他们看见玛丽娜，就把她当战利品带到船上去了。

掳走玛丽娜的海盗把她带到密提林后，就卖给人做奴隶了。玛丽娜虽然已经沦落到这般田地，但是因为她的样貌、品行太过出众，很快就成了密提林城中人人皆知的人物，买她的那个人因为她挣来的钱，发了大财。她教人音乐、跳舞，还有精巧的针线活，她通过自身的本领挣来的钱全都交给了她的主人夫妇。她博学、勤劳的名声，很快传到了密提林总督拉西马卡斯的耳中，这位贵族青年亲自来到玛丽娜的住所，来见见这位大受全城人民赞誉的杰出典范。拉西马卡斯非常喜欢她的谈吐，也没想到她是一位如此通情达理、品行端正、心地善良的姑娘。拉西马卡斯离开她的时候说，希望她坚持做一个勤劳、正直的人，如果她再听到他的消息，一定是对她有好处的消息。拉西马卡斯觉得玛丽娜简直就是个人间奇迹，她见多识广、有教养、品行出众，而且容貌俊美，举止高雅，他想娶她为妻，虽然她身份低微，却希望有朝一日发现她出身高贵。但是无论什么时候，只要有人问她的身世，她就坐在那里默默流泪。

与此同时，在塔萨斯，里奥宁害怕狄奥妮莎的怒火，就对她说，他已经把玛丽娜杀了。这个邪恶的女人对外宣布玛丽娜已死，装模作样地给她办了葬礼，还给她立了一座华丽的墓碑。在这之后不久，佩力克里斯在他忠诚的大臣赫力堪纳斯的陪同下，从泰尔出发来塔萨斯看望他的女儿，打算把女儿带回家。这位善良的亲王一想到，马上就要见到已故王后留给他的女儿了，心里真高兴呀！但是当他们告诉他，玛利娜已经死了，带他去看她的墓碑时，这位可怜的父亲感到万分痛苦，他无法继续留在这个地方，这里将他最后的希望和有关亲爱的泰莎唯一的念想都埋葬了，他匆匆乘船离开了塔萨斯。从他上船的那天起，他就陷入了一种厌世和极度忧郁的情绪。他不再开口说话，仿佛感知不到周围的一切。

从塔萨斯返回泰尔的途中，船行经密提林，这里正是玛丽娜所在的地方。密提林的总督拉西马卡斯从岸上看到这艘皇家舰船，想知道乘船的是谁，就乘驳船来到这艘船的一侧，想看个究竟。赫力堪纳斯亲切地接待了他，告诉他这艘船是从泰尔开来的，船上乘坐的是他们的亲王佩力克里斯。“大人，”赫力堪纳斯说，“三个月了，他不肯和任何人说话，也不肯吃东西，只是沉浸在悲伤中。要是把他陷入如此沉郁的来龙去脉说一遍，要花费不少时间，主要是因为他失去了心爱的女儿和妻子。”

拉西马卡斯请求见一见这位深陷痛苦的亲王，他见到佩力克里斯，就知道他曾经是个非常好的人，就对他说：“亲王殿下，万安！诸神保佑您！”

但是，拉西马卡斯说了也是白说。佩力克里斯没有回答他。这时，拉西马卡斯想起了无与伦比的玛丽娜姑娘，或许她能让这位沉默的亲王开口。得到赫力堪纳斯的同意之后，他派人去请玛丽娜。玛丽娜登上那艘船，众人仿佛知道她就是他们的公主，恭敬地迎接她。他们惊叹道：“真是一位尊贵的小姐。”

莎翁经典原句

The newly exposed sin is like a drifting wind, blowing dust into the eyes of others when it spreads toward the fields.

重新揭发的罪恶就像飘风一样，当它向田野吹散的时候，会把灰尘吹进别人的眼里。

听到众人的称赞，拉西马卡斯很高兴，他说：“她确实是一位尊贵的小姐，要是我能确认她出身高贵，就再无所求，将娶她为妻视作上天对我的宝贵祝福。”然后他用谦和的口吻，称呼她“美丽的玛丽娜”。他告诉玛丽娜，船上有一位尊贵的亲王，因为伤心难过，不肯说话，他恳求玛丽娜帮一帮这位尊贵的陌生人，治愈他的悲伤，仿佛玛丽娜有赐予他人健康和幸福的能力。

“大人，”玛丽娜说，“我会竭尽所能让他康复，但是除了我和我的女仆，不许其他人接近他。”

在密提林，她一直小心隐藏自己的出身，不好意思让人知道王族的血脉如今却沦为奴隶。她上来就对佩力克里斯讲述了她自己命运的无常变迁，告诉他自己是如何从名门闺秀沦落至此。她就像知道面前的人是她的父王似的，把自己的伤心往事一股脑儿地倒给他听。其实她这么做，是因为她知道，要想引起一个不幸之人的注意，最好的办法，就是讲述一段不幸的遭遇。玛丽娜甜美的声音，唤醒了萎靡的亲王。他抬起眼睛，面无表情地盯着眼前的人看了半天。玛丽娜和她的母亲长得一模一样，亲王看到一个跟他已故的王后长得一模一样的人，大吃一惊。长时间沉默的亲王终于再次开口说话了。

“我最亲爱的妻子，”清醒过来的佩力克里斯说，“跟这位姑娘长得一模一样，我的女儿应该也是长这个样子。年轻的姑娘，你住在什么地方？你的父母是什么人？我记得你说过，你遭到过背叛，受到过伤害，如果我们都开诚布公，你认为你的悲哀与我相当。”

“我的确说过这样的话，”玛丽娜说，“而且我丝毫没有夸大，我认为事实确实如此，才会说出来。”

“把你的经历告诉我吧，”佩力克里斯说，“最善良的少女，你是怎么失去高贵身份的？把你的身世说给我听听吧。来，坐到我身边来。”

当佩力克里斯听说她的名字叫玛丽娜时，他有多么惊讶，因为他知道这不是一个寻常的名字，是他给自己的孩子取的，意指“在海上出生”。

“唉，我被戏耍了，”他说，“一定是哪位神灵生了气，派你到这儿来，让世人嘲笑我的。”

“耐心些，好殿下，”玛丽娜说，“不然我不继续说了。”

“不，”佩力克里斯说，“我会耐心听。你不知道我听说你叫玛丽娜，有多震惊。”

“给我取名字的人，”玛丽娜说，“手握王权，他是我的父亲。”

“啊，你是国王的女儿！”佩力克里斯说，“你叫玛丽娜！你真是有血有肉的活人吗？你不是仙子吗？继续说。你在哪儿出生，为什么叫玛丽娜？”

她回答说：“我名叫玛丽娜，是因为我在海上出生。我的母亲是一位国王

流落在密提林的玛丽娜向佩力克里斯讲述自己悲惨的身世，佩力克里斯发现玛丽娜与自己的妻子长得一模一样。

原创者：19 世纪画家，原为多色石版画，本幅为临摹作品

的女儿。我刚出生她就死了，我的好乳母利科丽达常哭着跟我讲述那些往事。我的国王父亲把我留在塔萨斯，后来克里翁残忍的妻子想要杀我。一群海盗恰巧把我救了，他们把我带到密提林。但是，好殿下，您为什么哭？您可能觉得我是骗子。但是，殿下，倘若好国王佩力克里斯还活着，我确实是他的女儿。”

佩力克里斯似乎被这突如其来的喜悦吓坏了，他不敢相信这是真的，大声喊侍从们。听到他们爱戴的国王终于说话了，大家都很开心。佩力克里斯对赫力堪纳斯说：“哦，赫力堪纳斯，快跪下，感谢神圣的诸神！这是玛丽娜。我的孩子！我亲爱的赫力堪纳斯！残忍的狄奥妮莎想杀她，但是她没有死在塔萨斯。你下跪称她为公主时，她会把一切都告诉你的。你是谁？”（佩力克里斯第一次注意到拉西马卡斯）

“殿下，”赫力堪纳斯说，“这是密提林的总督。他听说您忧伤沉郁，前来看望。”

“我拥抱你。”佩力克里斯说，“把我的长袍拿来！看到玛丽娜，让我好起来了。哦，上天祝福我的孩子！”

过分的喜悦让他筋疲力尽，他感到一阵疲惫乏累袭来，拉西马卡斯劝他在长椅上休息一下，在他头下放了个枕头，他很快就沉沉睡去了，玛丽娜就在长椅边，静静地看着她睡着的父亲。

佩力克里斯睡着之后，做了一个梦。在梦里，掌管以弗所的女神狄安娜在他面前现身，让他去以弗所的狄安娜神庙，在她的祭坛前讲述他一生的经历和遭遇的不幸。她以银弓起誓，如果他听令照做，就会收获难得的幸福。佩力克里斯醒来之后，奇迹般地完全恢复了，他把梦境告诉众人，说他决定遵从女神的指引。

拉西马卡斯邀请佩力克里斯上岸歇歇脚，他要用密提林的所产所出款待他们，佩力克里斯接受了他礼貌客气的邀请，同意在这儿逗留一两天。在玛丽娜落魄的时候，拉西马卡斯就对她十分尊重。当佩力克里斯知道自己的孩子沦落卑微时，拉西马卡斯对她很尊敬，而且玛丽娜对他的求婚也没有意见，佩力克里斯也就没有反对。佩力克里斯只有一个条件，在同意他们结婚之前，先一起去以弗所的狄安娜神庙。三人没有耽搁，马上乘船去往神庙。女神亲自吹动风帆助他们航行，没过几周，他们就平安抵达了以弗所。

佩力克里斯带着一干人等进入神庙的时候，当初救下泰莎的好心人萨利蒙（如今年事已高）正站在女神的祭坛旁。泰莎现在是神庙的女祭司，此刻正站在祭坛前面。虽然佩力克里斯这些年在失去爱妻的悲伤中度过，样子变了很多，泰莎却觉得自己认识这个人，那是自己的丈夫，当他走近祭坛，开始诉说，她一下就听出他的声音了，听到那些话，心里惊喜交加。佩力克里斯在祭坛前剖白他的一切，一一讲述了为躲避灾祸离开国家到如何与女儿相遇的经历。

泰莎无法承受这番话给她带来的喜悦，她大声喊着："你是，你是，哦，高贵的佩力克里斯！"接着就昏过去了。

"这个女人是怎么回事？"佩力克里斯说，"她死了，各位，快来帮忙！"

"殿下，"萨利蒙说，"如果你对祭坛说的是真话，她就是您的妻子。"

"尊敬的先生，这不可能，"佩力克里斯说，"是我亲自用这双手把她抛到海里的。"

萨利蒙紧接着讲述了他救起泰莎的过程，一个狂风暴雨的清晨，这个女人被风浪抛到以弗所的海岸，他打开棺椁，发现里面有贵重的珠宝和一张纸，后来他幸运地把她救活，安置在狄安娜的神庙。

这时泰莎从昏迷中苏醒，她说："哦，我的丈夫，你不是佩力克里斯吗？你的声音像他，样貌也像他。你是不是提到了风暴、生孩子和死了一个人？"

佩力克里斯大吃一惊，说："这是已经死了的泰莎的声音！"

"我就是泰莎，"她回答说，"你们以为已经死了、沉尸大海的泰莎。"

"啊，狄安娜显灵！"佩力克里斯呼喊着，发出了虔诚的惊叹。

"现在我更认得你了。"泰莎说，"我看到你手指上的那枚戒指了，那是我们在潘塔波里斯和我父亲含泪告别时，我父亲送给你的。"

"神啊，我已经满足了！"佩力克里斯呼喊着，"你如今赐予我的仁慈，让我过去的痛苦成了消遣。哦，来吧，泰莎，再一次投入我的怀抱吧。"

玛丽娜说："我的心跳着要到我母亲的怀里去。"

佩力克里斯赶紧让她们母女相见，说："看谁跪在那儿——你的骨肉，你在海上生的孩子，她叫玛丽娜，因为她是在海上出生的。"

"上天保佑你，我的孩子！"泰莎说。她欣喜若狂地搂抱着自己的孩子。

然后，征得泰莎同意之后，佩力克里斯郑重地把他们的女儿—— 善良贞洁的玛丽娜——嫁给了值得拥有她的拉西马卡斯。

因此，佩力克里斯、他的王后和他的女儿，给我们做了极好的榜样，让我们看到，高尚的人遭遇苦难（上天降下苦难，教人学会忍耐和坚持），在苦难的引领下，最终会克服意外和变化，获得成功。赫力堪纳斯让我们看到了真情、信任和忠诚的典范，他本来可以得到王位，却选择把正统国王请回来，不愿损害他人成就自己。救了泰莎的萨利蒙，这个令人敬佩的人教会我们，在良知的指引下做好事，让人获得幸福，是一种近乎神的本性。当然还有克里翁那位邪恶的妻子狄奥妮莎，她也得到了相应的惩罚。

一起涂色吧